Pfefferbeißer

Mick Schulz wurde 1959 als Sohn eines Journalisten und einer Lehrerin in Bonn geboren. Nach Abitur und Studium am »Mozarteum« in Salzburg machte er zunächst seinen Weg als Kapellmeister an der Oper, bevor er zum Schreiben kam.
Der Autor hat ein Faible für charakterstarke Krimis. Nach »Sauerfleisch« ist »Pfefferbeißer« bereits der zweite Kriminalroman mit den Harzer Kommissaren Sina Kramer und Jens Niebuhr im Emons Verlag.
www.mickschulz.de

Dieses Buch ist ein Roman. Handlungen und Personen sind frei erfunden. Ähnlichkeiten mit lebenden oder toten Personen sind rein zufällig.

MICK SCHULZ

Pfefferbeißer

KRIMINALROMAN

emons:

Bibliografische Information der Deutschen Nationalbibliothek
Die Deutsche Nationalbibliothek verzeichnet diese Publikation in der Deutschen Nationalbibliografie; detaillierte bibliografische Daten sind im Internet über http://dnb.d-nb.de abrufbar.

MIX
Papier aus verantwortungsvollen Quellen
FSC® C083411

Umschlagfoto: photocase.de / Meikel.inSpirit
Umschlaggestaltung: Tobias Doetsch
Druck und Bindung: CPI – Clausen & Bosse, Leck
Printed in Germany 2012
ISBN 978-3-89705-984-9
Originalausgabe

Zwei unbedingt liebenswürdigen Persönlichkeiten gewidmet:
meiner Schwester Astrid und meiner Stadt Goslar am Harz

Prolog

Antonio Foresta war allein im Lokal, doch die Geräusche, die ihn vom späten Vormittag bis in den Abend hinein umgaben, hingen noch im Raum: das Stimmengewirr und Lachen der Gäste, das silbrige Klingen der Gläser, wenn sie gegeneinanderstießen, das Geklapper und Klirren von Geschirr und Besteck beim Abräumen. Allmählich verflüchtigten sie sich jedoch zusammen mit den Gerüchen von eingelegten Meeresfrüchten und geröstetem Teig durch die weit geöffnete Tür des kleinen Ristorante hinaus in die Nacht.

Es war zehn vor zwölf. Foresta hatte die Küche schon vor mehr als einer Stunde geschlossen. Ab halb elf Uhr war meistens nichts mehr los. Vielleicht am Wochenende, aber nicht an einem Mittwoch. Während er aus dem hell erleuchteten Lokal in die Schwärze starrte, spürte er die hereinkriechende Kälte. Tagsüber war es so heiß wie im Sommer, aber abends merkte man, dass es erst Anfang Mai war.

Foresta saß an einem der Tische in der Nähe der Theke, neben sich eine entkorkte Flasche und vor sich ein Glas Rosso, das er soeben bis zur Hälfte gefüllt hatte. Er probierte die Lieferung aus der Heimat, die am Morgen gekommen war. Dafür nahm er sich Zeit, stellte sich die Landschaft aus vulkanischen Bergen und grünen Gärten vor, die sengende Sonne über den kargen alten Häusern mit schattigen Innenhöfen, und glaubte, das alles auf der Zunge schmecken zu können.

Was für ein Wein! Den gab es nur auf Sizilien. Und nur wer Sizilianer war, konnte ihn verstehen. Wein musste man verstehen, sonst war er verschwendet, davon war Antonio Foresta überzeugt. Deshalb trank er meistens allein, spät am Abend, an der Schwelle zur Nacht, wenn er Muße hatte und dem Tag nachhörte. Stolz hielt er sein Glas gegen die Deckenlampe und erfreute sich an der schimmernd roten Farbe seines Inhalts, als blickte er in einen Rubin.

Plötzlich stand ein Mann im Türrahmen. Gut sitzender dunkler

Anzug, keine Stangenware, das sah man gleich, glänzend gewienerte schwarze Schuhe aus feinem Leder, mindestens dreihundert Euro das Paar. Foresta kannte diesen Blick aus den eigenartig geweiteten Augen, der ihn jetzt traf. Als hätte der Mann Torturen durchgemacht, und in gewisser Weise stimmte das ja auch.

Obwohl er die Antwort wusste, fragte er: »Helmut, wo kommst du denn her?«

Der Mann schritt auf ihn zu, griff sich einen Stuhl und setzte sich ihm gegenüber an den Tisch.

»Gib mir was zu trinken, Antonio.«

Er sprach schwer, lallte aber noch nicht. Foresta griff zu einem der bauchigen Gläser, mit denen die neun Tische bereits für die morgigen Gäste eingedeckt waren, und goss ein.

»Ich werde doch meinen Helmut nicht verdursten lassen«, sagte er beinahe zärtlich.

Helmut hob grinsend das Glas. »Prost, du alter Gauner!«

»Salute, mio Helmut, salute!«, antwortete Foresta und stieß mit ihm an. »Warum bist du schon wieder hier?«, fragte er freundlich lächelnd.

»Alte Freunde kann man nicht oft genug sehen«, spöttelte Helmut.

»Du bist mir immer willkommen.« Foresta spürte mit der Zunge dem Aroma des Weines nach. Helmut fingerte eine Schachtel Filterlose aus dem Anzug, stand auf und wollte anscheinend vor der Tür rauchen.

»Bleib sitzen«, sagte Foresta. Müde vom Tag erhob er sich etwas schwerfällig, holte einen Aschenbecher aus poliertem Onyx hinter dem Tresen hervor und stellte ihn vor Helmut hin. Dann setzte er sich wieder zu seinem Wein. Doch der Ausdruck in seinem Gesicht mit den dichten schwarzen Bartstoppeln und den breiten Augenbrauen hatte sich verändert. Die Augen funkelten, der Mund war hart. Er beugte sich leicht vor.

»Was willst du schon wieder hier?«, zischte er, jedes Wort betonend.

»Wieso fragst du? Das kannst du dir doch denken.« Helmut versuchte lässig zu bleiben. Doch seine Stimme zitterte leicht.

Natürlich konnte Foresta sich das denken: Das Arschloch hatte dem Casino in Bad Harzburg wieder einmal einen Besuch abgestattet und war pleite.

»So kann das nicht weitergehen, Helmut.«

»Was heißt das? Das machst du doch mit links!«

Helmuts Gesicht lief gefährlich rot an. Er lockerte seinen Krawattenknoten und riss am oberen Hemdsknopf. Dann schüttete er mit zittrigen Händen den Rest Rosso in sich hinein, packte die Flasche am Hals und füllte sich das Glas fast bis zum Anschlag nach. Einige gierige Schlucke, und er schien sich wieder im Griff zu haben.

Foresta vermied es, ihm in die Augen zu sehen, suchte stoisch die Tischdecke nach nicht vorhandenen Flecken ab. Er ahnte, was kommen würde.

»Du und deine Freunde wollen doch dabei sein, wenn es losgeht, oder sehe ich das falsch?«

Eine unverhohlene Drohung.

»Und dann machst du bei ein-, zweitausend Euro so einen Aufstand?«

Foresta wischte ungerührt einen imaginären Brotkrümel vom Tisch. Vom einen auf den anderen Augenblick wechselte Helmut den Tonfall wie ein Chamäleon die Farbe: »Es ist das letzte Mal, Toni, glaub mir! Ich weiß selbst, dass ich mit der Spielerei aufhören muss.«

»Natürlich, Helmut, du machst das schon«, antwortete Foresta, als hätte der Ausbruch gar nicht stattgefunden.

»Du kriegst den Zuschlag, das ist ausgemachte Sache. Du kannst dich auf mich verlassen.«

»Natürlich, Helmut, ich kann mich auf dich verlassen.«

Foresta stand wieder auf, ging an die Kasse hinter dem Tresen. Die Tageseinnahmen waren etwas über sechshundert Euro, aber darauf kam es nicht an.

»Hier hast du fünfhundert. Das muss genügen.«

Er hielt Helmut, der auf einmal fahrig und betrunken wirkte, die Scheine wie einen Fächer vors Gesicht. Der stutzte zuerst, grapschte aber dann nach dem Geld und stopfte es sich in die Hosentasche.

»Na also, unter Freunden muss man sich helfen. Warum stellst du dich immer so an?«

Er wird also nicht damit aufhören, dachte Foresta ernüchtert.

Aber er brauchte diesen Mann für den ersten nennenswerten Erfolg in Goslar, nach Jahren des Wartens und der mühevollen Kleinarbeit in dieser Stadt. Er war der Schlüssel zu allem Weiteren.

»Schon gut, Helmut.«

»Wir sind doch Freunde, oder?«, lallte der und sah in Forestas unbewegtes Gesicht, als erwarte er darauf im Ernst eine Antwort. Dann stand er endlich auf, richtete umständlich seinen Kragen und setzte sich in Bewegung. Kurz vor der Tür blieb er stehen. Ohne sich noch einmal umzudrehen, sagte er: »Nach der Sitzung ruf ich dich an.«

»Schon gut, Helmut, schon gut«, sagte Foresta, als hätte er nie Zweifel an ihm gehabt.

EINS

Der Fundort der Leiche befand sich etwa zwanzig Schritte von einem Waldpfad entfernt, der unmittelbar hinter der Stadtausfahrt über die Hänge oberhalb der B 241 führt, der Ausfallstraße von Goslar in den Oberharz. Daran schließen sich auf derselben Seite Pferdewiesen an, gefolgt vom Campingplatz »Sennhütte«, der an dem friedlich wirkenden Flüsschen Gose liegt, von dem die Stadt ihren Namen hat. In lang anhaltenden Regenperioden und während der Schneeschmelze verliert die idyllische Gose allerdings ihre Harmlosigkeit und ist imstande, das ganze Tal zu überfluten.

Kriminalhauptkommissarin Sina Kramer und ihr Kollege Kriminaloberkommissar Jens Niebuhr von der Kripo Goslar standen vor dem schätzungsweise fünfzehn mal zehn Meter großen rotweiß markierten Areal. Sie taten nichts weiter, als neugierige Blicke auszusenden, um die Truppe von Kriminaltechnik und Spurensicherung nicht dabei zu behindern, Zentimeter für Zentimeter den unübersichtlichen, buckligen Waldboden abzusuchen. Überall zwischen den tief hängenden Buchenzweigen krochen Männer in weißen Schutzanzügen herum und stellten in transparenten Plastiktüten sicher, was ihnen in die Hände fiel: Stoffreste, einen rechten Schuh und immer wieder über die ganze Fläche verstreute Knochen und Skelettteile. Ein mit dunkler Erde verschmierter, aber ansonsten unversehrter Schädel ohne Unterkiefer und Beckenknochen waren als Erstes gefunden worden. Zwischendurch schnalzte der Auslöser des Fotoapparates.

»Die Natur hat gründliche Arbeit geleistet«, wandte sich einer der Männer von der KT den beiden Ermittlern zu. »Jedenfalls hat sie von *dem* hier nicht viel übrig gelassen, wer immer es gewesen ist.«

»Mann oder Frau?«, fragte Niebuhr.

»Wenn der Schuh *sein* Schuh war, dann war es ein Mann. Aber das werden die Untersuchungen noch genauer ergeben. Auf die Identität gibt es leider noch keine Hinweise.«

»Gibt es offensichtliche Anzeichen für einen Mord?«, fragte Sina. Zunächst einmal ging es darum, zu klären, ob ein natürlicher oder ein gewaltsamer Tod vorlag. Davon hing ab, in welche Richtung weitere Ermittlungen folgen würden.

»Bisher konnten wir nichts feststellen. Der Schädel ist bis auf Kratzspuren unversehrt. Eine mögliche Tatwaffe ist auch nicht aufgetaucht.«

»Und wie sieht es mit Kampfspuren aus?«, wollte Niebuhr wissen.

»Wie lange die Leiche hier gelegen hat, lässt sich aus der hohlen Hand nicht sagen. Kann drei Wochen, kann aber auch drei Monate sein«, gab der Kollege Auskunft. »Und wenn hier ein Kampf stattgefunden hat, lässt sich das nur noch äußerst schwer rekonstruieren. Zwischendurch hat es geregnet, und wer weiß, was sich hier alles herumgetrieben hat. Aber wir tun, was wir können.«

Es war Anfang Juni, also war der Mann frühestens Anfang März und spätestens im Mai zu Tode gekommen, dachte Sina.

»Wissen wir doch«, sagte sie zu dem Techniker. »Danke!«

»Dafür nicht«, antwortete der Mann und ging wieder seiner Arbeit nach.

Der Tote war nicht eingegraben worden, jedenfalls ließ sich keine Mulde oder Vertiefung im Waldboden erkennen, aus der die Leiche herausgezogen worden war. Das konnte ein Anzeichen für einen natürlichen Tod sein: Der Mann hatte einen Anfall, Herzinfarkt oder Schock erlitten, war zusammengebrochen, ins Koma gefallen und – weil keine Hilfe kam – gestorben. Aber warum hatte er den Weg verlassen und war in den Wald gekrochen? Pilzsaison war im September, und es war erst Juni. Vielleicht hatte er schlichtweg nur pinkeln müssen, als es ihn erwischte.

Ebenso gut aber konnte er ermordet und ins Gebüsch gezerrt worden sein, und der Täter hatte ihn einfach liegen lassen oder nur flüchtig mit Grünzeug bedeckt. Abgerissene und vertrocknete Äste lagen jedenfalls genug herum. Möglich war auch, dass der Mord woanders stattgefunden hatte und der Tote hier nur abgelegt worden war.

Abgesehen von den Fliegenmaden und Käfern hatte sich vermutlich anderes Getier vom Duft des faulenden Fleisches anlocken lassen. Alle waren sie schließlich auch Aasfresser: Füchse, Dachse, Marder und vor allem die vielen Wildschweine. Wie sich eine Rotte Schweine gierig schmatzend über den ungeschützten Körper hermachte, wollte sich Sina lieber nicht vorstellen.

Sie warf Niebuhr einen eindeutigen Blick zu. Vorerst waren sie hier fertig. Die Antworten auf alle weiteren Fragen mussten sie den Berichten der Kriminaltechnik und der Gerichtsmedizin entnehmen.

Sie kehrten zum Parkplatz an der B 241 zurück, wo ihr Dienstwagen stand. Die beiden Beamten von der Streife, die sich dort im Gespräch mit einem Mittfünfziger befanden, der ziemlich verschreckt aussah, hatten offenbar schon auf sie gewartet.

»Das ist Herr Mayrinck«, stellte einer der Streifenbeamten den Mann vor.

Mayrinck nickte, zog seinen verstaubten Filzhut und gab Sina und Niebuhr die Hand.

»Herr Mayrinck hat den Toten gefunden …«

»Beziehungsweise Liese hat ihn gefunden«, verbesserte Mayrinck mit dünner, hoher Stimme und wies auf die graubraune Promenadenmischung zu seinen Füßen. »Liese lief plötzlich ins Gebüsch – sonst macht sie das nicht, bleibt immer auf dem Weg – und kam mit diesem Stock, wie ich zuerst dachte, wieder heraus. Aber es war kein Stock. Es war ein Knochen, ein ziemlich langer Knochen. Liese wollte ihn zuerst nicht hergeben. Ich musste mit ihr schimpfen und bin hinter ihr her in den Wald, und da habe ich die Stelle gefunden, wo …«

Mayrinck stockte, anscheinend immer noch schockiert von dem, was er gesehen hatte.

»Und dann haben Sie die Polizei gerufen …«, brachte ihn Niebuhr wieder in die Spur.

»Ja, ich bin sofort nach Hause gelaufen. Ich wohne seit fünfundzwanzig Jahren hier unten an der Straße. Ich hab mich sofort ans Telefon gehängt und die Polizei verständigt.«

Er blickte unsicher zu den Uniformierten hinüber, offenbar im Zweifel, ob er alles richtig gemacht hatte.

»Gehen Sie mit Ihrem Hund immer diese Strecke?«, fragte Sina.

»Ja, jeden Morgen. Wieso?«

»Ich frage mich, warum der Hund den Toten erst heute entdeckt hat. Der liegt nämlich schon einige Zeit hier.«

»Ich war vier Wochen weg. Zwei Wochen bei meiner Schwester in Kassel und danach zwei Wochen im Spreewald bei einem ehemaligen Klassenkamerad. Ich hab mich auf zu Hause gefreut, aber jetzt hab ich schon wieder die Nase voll.«

»Gehen Sie nach Hause.« Sina lächelte Mayrinck verständnisvoll zu. »Und trinken Sie einen guten Tee, das beruhigt. – Und wir tun, was wir müssen«, wandte sie sich an Niebuhr, der mit einem Klack die Wagentür entriegelte.

***

Der Tag war heiß gewesen. Obwohl Sinas Büro im Polizeipräsidium nach hinten heraus lag, nachmittags unerreichbar für die stechende Sonne, hatte sie gegen drei Sehnsucht nach einem Sprung ins kühle Nass bekommen. Doch mittlerweile war es nach Dienstschluss, und bevor sie mit Chao im Oberharz sein würde, hätte das Waldbad in Wildemann schon längst geschlossen.

Sie stellte den gelben Honda vor ihrem kleinen Reihenhaus im Goslarer Siemensviertel ab. Heute hatte sie nicht viel erreicht. Der Anwalt des Verdächtigen, der eine alte Frau wegen dreihundertfünfzig Euro umgebracht haben sollte, dem sie die Tat aber nicht eindeutig nachweisen konnten, hatte erfolgreich verhindert, dass sein Mandant auspackte. Und bei dem Skelettfund an der B 241 ließen die Untersuchungsergebnisse auf sich warten. Was allerdings nicht verwunderte, denn die Techniker hatten einen unüberschaubaren Haufen von Einzelspuren zu prüfen, während die Gerichtsmedizin im Gegenteil verdammt wenig hatte, was sie untersuchen konnte.

Niebuhrs Computer hatte die Namen einer Handvoll vermisster Männer ausgespuckt, darunter den eines Asylanten Mitte dreißig, der schon seit zwei Jahren vermisst wurde, den eines Rentners aus Goslar, der um elf Uhr abends nur frische Luft schnappen wollte, und den eines Touristen aus Hamburg, der während einer Wanderung am Polsterberg seiner Gruppe abhandenkam und trotz Einsatz von Suchhunden nie aufgespürt werden konnte. Aber ohne Rahmendaten nützten die Informationen nur wenig.

Sina kramte in ihrer Jacke nach dem Schlüssel, bevor sie wie jeden Abend einen Blick in den Postkasten warf. Darauf stand jetzt: »Kramer/Köglsperger« – eine der Kleinigkeiten, die sich geändert hatten, seit Chao, Sohn einer Chinesin und eines waschechten Bayern, bei ihr eingezogen war.

Sie fragte sich, was er jetzt wohl gerade machte. In letzter Zeit fragte sie sich das mehrmals am Tag. Obwohl sie es ziemlich krank fand, konnte sie es nicht abstellen. War das Liebe, oder war es Angst, er könnte etwas tun, was sie zutiefst verletzte? Zum Beispiel das, was Bernie, ihr Ex, getan hatte, wenn sie glaubte, er machte Überstunden.

Wahrscheinlich war es der große Altersunterschied – er achtundzwanzig und sie schließlich schon sechsundvierzig –, der sie immer wieder verunsicherte. Auch wenn sie nicht die Absicht hatte, die nächsten Jahre mit der Angst zu leben, Chao könnte sie von heute auf morgen nicht mehr begehren, nur weil sie fast zwanzig Jahre älter war als er. Es gab auch keinen Grund anzunehmen, dass Chao nicht zufrieden war, denn sie hatten reichlich Sex, und er beteuerte immer, wie unwiderstehlich er ihre Speckröllchen fand.

Sie schloss die Haustür auf.

Es roch jetzt anders im Haus. Chao hatte neben seinen Büchern den Restbestand an Tee, den er nach der Pleite seines Ladens »Tee aus aller Welt« im Oberharz nicht mehr losgeworden war, in Sinas Bügel- und Wäschezimmer gelagert, und der Duft der aromatischen Blätter durchdrang allmählich das ganze Haus.

Bevor Chao seinen heißgeliebten Laden schließen musste, hatte er noch einen Räumungsverkauf mit Ramschpreisen veranstaltet. Und auf einmal waren die Leute gekommen. Sina fragte sich, woher und warum sie sich so plötzlich für Tee interessierten, wo sie sich doch vorher nie hatten blicken lassen. Wie die Geier hatten sie kilometerweit gewittert, dass es etwas abzustauben gab. Und natürlich war es ihnen immer noch nicht billig genug, und sie versuchten, die ohnehin lächerlichen Preise noch weiter herunterzuhandeln. Dabei brauchte Chao jeden Cent, schließlich ging es um die Begleichung von Lieferantenrechnungen und anderen Außenständen. Ein demütigendes Spiel.

»Ich habe verloren und muss die Niederlage ertragen.«

Sina hatte Chao ehrlich bewundert. Er hatte es sich nicht anmerken lassen, dass er litt. Am Ende war es noch gut ausgegangen. Er konnte mit den Gläubigern einen Deal machen und das Schlimmste abwenden.

»Chao?«, rief Sina, als sie den Flur betrat. Er antwortete nicht, aber in der Küche brodelte es hörbar in den Töpfen. Sie war beruhigt, er war zu Hause.

Seit Chao hier lebte und noch keinen Job gefunden hatte, hatte er freiwillig die Hausarbeit übernommen und war darin perfekt. Er kochte, putzte, wusch nicht nur für Sina und sich, sondern auch für Torsten, Sinas siebzehnjährigen Sohn aus der Ehe mit Bernie. Machte sogar seine Wäsche, was Torsten allerdings in keiner Weise motivierte, selbst auch mal Hand im Haushalt anzulegen. Ihr Herr Sohn lernte lieber hingebungsvoll mit weiblichen Mitschülern für die Prüfungen. Wie hingebungsvoll, konnte man manchmal bis unten hören.

»Wo bist du?«, flötete Sina.

Chao saß im Schneidersitz mit geschlossenen Augen auf der Couch im Wohnzimmer, die Arme verschränkt, der Oberkörper frei. Wie Buddha auf dem Thron, nur viel schöner. Sie setzte sich neben ihn.

»Wie war dein Tag?«, fragte er, ohne die Augen zu öffnen.

»Wir wissen noch nicht, ob wir einen neuen Fall haben.« Sie streichelte ihm über die makellose Haut seiner unbehaarten Brust und hatte das Verlangen, ihn zu umarmen und abzuküssen. Aber sie spürte, dass er es gerade nicht wollte. »Und wie war's bei dir?«

Es war ihr ein Rätsel, dass sich im Raum Goslar kein Job für einen intelligenten jungen Halbchinesen mit tadellosem Deutsch und dem abgeschlossenen Studium des Bergbauwesens fand.

»Alle passenden Stellen sind besetzt«, war die immer gleiche Antwort.

Seit Wochen ging das so. Sina hatte Chao vorgeschlagen, sich etwas in Braunschweig zu suchen. Mit dem Wagen nur ein Katzensprung entfernt. Er könne ihren Honda nehmen, hatte sie ihm angeboten. Das Stück zum Präsidium würde sie zu Fuß gehen, und darüber hinaus gab es Dienstwagen. Aber bisher war auch die Suche dort erfolglos geblieben.

Chao öffnete die Augen. Sein Blick war ernst, fast traurig. Seit er regelmäßig zum Arbeitsamt musste, kannte sie diesen Blick an ihm.

»Das Essen ist gleich fertig. Reis mit Huhn und chinesischen Pilzen.« Endlich löste er sich aus seiner Meditationsstarre und faltete die Beine auseinander, um von der Couch zu rutschen.

»Wunderbar, mein Schatz«, versuchte Sina ihn aufzuheitern und gab ihm einen flüchtigen Kuss auf die Wange. »Weißt du, ob Torsten kommt?«

»Er hat es jedenfalls gesagt.«

Es war schön, wenn Torsten auch mit ihnen aß. Es ist schön, eine kleine Familie zu sein, dachte Sina. Doch Chao machte ihr Sorgen.

ZWEI

Dr. G. Fehlinger – G wie Gerald und wie Gerichtsmediziner – war ein kleiner, schmächtiger Mann mit rasiertem Schädel, der sich abwechselnd auf die rechte und die linke Seite legte, während er redete, als wäre er für den dünnen Hals zu schwer. Seine glänzend schwarzen Augen waren das einzig Spannende in einem Gesicht, das ansonsten unbewegt blieb und dessen Teint die Farbe seiner Klientel angenommen hatte: leichenblass. Fehlinger sprach mit kraftloser Stimme, schnell und nicht besonders deutlich, sodass er sich damit absolute Ruhe erzwang, wollte man ihn verstehen.

»Ich fange von vorne an«, sagte der Doktor und warf einen kurzen Blick in Richtung der Ermittler, Kriminalrat Keilberth sowie Staatsanwalt Mörtenkötter, ohne sie wirklich anzusehen. Dann begann er, entlang der sargförmigen Edelstahlwanne zu schreiten.

»Bei dem Toten handelt es sich um einen etwa fünfundzwanzig- bis dreißigjährigen Mann, eins neunundsiebzig groß. Hautpartikel weisen unzweifelhaft darauf hin, dass es sich um einen Weißen handelt, Nordeuropäer, möchte ich meinen.«

»Und wie lange lag er schon da?«, fragte Niebuhr voreilig, wofür er von Fehlinger einen mitleidigen Blick kassierte.

»Wir haben keinen Aufwand gescheut, um das herauszufinden, Herr Oberkommissar«, gab er spitz zurück. »Nach dem, was uns der Verwesungszustand, Maden und Insekten verraten, lag der Tote etwa drei bis vier Wochen an der Stelle. Die für die Jahreszeit ungewöhnlich hohen Temperaturen haben dabei neben anderen Faktoren die Zersetzung der Leiche begünstigt …«

»… ist also Anfang bis Mitte Mai zu Tode gekommen«, dachte Sina laut.

»So sieht es aus.«

»Die entscheidende Frage ist: Handelt es sich um Mord oder einen natürlichen Tod?«, mischte sich jetzt Kriminalrat Keilberth ein.

»Die Antwort, die wir auf diese Frage gefunden haben«, dozierte Fehlinger, »wird Sie wahrscheinlich nicht sonderlich befriedigen. Sie lautet: Wir können es nicht mit Gewissheit sagen.«

Er blieb stehen, stellte sich hinter die Edelstahlwanne und wies mit beiden Händen auf die Sammlung zusammenhängend angeordneter, aber längst nicht vollständiger Knochen, Gewebeteile und Reste der Kopfbehaarung in Form einiger dunkelblonder Haarbüschel an Stücken verwester Kopfhaut.

»Wie Sie sicher ahnen, hat sich der Leichnam nicht ausschließlich in einem normalen Verwesungsprozess zersetzt, sondern es ist nachgeholfen worden, wenn ich so sagen darf.«

Der Doktor schürzte die Lippen zu einem unappetitlichen Lächeln, das eine Reihe brauner Zähne freilegte, den starken Raucher verratend.

»Genau gesagt: Es hat Wildverbiss gegeben. Anscheinend hat sich jeder Waldbewohner seinen Teil vom Festmahl geholt.«

Wieder das Fäulnislächeln.

»Was spricht für einen Mord?«, fragte Sina ungeduldig. Sie wollte nach draußen, wo die Sonne schien und es von Menschen wimmelte – lebendigen, fröhlichen Menschen.

»Wir konnten viele Spuren an den Knochen finden, dort, wo Fleisch abgenagt oder herausgerissen und wo fest zugebissen wurde. Das sind eher gröbere Beschädigungen, von besagten Waldbewohnern vermutlich. Bei genauerem Hinsehen fand sich an einer Rippe in der Herzgegend allerdings eine glatte, schnittartige Verletzung, die mit den Bissverletzungen nicht kompatibel ist. Wir können nicht ausschließen, dass diese Verletzung von einer Messerklinge stammt, die durch die Brust ins Herz gestoßen wurde und so den Tod des jungen Mannes verursachte. Aber mit Sicherheit kann ich das nicht sagen, die Interpretation liegt bei Ihnen.«

»Das passt zum Bericht der Techniker«, sagte Keilberth.

Offenbar stand das in dem Hefter, der unter seinem Arm klemmte und den er ihnen noch nicht weitergereicht hatte. So konnte er vor dem Staatsanwalt den Überlegenen mimen. Typisch Keilberth, dachte Sina.

»Die Kollegen von der Spurensicherung haben Blut auf den Überresten des blauen Poloshirts gefunden, das der Tote trug«, führte er an. »Nachdem sie wussten, an welche Stelle der blutbefleckte Fetzen gehört, stellte sich heraus, dass er direkt über der Herzgegend liegt.«

»Und das Blut stammt zweifelsfrei von dem Toten?«, fragte Sina den Gerichtsmediziner.

»Ja. Alle Blutproben, die wir erhalten haben, sind von dem Toten.«

»Das heißt noch nicht, dass es sich um einen Mord handelt«, folgerte Sina. »Er kann sich genauso gut an anderer Stelle verletzt haben und damit in Kontakt mit seinem Shirt gekommen sein.«

»Dann müsste die Verletzung sehr groß gewesen sein. Der Stofffetzen war blutdurchtränkt, sie haben ihn mir gezeigt, Sina«, gab Keilberth in rechthaberischem Ton zurück. Ohne sich weiter mit ihrem Einwand zu beschäftigen, wandte er sich an den Staatsanwalt. Mörtenkötter nickte.

»Wir gehen von Mord aus«, verkündete Keilberth darauf. »Ab jetzt ist es unsere Sache. Die Ermittlungen werden eingeleitet.« Er drückte Sina wortlos den Bericht der Kriminaltechnik in die Hand, sandte ein knappes Lächeln an die Adresse des Gerichtsmediziners und zog mit dem Staatsanwalt ab.

Das Spiel der Sonnenstrahlen in den Blättern des Ahornbaumes, der den Hof des Präsidiums beschirmte, lenkte Sina ab. Sie saß an ihrem Schreibtisch und versuchte, sich ein Bild von dem Toten zu machen, immer den elendigen Haufen Überreste vor Augen. Laut den Berichten der Kriminaltechnik und der Spurensicherung hatte er zur Tatzeit Sneakers, eine abgewetzte blaue Jeans, darunter einen weißen Slip und ein blaues Poloshirt getragen. Offenbar keine Strümpfe und kein Unterhemd. Sämtliche Kleider stellten sich als Billigware heraus, die es in jedem Bekleidungsdiscounter zu kaufen gab. Geldbörse und Schlüssel fehlten. Darüber war also auch keine Identifizierung möglich. Alles, was sie von dem Ermordeten wussten, war, dass er vermutlich nicht viel Geld hatte, Europäer war und jung.

Niebuhr kam herein. »Niemand vermisst ihn. Ich hab den Computer deutschlandweit angesetzt. Einfach nichts, was passt.«

Er lümmelte seine lange Gestalt auf einen der herumstehenden Schalenstühle. Sina schob den Bericht, in den sie sich eben noch vertieft hatte, von sich weg, legte die Arme in den Nacken und seufzte.

»Vielleicht vermisst ihn ja niemand, auch wenn er sich vier Wochen nicht gemeldet hat«, ließ sie ihren Gedanken freien Lauf. »Er lebt vielleicht allein, und die Angehörigen sind es gewöhnt, dass er länger nichts von sich hören lässt.«

»Könnte ein Fremdarbeiter sein, der seine Familie im Ausland hat«, sagte Niebuhr.

»Oder jemand vermisst ihn, meldet sich aber nicht aus wichtigem Grund …«

»Und der wäre?«

»Wenn ich das wüsste.«

Sie schwiegen, starrten jetzt beide ratlos in das flimmernde Blätterdach des Ahornbaumes.

»Ich finde es echt gut, dass du jetzt hier unten arbeitest, Jens«, sagte Sina nach einer Weile und lächelte ihm zu. Nachdem sie und Niebuhr fast zur gleichen Zeit eine Stufe auf dem Beförderungstreppchen hochgefallen waren, hatte sich Niebuhr aus dem Oberharz nach Goslar versetzen lassen. Das hatte Sina geschmeichelt, denn sie hatte Grund zu der Annahme, dass Jens es auch ein bisschen wegen ihr getan hatte. Sie waren eben ein unschlagbares Team.

»Wenn mir Keilberth auf dem Gang begegnet und ein Gesicht zieht, frage ich mich, ob die Entscheidung wirklich richtig war. Mit Rosenberg im Oberharz lief es besser.« Niebuhr klang, als würde er den Schritt ernsthaft bedauern.

»Immerhin hat Keilberth deine Versetzung nicht torpediert, vergiss das nicht.«

»Hm.«

»Also bleibt uns nichts weiter, als zusammen mit der Presse eine Suchaktion zu starten …«, kam Sina auf den Fall zurück.

»… und abzuwarten«, sagte Niebuhr.

DREI

»De Groot ist in der Leitung …«

In der Tür zum Büro stand Maren Brandstätter, seine Sekretärin, deren Aufgabe es unter anderem war, ihn vor ungebetenen Anrufen zu schützen. Sie wartete wie immer geduldig, bis er sich bequemte zu antworten, denn er hasste jede Art von Störung, wenn er nachdachte.

»Danke, Maren, sagen Sie ihm, ich rufe später zurück.«

»In einer halben Stunde steht der Termin mit der IHK an«, schob sie noch trocken hinterher.

»Soll sein, Maren, soll sein, nur lassen Sie mich bis dahin bitte in Ruhe.«

Sie nickte stumm und schloss unhörbar die Tür von außen.

In letzter Zeit kamen ihm die Pausen zwischen den Terminen immer zu kurz vor. Er spürte, dass sich sein Körper gegen den Stress zu wehren begann, von dem er früher nicht genug kriegen konnte.

Nachher musste er wieder den dynamischen Macher geben. Er, Geert Sandrock, der Oberbürgermeister von Goslar, würde Hände schütteln, jedem, der es von ihm erwartete, verbindlich in die Augen sehen, problembewusst, verständnisvoll, menschlich, kompetent, zukunftsorientiert, vorurteilsfrei …

Ihm entfuhr ein Stoßseufzer. Hatten seine Kritiker womöglich recht, wenn sie sagten, er wäre ausgebrannt? Dass Goslar jetzt einen brauchte, der sie nach vorne brachte. Der die ewige Finanzmisere endlich in den Griff bekam, Investoren nicht nur suchte, sondern auch fand und innovative Projekte auf den Weg brachte für eine Stadt, die ausstarb, weil nicht genug junge Familien in ihr leben wollten.

Fast unmerklich hob er das Kinn und blickte aus dem Fenster, hinter dem eine kraftvolle Sonne die Dächer der alten Gemäuer wärmte, für die er seine Gesundheit ruiniert hatte.

Als er vor sechs Jahren die Finanzen dieser Stadt in die Hand genommen hatte, hatte er noch Hoffnung gehabt, die Schieflage wieder ins Lot zu bringen. Niemand konnte ihm was vormachen. Er hatte jahrelange Erfahrungen in verantwortungsvollen Positionen der Verwaltung mitgebracht. Dann hatte er hilflos mitansehen müssen, wie die Gelder zwischen den einzelnen Posten zerrieben wurden. Überall brauchte es mehr als geplant. Schließlich brachen auch noch die Steuereinnahmen in einem Ausmaß ein, wie es sich vorher niemand hatte vorstellen können.

Er tat sein Bestes, und anfänglich erkannte man seine Arbeit auch an. Die eiserne Konsequenz, mit der er sich gegen das Defizit in der Kasse stemmte. Alle standen ausnahmslos hinter den Maßnahmen, die er ergriff. Doch der Erfolg blieb aus, weil die Krise ihnen einen Strich durch die Rechnung gemacht hatte. Es wurde sogar noch schlimmer. Am Ende musste ein Schuldiger her. Und lange dauerte es nicht, bis sie ihn gefunden hatten: Geert Sandrock, der als Heilsbringer angefangen hatte, war plötzlich der Sündenbock.

Vor zwei Tagen war dann der tödliche Satz gefallen, den Sandrock erwartet hatte, aber nicht von seinem Freund Ernst-August Klawitter: »Es ist allein deine Entscheidung, Geert!«

Dabei hatte Klawitter so überzeugend jovial gelächelt, dass Sandrock ihm am liebsten eins in die Fresse gehauen hätte.

Der alte Hirsch ist zum Abschuss freigegeben, hieß das. Und das mit achtundfünfzig.

Hatte er wirklich nichts mehr im Beutel, wie die Kollegen ätzten? Vor dem Herzinfarkt hätte es keiner gewagt, sein Stehvermögen in politischen Dingen anzuzweifeln. Er war überall gleichzeitig gewesen, hatte die Übersicht über sämtliche Vorgänge in Verwaltung und Rat gehabt.

Doch dann kam der Zusammenbruch, der ihn fast zwei Monate außer Gefecht gesetzt hatte. Er verlor zwanzig Kilo, musste mit dem Rauchen aufhören. Jetzt fühlte er sich wieder besser, war aber bei Weitem nicht mehr der Kraftmeier, dem auf jede Intrige im Rat sofort die passende Retourkutsche einfiel. Wenn der Kämpfer blutet, wird er eben schnell zum Opfer.

Er fragte sich, ob es sinnvoll wäre, noch einmal durchzustarten, oder ob er besser auf seine Frau Rita hörte, die ihm in ihrer diplomatischen Art gesagt hatte, dass jeder Grenzen habe und man sie respektieren müsse. Was aber letztlich auch nichts anderes hieß als: Hör auf, du bist am Ende!

Sollte er nicht einsichtig sein, bevor er sich lächerlich machte? Die Presse hackte schon jetzt gnadenlos auf seiner angegriffenen Gesundheit herum, und die Meute der Bluthunde aus dem Rat wurde täglich größer. Womöglich würde er ein zweites Mal zusammenbrechen und einen jämmerlichen Abgang haben.

Auf der anderen Seite hatte sein Stellvertreter Ernst-August Klawitter in seiner scheinheiligen Art recht, wenn er sagte, es sei *seine* Entscheidung, ob er weitermache. *Er*, Geert Sandrock, bestimmte, wann Schluss für ihn war, zumindest noch bis zu den Wahlen in zwei Jahren, und bis dahin war es fast unmöglich, ihn abzusetzen. Zwei Jahre, in denen seine Konzepte aufgehen und den Goslarern bessere Zeiten bescheren konnten. Aber er musste sich entscheiden, entweder er blieb mit einem neuen Schlachtruf oder er ging. Dann schnell, sonst würden sie ihm lebend die Haut abziehen.

Er erhob sich aus seinem Drehsessel aus büffelbraunem Leder, näherte sich dem Fenster und blieb breitbeinig mit verschränkten Armen davor stehen, das Panorama der Stadt im Blick, bis Maren Brandstätter, seine Sekretärin, hereinkam und ihn an den Termin erinnerte.

***

Die Villa Klawitter stand auf einem gemauerten Sockel aus quadratischen Basaltsteinen, der sie mindestens drei Meter über das Niveau des Claustorwalls hob, einer schmalen Wohnstraße am Fuß des begehrten Steintorviertels. Als repräsentatives Denkmal des Jugendstils wie geschaffen für den Firmensitz und die Wohnung der Rechtsanwalts- und Notardynastie Klawitter.

Über der Kanzlei, im ersten Stock der Villa, saßen Ernst-August und seine Frau Miriam Klawitter in der Küche. Sie nutzten das Frühstück immer für eine kleine Dienstbesprechung und gingen die neuen Fälle durch, die dann unten in der Kanzlei nur noch mit Kollege Dr. Hegenbarth und Assistent Freimut abgestimmt wurden, seit Klawitters Vater nicht mehr aktiv in der Kanzlei tätig war.

An diesem Morgen gab es nicht viel zu besprechen, und als sie damit fertig waren, schwiegen sie sich an. Klawitter biss in eine mit Frischkäse light bestrichene Scheibe Knäckebrot und sah zerstreut aus dem Fenster. Strahlendes Frühsommerwetter mit wildem Vogelgezwitscher.

Seine Frau löffelte Müsli mit Erdbeerjoghurt aus einer weißen Porzellanschale von Rosenthal. »Tritt er nun zurück?«, fragte sie plötzlich mit einer gewissen Schärfe in der Stimme, aber ohne den Blick zu heben, und leckte sich einen Rest Erdbeerjoghurt von den Lippen.

Klawitter schreckte auf, wusste zuerst nicht, was sie meinte. Dann schaltete er. Sie sprach von Geert Sandrock, dem Oberbürgermeister. Klawitter erinnerte sich, ihr von der schwierigen Situation im Rathaus erzählt zu haben. Aber das war so nebenbei gewesen, denn er wusste, dass sie mit ihrer Meinung in diesen Angelegenheiten immer sehr zurückhaltend war. Sie hatte die Informationen dann auch, wie nicht anders zu erwarten, lediglich stumm nickend zur Kenntnis genommen.

»Sandrock entscheidet, wann er geht. Gewählt wird erst in zwei Jahren. Ich habe ihn darauf angesprochen, ihm nahegelegt –«

»Es wäre gut, wenn er zurückträte«, unterbrach sie ihn harsch, was noch nie vorgekommen war.

Nicht nur deshalb blieb Klawitter vor Staunen der Mund offen stehen. Miriam und Politik, das waren zwei Dinge, die bisher nie zusammengegangen waren.

»Wieso? Seit wann interessierst du dich für Politik?«

»Ich interessiere mich nicht für Politik, ich weiß nur, dass du sein Stellvertreter bist.«

Das alles sagte sie in einem vorwurfsvoll spitzen Ton, in dem sie ihm gegenüber nie gesprochen hatte, eher im sachlich kühlen wie vor Gericht.

Seine Verwunderung wuchs. »Was soll das heißen, Miriam?«

Sie hatte es geschafft, ihn zu verblüffen, und er konnte sich nicht erinnern, wann das das letzte Mal vorgekommen war.

»Das heißt«, fuhr sie schneidend fort, »dass du das Amt übernehmen würdest, wenn er ginge …«

»Willst du mir sagen, was ich zu tun habe?«

Sie ließ sich nicht irritieren. »… und dann könntest du dich in Ruhe auf die Wahlen vorbereiten und alle anderen, die geil auf den Posten sind, von innen heraus abwürgen.«

Bei »abwürgen« machte sie mit der rechten Hand eine entsprechende Geste und verzog dabei gespielt grausam das Gesicht.

»Wie redest du denn?«

Was war bloß los mit Miriam? Dieses boshafte Grinsen und der Blick, den sie ihm jetzt zuwarf.

»Spinnst du?«

Sie lachte hell auf. »Geht es etwa nicht so zu in der Politik?«

»Miriam, wenn du mich jetzt auf den Arm nehmen willst …«

»Aber Ernsti …«

Sie zwang ihn, sich zu verteidigen.

»Ich habe Sandrock nach seinem Zusammenbruch meiner Loyalität versichert und ihm gesagt, dass es *seine* Entscheidung ist, wann er gehen will …«

Das boshaft ironische Lächeln in ihrem Gesicht wich einem beinahe hasserfüllten Ausdruck, der ihn zusammenzucken ließ.

»Beruhige dich. Ich weiß, dass du ihm etwas schuldest, schließlich hat er dich zu seinem Stellvertreter gemacht, und Königsmord kommt nicht gut an.«

Er verstand immer noch nicht, was sie ihm sagen wollte.

»Aber als OB wärst du unabhängig, endlich unabhängig von diesem Bau hier, von dieser miefigen Tradition, von deinem Vater, der mich nach sechsundzwanzig Jahren immer noch ansieht, als wäre ich ein Fremdkörper in diesem Haus.«

»Aber Miriam, ich …«

Entgeistert starrte er seiner Frau hinterher, die aus ihrem Stuhl schoss und in kleinen, energischen Schritten, denn etwas anderes ließ ihr enger Rock nicht zu, aus der Küche hastete und der Wohnungstür zustrebte.

VIER

Die Suche hatte von Anfang an zwei Handicaps: Es gab nur eine Phantomzeichnung nach dem Totenschädel des Mordopfers, und die Beschreibung der Person passte auf viele junge Männer. Die Radiodurchsagen brachten entsprechend zahlreiche, aber keine zielführenden Hinweise. Auch der Aufruf, auffällige Beobachtungen vor etwa vier bis sechs Wochen der Polizei zu melden – wie zum Beispiel einen eskalierenden Streit, in den ein junger Mann, auf den die Beschreibung passte, verwickelt war –, brachte kein Ergebnis.

»Wir lassen die Technik noch mal ran«, sagte Kriminalrat Keilberth. »Die sollen jeden Zentimeter Waldboden durchsieben, bis er feiner ist als der Sand in der Sanduhr.«

Doch das Ergebnis war gleich null.

Dann ging das Telefon in Sinas Büro.

»Kramer, Kripo Goslar.«

»Hier spricht Mayrinck. Sie erinnern sich, Frau Kommissar? Meine Liese hat den Knochen gefunden.«

»Ja, natürlich. Was gibt's, Herr Mayrinck?«

»Wir haben noch etwas entdeckt. Ich habe zuerst nicht gedacht, dass es etwas mit dem Toten zu tun haben könnte.«

»Was haben Sie denn entdeckt?«

»Als ich mit meiner Liese ein ganzes Stück entfernt von der Stelle, wo sie die Leiche … da gehe ich nämlich nicht mehr entlang, wissen Sie … also, da glänzte mich etwas an. Das war gestern. Ich wollte den Ring zuerst zum Fundbüro bringen, aber dann …«

Es war ein breiter Siegelring aus Gold. Das Wappen zeigte zwei Löwen auf Hinterbeinen, die einen Schild in ihren Pranken hielten, darauf abgebildet eine zweitürmige Burg oder Festung, über der sich zwei Schlüssel kreuzten.

»Könnte ein Stadtwappen sein«, sagte Niebuhr, »fragt sich nur, von welcher Stadt.«

»Wozu gibt es das Internet?«, kam prompt von Sina, obwohl das mehr die Domäne des Kollegen war.

Niebuhr setzte sich auch gleich an den Computer. »Das könnte es sein«, sagte er nach ein paar Mausklicks.

Sina warf einen Blick auf den Monitor. »Riga?«

»Ja, Riga. Hauptstadt von Lettland. Liegt in Nordeuropa, passt also auf unser Suchprofil, dass der Tote Arbeiter aus dem Ausland sein könnte.«

»Nicht schlecht, Jens.« Doch Sina war in Gedanken schon weiter.

Der Ring würde natürlich die üblichen Untersuchungen nach Fingerabdrücken und DNA-Spuren durchlaufen. Wenn er dem Ermordeten gehört hatte, war er vermutlich von einem Tier, vielleicht einer Elster, vom Fundort der Leiche fortgetragen worden. Aber dass sich an dem glatten Gegenstand noch Abdrücke oder Hautpartikel seines Besitzers befanden, war ziemlich unwahrscheinlich. Und doch.

»Es ist eine zweite Chance«, sagte Sina, während sich Niebuhr mit der rechten Hand über den Dreitagebart schrabbte. »Wer den Ring kennt, kennt auch den Besitzer.«

***

Am frühen Abend bummelten Sina und Chao Hand in Hand durch die Goslarer Altstadt. Entlang der Gose, vorbei an der Lohmühle, deren hölzernes Mühlrad gemütlich vor sich hinratterte. Wie jedes Jahr um diese Zeit hingen Blumenkästen an den Geländern der Brücken, besetzt mit orangeroten Geranien, die wie kleine Lichter den Weg des Wassers beschienen.

Es war immer noch warm. Im Herzen von Goslar wimmelte es von Menschen. Plappernde Stimmen, das Klicken von Fotoapparaten erfüllten wie ein Summen die Luft. Die Pferde, die vor den Kutschen an der Marktkirche von St. Cosmas und Damian standen, schlugen ungeduldig mit den Hufen auf das Pflaster. Sommerliches Touristentreiben.

Vorbei am Brunnen aus Bronze mit dem vergoldeten Adler schlenderten Sina und Chao über die Mitte des Platzes und setzten sich in das Café unter dem Glockenspiel in der alten Kämmerei.

Vor ihnen lag die Kulisse von gotischem Rathaus und dem historischen Hotel Kaiserworth mit der schönsten Fassade der ganzen Stadt. Im Hintergrund die aufschießenden Kirchtürme. Sina liebte dieses uralte Goslar. So schief und krumm, wie die Altstadt war – kein einziges rechtwinkliges Haus, keine geraden Bordsteine –, wirkte sie kindlich unvollkommen und war doch höchste Kunst.

Auf Chao schien der Sommerabendcharme keine Wirkung zu haben. Er war wieder so eigenartig still. Sina konnte ihn verstehen, gleichzeitig kroch Angst in ihr hoch. Hausarbeit füllte einen Mann wie Chao nicht aus. Wie lange würde es dauern, bis seine Arbeitslosigkeit die ersten Schatten auf ihre Beziehung warf?

»Hast du Lust, eine Party zu machen?«, versuchte sie die düsteren Gedanken zu verjagen.

»Warum?«

»Einfach so.«

»Meinst du, ich hätte eine Party nötig?«

»Eindeutig ja!«

»Und wer kommt alles?« Chaos Laune schien sich aufzuhellen.

Jens Niebuhr, das war klar, dachte Sina. Doch dann wurde es schon schwer. Keilberth? Nein. Er war Kollege, aber immer auf Abstand bedacht. Und die anderen Kollegen konnte man vergessen. Langweilig und hinterfotzig. Scheißfreundlich würden sie sein und anschließend über sie herziehen. Sieh an, sieh an, Madame Hauptkommissarin hat sich einen jungen Stecher gesucht. Kann sich wohl mit dem Älterwerden nicht abfinden und so weiter und so weiter. Ihr wurde speiübel bei dem Gedanken.

»Wie wär's mit *deinen* Freunden?«

»Die meisten sind nach dem Studium aus Clausthal weggezogen. Aber wir könnten meine Eltern einladen.«

»Au ja, und meine Eltern auch. Da kommt Stimmung auf.«

Sie lachte. Chao ließ sich anstecken. Sie hatte es wieder einmal geschafft.

FÜNF

»Vor deiner Tür sitzt jemand«, sagte Niebuhr, als er Sinas Büro im Präsidium betrat.

»Und warum klopft dieser Jemand nicht an und kommt herein?«

»Keine Ahnung.«

Sina öffnete die Tür zum Gang einen Spaltbreit und spähte hinaus. Im selben Augenblick zuckte eine junge Frau auf ihrem Stuhl zusammen und duckte sich wie ein Hase in der Ackerfurche.

»Möchten Sie zu *mir*?«, fragte Sina.

Die junge Frau nickte.

»Dann kommen Sie doch bitte.«

Die Frau stand auf, griff nach ihrer Tasche und folgte Sina, ohne ein Wort zu sagen. Ihre Angst war anscheinend so groß, dass es sie eine Menge Überwindung gekostet haben musste, hierher ins Präsidium zu kommen.

Als sie das Büro betrat, bekam Niebuhr Stielaugen. Warum Männer nur immer so primitiv sein müssen, dachte Sina. Doch die junge Frau war unbestreitbar hübsch: schlank und mittelgroß und mit den sinnlichen Lippen und den Rehaugen mit allem ausgestattet, um die Urinstinkte im Mann zu wecken.

»Möchten Sie einen Kaffee?«, legte Niebuhr die Platte »Wir sind alle ganz furchtbar sympathisch bei der Polizei« auf.

Die junge Frau schüttelte kaum sichtbar den Kopf.

»Läuft eben ganz frisch durch.«

»Die Dame möchte keinen Kaffee, Herr Oberkommissar«, sagte Sina, »aber mir kannst du einen mitbringen …« Sie grinste Niebuhr frech an.

»Na schön«, antwortete er enttäuscht und trollte sich.

»Mit Milch und Zucker bitte!«, rief ihm Sina noch hinterher. »Warum kommen Sie zu uns?«, wandte sie sich dann an die junge Frau.

Keine Antwort.

»Wenn Sie nicht reden, kann ich Ihnen nicht helfen.«

Die Frau begann in ihrer Tasche zu kramen und förderte einen Fetzen Papier ans Tageslicht, den sie Sina entgegenhielt.

Auf dem Zeitungsfoto war der Siegelring abgebildet.

»Gehört der Ring Ihnen oder jemandem, den Sie kennen?«

Bevor sie eine Antwort erhielt, ging die Tür auf und Niebuhr kam zurück. Er stellte Sina den Kaffee vor die Nase, den eigenen behielt er in der linken Hand. Mit der rechten packte er einen der Schalenstühle und rückte ihn so nahe an den der jungen Frau, dass er die Schweißperlen auf ihrer Stirn hätte zählen können.

Was soll das?, dachte Sina. Jens musste doch spüren, dass er sie auf diese Weise nur noch mehr einschüchterte. Konnte es sein, dass sich der werte Kollege soeben Hals über Kopf verschossen hatte?

»Vielleicht fangen wir von vorne an, und Sie sagen mir zuerst einmal Ihren Namen«, versuchte Sina der Frau die Angst zu nehmen. Aber die schwitzte nur noch mehr.

»Bitte«, versuchte es Niebuhr mit ruhiger, vertrauenerweckender Stimme, »sagen Sie uns Ihren Namen.«

Er gibt sich alle Mühe, dachte Sina, unweigerlich schmunzelnd.

»Milda«, sagte die junge Frau mit einer Aussprache, in der das L so charmant schwang, dass Niebuhr vor Entzücken glänzende Augen bekam.

Doch dabei blieb es. Die Frau starrte wieder schweigend auf die Handtasche in ihrem Schoß.

»Und dieser Ring gehört Ihnen?«

Keine Antwort.

Dann schien sie sich einen Ruck zu geben. »Er gehören Janis.«

»Und wer ist Janis?«, fragte Sina.

»Mein Mann.« Milda schlug schützend die Hände vors Gesicht und schluchzte.

Sina schätzte das Alter der Frau auf Mitte zwanzig. Der Tote konnte also vom Alter her zu ihr passen.

Plötzlich hörte die junge Frau auf zu schluchzen und sah Sina mit großen Augen an.

»Was ist mit Janis?«, fragte sie voller Angst. »Er verschwunden schon lange, schon so lange …«

Offenbar war der Frau nicht klar, dass der Ring in Verbindung mit dem Fund der Leiche stand. Sinas Blick traf den von Niebuhr.

Wie sollten sie ihr beibringen, dass ihr Mann wahrscheinlich nur noch ein Häuflein Knochen war? Aber eine winzige Hoffnung gab es noch für sie.

»Wir müssen zuerst überprüfen, ob der Ring wirklich Ihrem Mann gehört«, sagte Sina. »Dazu brauchen wir etwas, das er benutzt hat, einen Kamm oder etwas Derartiges.«

Milda wurde sichtlich nervös. Die Situation schien eine Wendung zu nehmen, mit der sie nicht umgehen konnte.

»Ich jetzt muss gehen«, sagte sie und sprang auf. Wenn Niebuhr sie nicht am Arm erwischt hätte, wäre sie tatsächlich weg gewesen.

»Noch nicht. Wir brauchen Ihre Personalien und Ihre Adresse«, sagte er und zog sie sanft auf ihren Stuhl zurück.

Aber gerade davor versuchte sie sich anscheinend zu drücken.

»Ich Milda, sonst nichts wissen.«

Ihre Hände krampften sich um die Handtasche. Wieder brach ihr der Schweiß aus.

Sie hat sich Sorgen um ihren Mann gemacht und ist ins Präsidium gekommen, weil sie es nicht mehr ausgehalten hat, dachte Sina. Irgendetwas muss sie davon abgehalten haben, schon früher hier zu erscheinen.

»Sie heißen also Milda, und Ihr Mann heißt Janis, und Sie sind aus einem anderen Land hierhergekommen«, schaltete sich wieder Niebuhr mit nie da gewesener Geduld ein.

Doch Milda blockte.

»Sie kommen aus Riga, stimmt's? Aus Lettland.«

»Ich jetzt gehen.«

»Nein, Sie bleiben hier, bis wir Ihren vollständigen Namen kennen und wissen, wo Sie wohnen«, wurde Sina deutlicher und fühlte sich unfreiwillig in die Rolle des harten Cop gedrängt.

»Milda«, sagte Niebuhr eindringlich, »es geht hier um Mord. Wir müssen alles von Ihnen wissen!«

Milda hielt sich die Ohren zu.

Was sollen wir bloß mit ihr machen?, dachte Sina.

»Es wird Ihnen nichts passieren. Egal, wovor Sie Angst haben, wir sind auf Ihrer Seite«, beschwor Niebuhr die junge Frau weiter. Milda nahm langsam die Hände von den Ohren und schaute Sina erstmals offen ins Gesicht.

»Darf nichts sagen, sonst Arbeit weg.«

»Sie werden Ihre Arbeit nicht verlieren«, versicherte Sina, obwohl sie das nicht garantieren konnte. »Also, wie ist Ihr vollständiger Name?«

Endlich rückte die junge Frau mit der Antwort heraus. Sie hieß Milda Auseklis und war vor etwas mehr als fünfundzwanzig Jahren in einem kleinen lettischen Dorf in der Nähe von Riga als Kind von armen Bauern geboren worden. Mit neunzehn hatte sie ihren späteren Mann kennengelernt, den gut aussehenden Janis Auseklis. Es war die große Liebe gewesen, und vor vier Jahren hatten sie geheiratet.

»Wir viel arbeiten, wir wollen Familie, verstehen? Dann Krise, keine Arbeit, wir Hunger.«

»Und dann?«, fragte Niebuhr.

»Dann Janis hat Kröger kennengelernt.«

»Wer ist Kröger?«

Wieder versuchte sie, die Frage abzublocken. Aber allmählich schien sie einzusehen, dass die beiden Kommissare ihr nur helfen wollten.

»Hotel Silberberg.«

»Liegt in der Breite Straße. Alteingesessen, unten drin sind die ›Niedersachsenstuben‹«, sagte Niebuhr.

»Und wo wohnen Sie?«, fragte Sina.

»In Hof, hinter Haus«, war die zögerliche Antwort.

»Dann fahren wir jetzt dorthin.«

Um zehn Uhr achtundvierzig erreichte der Dienstwagen die Gaststätte »Niedersachsenstuben« in der Breite Straße. Die Beamten und die junge Frau stiegen aus. Milda schien jetzt Vertrauen zu Niebuhr gefasst zu haben, jedenfalls drückte sie sich an ihn wie ein ängstliches Kind an den Vater.

Im Inneren des Lokals brannte Licht, das schwach durch die braunen Glasbutzen nach außen drang, doch die Tür war abgeschlossen. Auf Sinas Klopfen hin ließ sich aus der Gaststube eine dröhnende Stimme vernehmen.

»Wir haben noch geschlossen. Kommen Sie um zwölf wieder!«

Milda zuckte zusammen. Sina gab sich zu erkennen. Kurze Zeit danach öffnete sich die Tür, und ein massiger Mann mit unwilligem Gesichtsausdruck füllte den Eingang.

»Was gibt's denn?«, fragte er, hatte aber Milda sofort erkannt, wie das kurze Blitzen in seinen Augen verriet.

»Wollen wir das hier draußen bereden, oder können wir reinkommen?«, fragte Sina.

Der Typ Marke Türsteher verlangte ihr nicht den leisesten Respekt ab. Er schien nicht besonders überrascht zu sein oder hatte sich innerhalb von Sekunden auf die neue Situation eingestellt. Er trat beiseite und machte eine übertrieben einladende Handbewegung, dazu stellte er ein überlegenes Lächeln zur Schau mit der Botschaft »Ihr könnt mir gar nichts!«.

Drinnen roch es nach Essigputzmittel. Am Tresen sprudelte das Wasser ins Spülbecken. Holz und Strohblumen, Borde mit Krügen und einer Sammlung alter Kaffeekannen an den Wänden, weiß-rot karierte Decken auf den Tischen, das, was unter bürgerlich-gemütlich lief.

»Sind Sie Herr Kröger?«, fragte Sina.

»Ja, der bin ich«, bestätigte Kröger, immer noch selbstsicher grinsend.

»Kennen Sie diese Frau?« Niebuhr deutete auf Milda Auseklis, obwohl sich die Antwort erübrigte.

Das wusste auch Kröger.

»Ja, ich kenne sie.«

»Arbeitet sie hier bei Ihnen?«

»Nicht direkt.«

Was soll er auch anderes sagen, dachte Sina.

»Was heißt das?«

Kröger bot ihnen Platz an einem der Tische an. Milda klebte immer noch wie eine zweite Haut an Niebuhr.

»Möchten Sie etwas trinken?«

»Nein«, erwiderte Sina, »wir möchten, dass Sie uns die Frage beantworten.«

»Ist ja gut, ist ja gut. Ich bin braver Staatsbürger und habe bisher immer meine Steuern bezahlt.«

Der glaubt doch nicht im Ernst, mit dem Theater durchzukommen?, dachte Sina.

»Also?«

»Aus Mitleid hab ich ihr manchmal was zu arbeiten gegeben, in der Küche …« Er zuckte mit den Schultern.

»Wo schläft die junge Frau?«

Jetzt merkte man Kröger an, wie er innerlich kochte. Er warf Milda einen vernichtenden Blick zu, stand schweigend auf und führte die Beamten und seine vor Angst zitternde Küchenhilfe wortlos durch einen schmalen Gang, vorbei an den Toiletten, in den Hinterhof.

Der Hof war umbaut von Schuppen aus marodem Fachwerk, deren schmutzige Fassaden das geflickte Pflaster in Schatten warfen. Der Gestank nach faulendem Kohl und Fisch drang aus den Mülltonnen, die mitten im Weg standen. Abgesehen von einem großen Holztor, innen von einem blitzblanken BMW versperrt, gab es zwei Zugänge zum Hof: den durch das Lokal, durch den sie gekommen waren, und eine Direktverbindung zur Küche.

Die Wohnung der jungen Frau lag im ersten Stock eines der klapprigen Bauten und war nur durch eine Klappe in der Decke erreichbar.

»Haben Sie einen Durchsuchungsbefehl?«, versuchte es Kröger noch einmal.

»Wir haben den Verdacht, dass hier in nennenswertem Umfang Schwarzarbeit betrieben wird. Das reicht«, antwortete Sina.

Kröger gab endlich auf, drehte sich um und ging zurück ins Haus.

Es waren zwei kleine Zimmer, in besserem Zustand, als Sina erwartet hatte, nicht feucht, die Wände mit Raufaser tapeziert. Allerdings war der Boden schief und mit Faserplatten belegt, auf denen jeder Schritt dumpf widerhallte. Der erste Raum war eine Wohnküche mit Küchenzeile, Waschmaschine, Sitzecke, der hintere das Schlafzimmer mit Doppelbett und Schrank, auf dem ein kleiner Fernseher stand. In beiden Räumen gab es je ein Fenster mit Blick auf die trostlose Rückseite des Hotels und der Gaststätte.

Sina setzte sich auf die Bank der Sitzecke. »Hier leben Sie also mit Ihrem Mann?«

Milda begann, sich am Küchenschrank zu schaffen zu machen. »Tee?«, fragte sie schüchtern.

»Gern«, antwortete Niebuhr.

»Ja, hier leben wir. Kröger hat gesagt, zuerst wenig Geld, aber dann immer mehr und es uns gut gehen. Wir müssen nur Mund halten und warten, hat er gesagt, Geduld haben, hat er gesagt. Wollen nur kleines Glück, verstehen? Nicht viel, eine Wohnung und Kinder, vielleicht ein Auto.«

»Haben Sie ein Foto von Ihrem Mann?«, fragte Niebuhr.

»Moment.«

Sie lief ins Schlafzimmer, kam zurück und drückte ihm ein Bild in die Hand.

»Kröger jetzt böse, er jetzt schreien mit mir und ...«, sagte Milda, während sie den Tee einschenkte.

»Hat er Sie schon einmal geschlagen?«, fragte Sina.

Milda schwieg, schien nicht die Absicht zu haben, die Frage zu beantworten.

Vielleicht hat er ihr auch gedroht und ihr irgendetwas erzählt, um alles unterm Tisch zu halten, dachte Sina.

»Wenn er handgreiflich werden sollte, müssen Sie mir das sagen, Milda«, sagte Niebuhr mit besorgter Miene. Und wenn sie nicht dabei gewesen wäre, war sich Sina sicher, hätte er bestimmt ihre Hand gehalten.

Sina warf einen Blick auf das Bild, das Niebuhr ihr überreichte. Das Gesicht eines jungen blonden Mannes mit schmaler, eleganter Nase, fordernden Lippen, strahlenden Augen. Kein Wunder, dass die Mädchen hinter ihm her waren.

»Sie werden Janis finden?«

Der Blick der jungen Frau flehte Sina an. Tränen füllten ihre Augen. Sie schien zu spüren, dass ihr etwas Entsetzliches bevorstand, aber sie klammerte sich immer noch an die Hoffnung, dass Janis lebte.

»Milda ...«, druckste Sina. »Ich kann ...«

»Wir tun unser Bestes, Milda. Aber wir brauchen einen Gegenstand, den Ihr Mann benutzt hat, an dem vielleicht ein Stück von seiner Haut hängt, verstehen Sie, damit wir einige Untersuchungen machen können«, schaltete sich Niebuhr dazwischen.

Er war rührend. Vielleicht ist es das einzig Richtige, dachte Sina. Es gibt nie einen wirklichen Grund, einem Menschen die Hoffnung zu nehmen.

SECHS

Gegen neun Uhr dreißig hatte Klawitter die Villa am Claustorwall verlassen, hatte zwei der ausgetretenen Stufen der alten Sandsteintreppe auf einmal genommen und war, auf Straßenniveau angekommen, in seine schwarze Audi-Limousine gestiegen, die er immer an derselben Stelle parkte. Jetzt saß er in einem der Säle im Goslarer Amtsgericht und wartete auf den Verhandlungsbeginn. Den zuständigen Richter kannte er seit Jahren, sie waren per Du. Es standen drei Termine an, die wohl alle keine Überraschungen bringen würden. Um zehn Uhr eine Scheidung, gefolgt von einem schweren Trunkenheitsdelikt mit Führerscheinentzug und einer Nachbarschaftsklage als Krönung des Vormittags. Alltagsroutine, fern von spektakulären Justizereignissen.

Klawitter spukte seine Frau im Kopf herum. Nie hatte er Miriam so erlebt wie an jenem Morgen, als sie ihm auf eigenartige Weise klargemacht hatte, wie unzufrieden sie in ihrem Leben mit ihm war. Es hatte ihn schockiert, ja, das war das richtige Wort, schockiert, und er hatte sich bis jetzt noch nicht davon erholt. Hatte er nicht immer sein Bestes gegeben, um die Kanzlei hochzuhalten und seiner Frau und den drei Kindern Kai, Jasmin und Leonard mehr zu bieten, als andere Ehemänner und Väter ihrer Familie boten? Um sich dann sagen zu lassen, wie miefig das alles wäre. Gab es nicht Leute, die anderen im Mund herumstochern mussten, um halbwegs so viel zu verdienen, wie seiner Familie monatlich aus den Umsätzen der Kanzlei zur Verfügung stand? Allein was das Jahr Cambridge für Kai gekostet hatte.

Ja, es stimmte, es war nicht einfach mit Vater. Er mischte sich immer noch in alles ein, auch wenn er längst nicht mehr in der Kanzlei arbeitete. Fast jeden Abend kam er aus seiner Wohnung im zweiten Stock zu ihnen herunter, fragte ihn und Miriam aus und gab zu allem seine Meinung ab, und die war meistens eine andere als Miriams. Sie konnte tun, was sie wollte, es war immer falsch. Als der wichtige Domröse-Fall verloren ging, an dem sie nur mitgearbeitet hatte, hatte Vater ihr die Hauptschuld zugeschoben und von einer

Gefahr für den guten Ruf der Kanzlei gesprochen, obwohl es eindeutig nicht an ihr, sondern an den undurchsichtigen Zeugen gelegen hatte. Wahrscheinlich aber war der Hauptgrund seiner ewigen Nörgeleien, dass Miriam ihm nach Leonards Geburt nahegelegt hatte, aus dem ersten in den zweiten Stock zu ziehen, weil die Kinder einfach mehr Platz brauchten. Vater hatte später davon gesprochen, dass er vertrieben worden sei, in seinem eigenen Haus.

Aber dass Miriam jetzt so einen Aufstand machte und alles hinschmeißen wollte – denn danach sah es tatsächlich aus –, das konnte und wollte er einfach nicht glauben. Schon seit über einer Woche redeten sie kaum noch ein Wort miteinander.

Er konnte doch seinen eigenen Vater, der immerhin schon zweiundachtzig war, nicht einfach im Stich lassen. Er hatte ihm schließlich alles zu verdanken. Und dann die Sache mit Geert Sandrock. Hatte er jemals einen Konkurrenten brutal beiseitegeräumt? Das war nicht seine Art. Ohne Sandrock wäre er nie stellvertretender OB geworden, das hatte er nie vergessen. Und die Schritte, die er gegangen war, um dorthin zu kommen, waren einigermaßen gerade Schritte gewesen, mit möglichst wenig Tritten nach links und rechts. Jetzt war er von einigen Ratsherren aufgefordert worden, an Sandrock heranzutreten und ihn sozusagen in Kenntnis zu setzen, was der Rat dachte. Das war doch fair. Und fair wollte er bei allem Ehrgeiz auch bleiben.

Klawitter war sich immer noch nicht sicher, ob Miriam das alles so ernst gemeint hatte. Aber sie ließ nicht mehr mit sich reden. Sie schliefen schon seit Jahren in getrennten Schlafzimmern, weil er schnarchte, aber morgens hatten sie immer zusammen gefrühstückt. Seit dem Morgen allerdings ging ihm Miriam aus dem Weg. Die Besprechungen fanden jetzt nur noch in Gegenwart von Hegenbarth und Freimut statt. Sollte er seiner Frau etwa ständig hinterherlaufen und sie anbetteln, mit ihm zu reden? Das ging zu weit!

Und was Sandrock betraf. Natürlich hatte er daran gedacht, ihn abzulösen. So war Politik, wenn einer abtritt, muss der Nächste folgen, sonst kommt der Apparat ins Stocken. Und vielleicht war jetzt die Zeit gekommen, das Heft in die Hand zu nehmen. Ein Zauderer musste befürchten, seine Chance zu verpassen und am Ende zuzusehen, wie die anderen sich bedienten.

Eines stand jedoch fest: Wenn er sich gegen Sandrock aufbaute, gab es keinen Weg zurück. Dann ging es nur noch um alles oder nichts, denn im Fall der Niederlage gegen seinen alten Freund wäre für ihn im Goslarer Rathaus kein Platz mehr.

***

Der DNA-Vergleich von Partikeln der Kopfhaut aus Janis Auseklis' Haarbürste mit einer Gewebeprobe der Überreste aus dem Leichenfund war positiv. Die Ermittlungen hatten ein erstes wichtiges Ergebnis gezeitigt. Doch es kam keine Freude auf.

»Wir fahren *zusammen* hin«, sagte Sina.

Niebuhr griff nach seiner Lederjacke, und sie verließen Sinas Büro.

Während der kurzen Fahrt in die Breite Straße sprachen sie kein Wort. Beide hatten die unabänderliche Situation vor Augen, die zu ihrem Beruf gehörte und der sie sich am liebsten entzogen hätten: jemandem mitzuteilen, dass er durch Mord einen geliebten Menschen verloren hat.

Vor den »Niedersachsenstuben« hielt Sina den BMW an. Sie sah auf die Uhr und in den Himmel, es war fünfzehn Uhr sechsundvierzig, die Sonne strahlte hell.

In der Gaststätte dagegen herrschte immer die gleiche Tageszeit. Im braunen, tranigen Licht stand Kröger am Tresen und prostete einem Gast zu. An einem der Tische saßen zwei Rentner, jeder vor einem Hellen und einem Klaren, und begafften die Neuankömmlinge.

»Sie wissen ja, wo's langgeht. Oder wollen Sie mich sprechen?«, fragte der Wirt, als er die Beamten erkannte.

»Morgen im Präsidium!«, entgegnete Sina kurz, ließ Kröger stehen und zog mit Niebuhr am Tresen vorbei dem hinteren Ausgang des Gastraumes entgegen. Der Hof hatte das Parfüm gewechselt. Diesmal stank es nach altem Frittenfett.

»Milda?«, rief Sina.

Zuerst kam keine Antwort, dann ein gedämpftes, aber hoffnungsvolles »Ja!« durch ein Fenster ihrer Wohnung.

»Wir haben Ihnen etwas mitzuteilen«, antwortete Sina.

Die Deckenklappe in dem halb offenen Schuppen, in dem auch Brennholz lagerte, ging herunter. Sina und Niebuhr kletterten die wackelige Holzleiter hoch und betraten die Wohnung. Mit flackernden Augen, in denen sich Hoffnung, Angst und Verzweiflung gleichzeitig spiegelten, trat ihnen die junge Frau entgegen.

»Wir haben Ihnen etwas mitzuteilen«, wiederholte Sina, als sie in der Küche standen. »Bitte setzen Sie sich.«

Als hätte die Aufforderung ihm gegolten, setzte sich stattdessen Niebuhr an den Tisch und ließ den Kopf hängen. Milda trocknete sich erst noch die Hände an ihrer Schürze ab, bevor sie sich Sina gegenüber auf einen Stuhl setzte.

»Wir haben Janis gefunden. – Er ist tot«, sagte Sina.

Die Stille tat weh.

Milda brach nicht sofort zusammen. Es dauerte, bis das Gift wirkte. Sina fragte sich, wer sich jetzt um sie kümmern sollte, so weit weg von Lettland, so trostlos in einem stinkenden Hinterhof der Goslarer Altstadt.

»Wo ist er? Ich ihn wollen sehen«, entrang sich der Brust der jungen Frau, aber noch hatte sie sich unter Kontrolle. Noch liefen keine Tränen.

Sina nahm Mildas Hände in ihre und hielt sie fest. Dann sagte sie, so ruhig sie konnte: »Es gibt ihn nicht mehr, Milda … es gibt ihn nicht mehr.«

Sie traf auf einen entgeisterten Blick. »Mir zeigen! Ich Janis wollen sehen«, erwiderte Milda verzweifelt, während ihre Augen feucht wurden.

»Sie verstehen nicht. Er ist ermordet worden und seit Wochen tot, hat draußen gelegen … im Wald. Er ist jetzt in der Gerichtsmedizin. Milda, Sie werden ihn nicht erkennen können. Es ist besser, wenn Sie ihn nicht sehen.«

Sina warf Niebuhr einen hilfesuchenden Blick zu. Doch der stierte apathisch auf den Küchentisch.

»Ich nicht glauben. Ich ihn wollen sehen!« Milda sprang auf, wollte aus der Wohnung rennen, sackte dann aber plötzlich in sich zusammen. Sina konnte sie gerade noch auffangen, während Niebuhr völlig abwesend schien.

»Jens, was ist los mit dir?«

Niebuhr schreckte hoch, realisierte dann, was zu tun war, und trug die ohnmächtige Milda auf den Armen ins Schlafzimmer.

»Freunde wird sie kaum haben. Ich schätze, dass sie und ihr Mann ein ziemlich einsames Leben geführt haben. Es bestand ja immer die Gefahr, entdeckt zu werden«, dachte Sina laut.

»Davon ist auszugehen«, sagte Niebuhr, der jetzt auch seine Sprache wiedergefunden hatte.

Was also würde sein, wenn Milda aufwachte?

SIEBEN

Am nächsten Morgen saß den beiden Ermittlern Winfried Kröger, einundfünfzig Jahre alt, Hotelbesitzer und Gastwirt, von seiner zweiten Frau getrennt lebend, im Verhörraum des Polizeipräsidiums gegenüber. Mit seiner ersten Frau Marion, in Goslar bei Karstadt als Verkäuferin tätig, hatte er einen Sohn, Dominik, sechsundzwanzig Jahre alt und gelernter Tischler, der aber schon seit Jahren als Fahrer für verschiedene Speditionen arbeitete. Winfried Kröger war aktenkundig, vorbestraft wegen Körperverletzung nach einem Vorfall in seiner Gaststätte vor vier Jahren.

Nachdem Sina den zu Befragenden über seine Rechte belehrt hatte, gab sie noch einmal an: »Sie sind hier, um in der Mordsache Janis Auseklis, einem in Ihrem Betrieb nicht vorschriftsgemäß gemeldeten Mitarbeiter, als Zeuge auszusagen.« Dann wurde sie hemdsärmeliger: »Es gibt zwei Möglichkeiten, Kröger: Sie erzählen uns, was wir wissen wollen, dann könnte es glimpflich für Sie ausgehen, oder Sie mauern, dann ziehen wir die Konsequenzen.«

Kröger grunzte. Was blieb ihm auch anderes übrig, als zu signalisieren, dass er kooperativ war? Sonst war er seine Konzession gleich los.

»Fangen wir von vorne an«, begann Niebuhr. »Wie haben Sie den Ermordeten kennengelernt?«

»Dominik, mein Sohn, hat mich mitgenommen, als er eine Fuhre nach Lettland hatte.«

»Wann war das?«

»Das war vor drei Jahren im August. Dominik hatte Baumaterial abzuliefern in Riga. Wir haben dann noch einen getrunken. Da haben wir den Janis getroffen. Er wollte unbedingt weg von Riga, suchte um jeden Preis Arbeit im Westen. Er würde alles machen, sagte er. Die steckten damals bis zum Hals in der Krise, die Letten, wissen Sie, bei denen ist das nicht so glimpflich abgelaufen wie bei uns hier. Die hatten echt nichts mehr zu beißen …«

»Und *Sie* waren der Retter in höchster Not«, übernahm Sina.

»Kann man so sagen.«

»Rührend, Kröger, und dann haben Sie die beiden aus Mitleid einfach so mitgenommen?«

Eine Frechheit, wie der Kerl hier versuchte, den Samariter zu spielen.

»Die standen am nächsten Morgen mit Sack und Pack vor dem Wagen. Dominik wollte zuerst nicht, dann hat ihn die Kleine angefleht, und er ist weich geworden. Richtig verknallt hatte er sich in die.«

Sina lächelte ironisch in Niebuhrs Richtung, der das zu ignorieren schien.

»War es nicht zufällig eher so, dass Sie dringend Küchenpersonal brauchten und in der vollen Absicht mit Ihrem Sohn nach Lettland gefahren sind, um sich billige Arbeitskräfte zu beschaffen?«, fragte Niebuhr.

»Nein!«

»Aber die Gelegenheit kam wie gerufen …«

»Sagen wir so: Ich konnte den Letten helfen, und gegen ein wenig Unterstützung in der Küche – als freiwillige Gegenleistung, versteht sich – hatte ich nichts einzuwenden.«

Sina fand es ziemlich unerträglich, was sie sich da anhören mussten. Doch Kröger hatte bisher alle Kontrollen wegen illegaler oder unangemeldeter Arbeitsverhältnisse ohne Auffälligkeiten überstanden, jedenfalls war nichts aktenkundig.

»Und für die beiden stand schon eine fertige Wohnung im Hinterhof bereit«, spitzte Niebuhr die Unglaubwürdigkeit der Geschichte zu.

»Nein. Nur der Raum war da. War früher alles Heuboden. Aber wir mussten noch ausbauen. Milda und Janis haben zuerst in der Hotelmansarde übernachtet«, sagte Kröger, ohne groß nachzudenken. Möglicherweise entsprach das der Wahrheit. Dazu würden sie Milda befragen.

»Die beiden haben also in der Küche gearbeitet«, setzte Sina wieder an.

»Manchmal auch im Hotel«, gab Kröger freiwillig zu. »Wissen Sie, wie heute die Gastronomie dasteht?«, versuchte er Verständnis zu erwecken. »In der letzten Zeit sind wir am Ende des Monats bei null. Wenn wir Glück haben …«

»Gab es Streit zwischen Ihnen und den Letten?«

»Nein, nichts Ernsthaftes. Kleinigkeiten vielleicht.«

»Wegen der Kleinigkeiten bekommt die junge Frau auch eine Gänsehaut, wenn sie Sie sieht«, sagte Niebuhr kalt.

»Na ja, manchmal wird die Zeit knapp, und da geht es schon mal rauer zu, wenn Sie wissen, was ich meine.«

»Und da sind Sie schon mal lauter geworden«, sagte Sina.

»Genau.«

»Sind Sie Milda oder Janis Auseklis gegenüber jemals handgreiflich geworden?«

»Nein, wieso?«, plusterte sich Kröger entrüstet auf.

Sina verdrehte die Augen.

»Ach so, Sie meinen wegen der Geschichte vor zwei Jahren.« Er wurde wieder kleiner. »Das war etwas anderes. Seitdem habe ich niemanden mehr angefasst.«

»Wie war denn Janis Auseklis so?«

»Wie soll er schon gewesen sein?«

»Ich mache Ihnen ein paar Vorschläge: zurückhaltend, willig, fleißig, pünktlich, streitsüchtig, schlampig, unzuverlässig …«, ging Niebuhr ungeduldig dazwischen.

Kröger betrachtete den Oberkommissar für einen Augenblick so, wie man ein lästiges Insekt zwischen den Fingern betrachtet, besann sich aber dann und wurde fast freundlich.

»Er war pünktlich, wie Sie sagen, und auch zuverlässig. Er war sogar ziemlich ehrgeizig …«

»Wie äußerte sich das?«, fragte Sina.

»Ich hab ihm mal erzählt, dass ich einen Nachfolger für die Kneipe suche, den ich langsam aufbauen möchte, der später alles einmal übernimmt und so weiter. Dominik, mein Sohn, hat keine Lust auf Gastronomie. Ich wollte Janis mit dem Gerede bei der Stange halten. Aber er hat mich damit nicht mehr in Ruhe gelassen, wollte alles möglichst bald haben.«

»Janis Auseklis hat sich also Hoffnungen gemacht, in absehbarer Zeit den Betrieb zu übernehmen, oder wie sollen wir das verstehen?«, fragte Niebuhr.

Kröger schwieg.

»Und dann begriff er, dass Sie es gar nicht so ernst gemeint hatten. Janis war nicht nur ehrgeizig und fleißig. Er war auch stolzer Lette, und zwischen Ihnen und ihm kam es zum Streit«, malte Niebuhr die Situation weiter aus.

»Ja, es ist zwischen mir und ihm zum Streit gekommen!«

»Und wann? Kurz bevor er verschwand?«

Kröger antwortete nicht.

»Wir kriegen das raus, Kröger!«, drohte Niebuhr.

»Haben Sie sich nicht gefragt, warum Janis Auseklis so plötzlich verschwunden ist?«, schaltete sich jetzt Sina mit ruhiger Stimme ein. Ihr ging es eindeutig zu hitzig zu.

»Er ist einfach nicht mehr aufgetaucht. Ich dachte, dass er mir beweisen wollte, dass ohne ihn nichts lief in der Küche. Ich hab Milda gefragt, wo er steckt, und ihr gedroht, wenn er sich nicht bald blicken ließe, dann würden sie mich kennenlernen.«

»Aber er hat sich nicht blicken lassen …«

»Ja, aber Milda war noch da. Er wird schon wieder zurückkommen, dachte ich, er lässt seine Frau nicht im Stich, und er braucht das Geld. Ich war drauf und dran, eine Vermisstenanzeige aufzugeben, aber Janis war nicht gemeldet. Sollte ich mich selbst reinreiten?«

ACHT

Einfach himmlisch. Sina lag nackt, mit abgespreizten Armen und Beinen bäuchlings auf ihrem Bett, im Gesicht der selige Ausdruck eines satten Babys.

Chao war eben eine Klasse für sich. So wie Chao konnte es kein anderer, und es würde sie süchtig machen, wenn sie es nicht schon war.

»Wo hast du das gelernt?«

»Wochenendkurs Entspannungsmassage.« Er beugte sich zu ihr herunter, und seine Hände glitten wieder suchend über ihren Rücken, um die verhärteten Muskelpartien aufzuspüren und sie dann weich zu kneten, sanft, aber gnadenlos.

Es roch nach Rosen und Schweiß. Vorher hatte Chao sie mit Rosenöl eingerieben, das hatte ihn angetörnt, und sie hatten sich geliebt. Jetzt legte er sich neben sie und klatschte sanft auf ihren Po, dass er wie Götterspeise bibberte. Das schien er zu mögen, jedenfalls hörte er nicht mehr damit auf. Immer wieder klatschte er auf ihren Hintern und wartete ab, bis das Wackeln abgeklungen war. Dazu das amüsierte Glucksen aus seiner Kehle.

»Lass das!«

»Warum?«

»Ich komme mir dann so fett vor.«

»Aber meine Sina ist doch nicht … Ich kenne dieses Wort überhaupt nicht«, flüsterte er ihr zärtlich ins Ohr und kuschelte sich an. »Meine Sina ist vollkommen für ihren chinesischen Drachen …«

Der Drache zwischen seinen Beinen wachte wieder auf und rieb sich an ihren Schenkeln.

»Torsten müsste gleich kommen …«

»Ja«, sagte er nur und stopfte ihr den Mund mit Küssen.

Eine Dreiviertelstunde später rumorte Chao in der Küche, Sina lag immer noch im Bett, glücklich, andererseits so erschöpft, dass es ihr unmöglich vorkam, den kleinsten Teil ihres Körpers auch nur einen Millimeter zu bewegen, egal, in welche Richtung.

»Soll ich uns eine Suppe machen?«, kam es aus der Küche.

»Mmmmhhm«, machte sie so leise, dass Chao auf nackten Füßen über die Fliesen im Flur zurück ins Schlafzimmer lief, um nachzusehen, ob sie vielleicht eingeschlafen war. Er streichelte ihr über die Haare. »Soll ich oder soll ich nicht?«

»Mmmmhhm!«

Sie hatte gerade noch so viel Kraft, um mit den Augenlidern zu klimpern. Er lachte, zwängte sich in ihren Bademantel und zog wieder ab.

Die Bilder vom Vormittag meldeten sich zurück. Ob die Geschichte stimmte, die Kröger Niebuhr und ihr im Präsidium aufgetischt hatte? Hatte er tatsächlich nichts mit dem Mord an Janis Auseklis zu tun?

Es war nicht schwer, sich vorzustellen, wie es dazu hätte kommen können. Janis, der sich schon als neuer Chef des Hauses sah, aber immer noch Hilfsarbeiten in der Küche machen musste, und Kröger hatten des Öfteren in der Küche diskutiert. Bis sie sich am Ende nur noch stritten und Kröger eines Abends in Wut das erstbeste Messer griff und in der Hitze des Gefechtes zustach. Anschließend packte er die Leiche in seinen BMW und versteckte sie im Wald am Stadtrand. So könnte es gewesen sein. Und wenn sie Blut von Janis in Krögers BMW finden würden, hätten sie schneller einen dringend Tatverdächtigen als erhofft.

Arme Milda. Die Lettin lag im Krankenhaus. Dort gab es wenigstens psychologische Betreuung, auch wenn das die junge Witwe kaum trösten würde. Niebuhr war im Krankenwagen mitgefahren, saß im Augenblick wahrscheinlich an ihrem Bett. Sina fiel ein, dass es zwischen ihr und Chao auch Liebe auf den ersten Blick gewesen war. Bei Milda Auseklis handelte es sich allerdings um eine in einen Mordfall verwickelte Person, und da war Abstand oberstes Gebot. Auch wenn sie mit der Tat vermutlich nichts zu tun hatte, früher oder später musste sie verhört werden, und da durfte keiner der ermittelnden Beamten voreingenommen sein.

»Weißt du, Torsten hat mich so witzige Sachen gefragt …«

Chao stand in der Tür. Seine Stimme riss Sina endgültig aus dem Tran.

»Was denn für Sachen?«, fragte sie, während sie sich aufrappelte und die Augen rieb.

»Er hat mich gefragt, ob ich auch einmal Papa werden wollte. Das wäre doch geil, Vater zu sein von so einem kleinen netten Kerlchen, hat er gesagt …«

Was sollte denn das schon wieder?, fragte sich Sina. »Ja, stimmt, wirklich komisch.«

***

Die hoch aufgeschossene Psychologin hieß Dr. Mechthild Eckartz und war Sina bis dato noch nicht begegnet. Ihr Alter lag näher an der sechzig als an der fünfzig, ihre Augen waren glanzlos, aber wach, die Stimme floss ruhig und besonnen wie ein Narkotikum dahin.

»Ich habe versucht, mit ihr zu reden. Ohne Erfolg. Sie hat kaum auf mich reagiert, führt unaufhörlich Selbstgespräche, vermutlich auf Lettisch. Ich brauche Ihnen nicht zu sagen, dass ihre seelische Verfassung sehr labil ist.«

»Was ist genau mit ihr?«, fragte Sina. Neben ihr stand der stumme Niebuhr.

»Die Patientin hat einen schweren Schock in Verbindung mit einem Nervenzusammenbruch erlitten. Wir halten sie die nächsten Tage zu ihrem eigenen Schutz unter Beobachtung. Wann sie wieder entlassen werden kann, lässt sich derzeit noch nicht sagen. Hat sie Verwandte hier?«

»Wie es aussieht, nicht. Dürfen wir ihr ein paar Fragen stellen?«

»Ich würde sagen, versuchen Sie es, aber fassen Sie sich kurz. Die Frau braucht unbedingte Ruhe. Sie hat keinen Boden mehr unter den Füßen. Als sie das erste Mal wach wurde, wollte sie weg, hat ihre Sachen genommen und wäre beinahe verschwunden. Aber dann ist sie auf dem Flur mit einem Weinkrampf wieder zusammengeklappt.«

»Danke, Frau Doktor.«

Die Psychologin nickte den beiden Polizisten zu, dann stakste sie mit der Grazie einer Stabheuschrecke mit der Krankenakte in der Hand in Richtung der Lifte. Am liebsten hätte Sina die junge Witwe in Ruhe gelassen, bis sie sich wieder erholt hatte, aber sie mussten unbedingt in Erfahrung bringen, was sich vor und nach dem Verschwinden ihres Mannes abgespielt hatte.

Milda war allein im Zimmer und saß mit dem Rücken zu ihnen auf einem Holzstuhl am Fenster.

»Guten Tag, Milda«, sagte Sina.

Keine Antwort.

»Dürfen wir uns setzen?«

Keine Antwort.

»Wir haben ein paar Fragen«, sagte Niebuhr mit leicht bebender Stimme und setzte sich auf einen Stuhl, der an der Wand stand.

»Ich müde und schlafen«, antwortete Milda schleppend.

Sie erhob sich, ohne die Beamten eines Blickes zu würdigen, schlurfte in zu großen Filzschlappen die zwei Schritte hinüber zum Bett. Auf dem Rand der Matratze blieb sie regungslos sitzen.

»Es tut uns sehr leid, was passiert ist, Milda …«, versuchte Niebuhr einen Weg.

Sie reagierte nicht.

»Aber es ist Mord. Und wir müssen den Mörder suchen und brauchen Ihre Hilfe.«

»Hilfe zu spät, Hilfe früher, jetzt zu spät …«

Mildas Stimme klang so leer und hoffnungslos, dass es Sina die Tränen in die Augen trieb. Aber die Befragung musste sein.

»Was war an dem Tag, als Janis verschwand?«

Milda starrte Sina an, doch sie sah etwas anderes.

»Mama und Papa nicht wollen, ich Janis heiraten. Er nicht ernst genug, mein Vater sagen. Aber ich lieben Janis. Wir Familie haben, Kinder, verstehen? Aber nicht in Lettland. Wir besser leben! Wir im Bett liegen und träumen: Wohnung nicht so klein und Auto, rotes, neues Auto …«

Das kannten sie schon. Dieser Traum war Milda in Fleisch und Blut übergegangen, und jemand hatte ihn ihr bei lebendigem Leibe herausgerissen.

»Es wird alles wieder gut werden, Milda.«

Dummes Zeug, das war Sina bewusst, kaum dass ihr die Floskel über die Lippen gerutscht war. Aber sie wusste im Moment nicht weiter.

»Milda«, kam ihr Niebuhr zu Hilfe, »wir müssen Ihnen diese Frage stellen. Was war an dem Tag, als Janis verschwand?«

Keine Antwort.

Als hätte sie die Frage nicht gehört, strich sich Milda im Zeitlupentempo über ihre braunen Haare, die zu einem Zopf zusammengebunden waren. Erst kurz bevor Sina und Niebuhr resignierten, entschloss sie sich zu reden.

»Janis mit mir arbeiten in Küche. Dienstagabend, Jägertreffen. Dann halb eins in der Nacht zu Ende. Kröger betrunken, kommt in Küche. Sprechen mit Janis.«

»Was haben die beiden gesprochen, haben sie sich gestritten?«

»Immer streiten. Am Anfang alles gut, wir viel arbeiten. Kröger zufrieden. Hat uns Wohnung gemacht in Stall. Janis will mehr verdienen, will eine schöne Wohnung haben. Nicht in Stall.«

»Und was ist passiert?«, fragte Sina.

»Ich Geschirr aus Maschine räumen, dann gehen. Janis kommt später, wie immer.«

»Aber er ist nicht gekommen …«

»Er manchmal abends noch weg. Er frische Luft brauchen nach Arbeit. Ich keine Angst. War müde und schlafen.«

»Und was hat Ihnen Kröger am nächsten Morgen erzählt?«

»Ich fragen, wo Janis. Er sagen, streiten, Janis böse und gegangen. Er nicht wissen, wo. Er zurückkommen, wir warten.«

»Und dann haben Sie gewartet. Tag für Tag, Woche für Woche …«

»Ja, ich warten …«

Sie brach ab, starrte wieder leer vor sich hin. Nach einer Minute drehte sich Sina zu Niebuhr um. Der erhob sich vorsichtig, und sie verließen lautlos das Krankenzimmer.

Dass Kröger eindeutig mehr wusste, als er ihnen bisher gesagt hatte, war jetzt klar. Sie würden den Gastwirt abholen und weiter verhören, aber diesmal als Tatverdächtigen, und einen Durchsuchungsbeschluss würden sie gleich mitbringen.

NEUN

Am nächsten Morgen um acht Uhr sechsundzwanzig trafen Sina und Niebuhr an der Breite Straße auf die Kollegen der Kriminaltechnik. Ihre Order war, der Gaststätte »Niedersachsenstuben« einen gründlichen Besuch abzustatten.

Wieder erinnerten die Lichtverhältnisse im Lokal an ein Oberharzer Bergwerk. Aber es roch nach Kaffee, frischen Brötchen und Wurst. Kröger, der hinter der Theke Gläser polierte, war offensichtlich überrascht, und der Gast in weißem Hemd und Krawatte, der sich gerade einen Bissen in den Mund schob, sah nicht weniger verwundert von dem Display seines aufgeklappten Laptops auf.

Winfried Kröger schien zu ahnen, was ihm bevorstand.

»Ich nehme an, dass Sie diesmal einen Durchsuchungsbeschluss haben.«

Schweigend hielt Sina das Papier hoch.

»Die Küche zuerst, dann alle Hotelzimmer und besonders den Wagen im Hof«, wies sie die Männer von der Kriminaltechnik an, die zielsicher die Schwingtür zur Küche ansteuerten. Niebuhr folgte ihnen.

Der einzige Gast beeilte sich plötzlich sehr, schüttete den Rest Kaffee hinunter und packte sein Arbeitsgerät ein. Dann zog er sich sein Jackett über, griff nach dem Computerkoffer und suchte das Weite.

Vielleicht sollten wir den auch gleich unter die Lupe nehmen, dachte Sina.

Kröger legte das Handtuch beiseite und kam hinter dem Tresen hervor.

»Sie werden nichts finden, Ihre Spürhunde«, sagte er und ließ sich an einem der Tische nieder.

»Warum haben Sie uns verschwiegen, dass es auch an dem Abend, an dem Janis verschwand, zwischen Ihnen und ihm Streit gab?«

»Ich konnte mich nicht mehr so genau erinnern. Außerdem muss ich mich nicht selbst belasten, oder?«

Da hatte er recht.

»Aber wenn Sie unschuldig sind, gibt es nichts, womit Sie sich belasten könnten.«

»Ich war ziemlich besoffen an dem Abend. Die Jäger machen immer was los, wissen Sie. Die lassen sich nicht lumpen. Einmal im Jahr machen die einen drauf, so wie früher …« Er lächelte wehmütig in sich hinein.

»Was genau war an dem Abend?«

»Ich weiß es nur noch ungefähr, wie gesagt, ich hatte schon einiges intus. Janis fing wieder damit an, dass er Ideen hätte, wie er das Hotel und die Gaststätte hochbringen könnte. Zugegeben, die Ideen waren gut, und er hatte Power, aber das Ganze ging mir zu schnell. Ich kannte ihn noch nicht gut genug. Vertrauen muss erst wachsen, in langen Jahren …«

»Und das haben Sie ihm gesagt.«

»Ja. ›Du meinst es eben nicht ernst‹, hat er geantwortet und so weiter. Irgendwann ist er dann abgezogen, und ich bin ins Bett gegangen.«

»Und wo ist Janis hingegangen?«

Kröger zuckte mit den Schultern.

»Wenn wir hier auch nur die kleinste Blutspur von Janis Auseklis finden, Kröger, dann können Sie hier dichtmachen, das ist Ihnen doch klar?«

Ohne ein weiteres Wort stand Kröger auf und räumte vom Nachbartisch das Frühstücksgeschirr ab.

***

Auf dem Weg in den neueren Stadtteil Jürgenohl musste Sina an Torsten denken.

Warum stellte er Chao so merkwürdige Fragen? Ob er nicht *auch* Vater werden wolle und so weiter. Wieso interessierte sich ihr Sohn plötzlich für das Thema Geschwister? Er hatte doch reichlich mit seinem eigenen Leben zu tun. Oder hatte Torsten vor auszuziehen und nur ein schlechtes Gewissen, sie allein zu lassen?

In ihrem Kopf entwickelten sich Bilder. Sie und noch einmal ein Kind … Weich und verletzlich, mit Mandelaugen von Chao. Sie sah ihn, wie er mit stolzgeschwellter Brust den Kinderwagen durch die Goslarer Altstadt schob. Mit fast siebenundvierzig noch ein Kind? Denkbar war es, die Uhr war noch nicht abgelaufen, es war fünf vor zwölf, aber es war noch möglich.

Sina stand jetzt vor einem der Mehrfamilienhäuser aus den Siebzigern. Immerhin hatten die Sanierer versucht, die hoffnungslose Öde der Fassade mit bunten Balkonen etwas abzumildern, im Gegensatz zu vielen anderen in den Straßenzügen hier draußen.

»Ja bitte?«, krächzte die Sprechanlage.

»Kriminalpolizei. Herr Kröger?«

»Ja.«

»Ich habe ein paar Fragen an Sie.«

Es knackte, dann forderte ein Surren auf, gegen die Eingangstür zu drücken. Im Treppenhaus hallte jeder Schritt. Es gab keinen Aufzug.

»Kommen Sie ganz nach oben!«

Als Sina angekommen war, schnaufte sie.

»Nichts für ältere Herrschaften«, sagte der junge Mann mit einem Lächeln, das Sina ärgerte. Dominik Kröger führte sie in ein kleines, aber helles Wohnzimmer mit erstaunlichem Blick auf den Harz.

»Ich komme wegen Janis Auseklis.«

Mehr brauchte sie nicht zu sagen, schließlich war der Sohn des Gastwirts an der ganzen Sache nicht unbeteiligt: Er war es gewesen, der die beiden Letten in seinem Wagen von Riga nach Deutschland gebracht hatte.

Sie setzten sich in die Polster. Dominik wirkte weniger bullig als sein Vater, obwohl die Ähnlichkeit nicht zu verkennen war. Den Eierkopf und die Bärenpratzen hatte er zweifellos von Winfried Kröger geerbt. Eins unterschied die beiden jedoch: Die Akne, die sich bis zu Dominiks Ohren hochzog, hatte aus seinem Gesicht einen wüsten Acker gemacht.

»Wir benötigen Ihre Aussage als Zeuge, Herr Kröger.«

»Verstehe«, sagte der junge Mann, »aber was soll ich bezeugen? Ich habe erst nach zwei Tagen erfahren, dass Janis verschwunden war.«

»Und wo waren Sie an dem Abend, als er nicht mehr nach Hause kam?«

»Bei Ingo, einem Freund von mir. Wir haben Darts gespielt.«

»Das kann er natürlich bezeugen.«

»Na klar.«

»Und wann haben Sie damit aufgehört?«

»So gegen zwölf.«

»Und danach?«

»Bin ich von Oker nach Hause gefahren. Ingo wohnt nämlich in Oker.«

»Sind Sie auf dem Rückweg von irgendjemandem gesehen worden, der das bezeugen könnte?«

»Nicht dass ich wüsste.«

In der entstandenen Pause sah sich Sina flüchtig im Zimmer um. Kein Stäubchen auf den Möbeln, das Laminat blank geputzt, und die Schuhe in der Diele standen wie die Rekruten brav nebeneinander.

»Wohnen Sie allein hier?«

»Ja«, antwortete Dominik, »aber ich würde es gern ändern.«

Das war ihm wohl so herausgerutscht. Jedenfalls lief sein Gesicht rot an. Eigentlich hatte Sina ihm nur ein Kompliment machen wollen.

»Für einen Junggesellen nicht schlecht, wie sie den Haushalt im Griff haben«, sagte sie. »Wie haben Sie Janis und Milda Auseklis kennengelernt?«

Sie kannte die Geschichte schon von Kröger senior, aber jede Abweichung konnte weiterführen. Also ließ sie seinen Sohn erzählen.

»... als die beiden am nächsten Morgen vor dem Auto standen, wollte ich sie zuerst nicht mitnehmen. Das gibt bloß Ärger, habe ich zu meinem Vater gesagt. Aber der sagte: ›Lass mich nur machen!‹ Da hab ich am Ende nachgegeben und sie einsteigen lassen. Doch ich wollte nichts damit zu tun haben. Das habe ich Papa gleich gesagt.«

»Wie ist Ihr Verhältnis zu Ihrem Vater?«

»Wir halten Abstand. Früher hat es viel Streit gegeben. Er war der Größte, und ich war die Flasche. Bis er Mama und mich nach der Scheidung endlich in Ruhe gelassen hat. Als ich zwanzig war und schon zwei Jahre meine eigene Wohnung hatte, meldete er sich wieder. Ob ich Interesse hätte, das Hotel und die Gaststätte zu übernehmen, und dass er sich geändert hätte ...«

»Und was haben Sie gesagt?«

»Dass er seinen Scheiß allein machen soll und dass ich nichts mehr mit ihm zu tun haben will. Da hat er geheult. ›Lass uns wenigstens wieder miteinander reden‹, hat er gesagt. Seitdem geht es besser zwischen uns beiden, aber ich lasse mir von ihm nichts mehr vorschreiben.«

Die Antwort deckte sich mit Kröger seniors Aussage, dass sein Sohn an der Nachfolge von Gaststätte und Hotel kein Interesse habe.

»Nach der Fahrt von Lettland hierher hatten Sie also mit Milda und Janis Auseklis keinen Kontakt mehr?«

Dominik Kröger zögerte mit der Antwort.

»Nicht direkt.«

»Das heißt?«

»Wie soll ich sagen ...«

»Einfach wie es war, Herr Kröger. Bei Mord muss alles raus.«

»Milda, ich meine ... ich kann sie ganz gut leiden ...«

»Schon von Anfang an, als Milda Sie angebettelt hatte, sie und Janis mitzunehmen, stimmt' s?«

»Wieso, woher ...? Ach so, mein Vater. Wenn Sie alles schon wissen, kann ich mir das Reden ja sparen.«

Eingeschnappt.

»Herr Kröger, ich brauche *Ihre* Sicht der Dinge. Dabei darf es für Sie keine Rolle spielen, was Ihr Vater gesagt hat.«

Sina wartete, bis er den Ärger hinuntergeschluckt hatte.

»Ja, es stimmt schon. Ich mochte sie von Anfang an ganz gerne ...«

»Sie wollten sie öfter sehen?«

»Ja ...«

»Sie waren an ihr interessiert.«

Er verlor endgültig die gute Laune. »Ja, aber sie wollte nicht! Sie liebte ihren Mann. Janis hier, Janis da. Ab und zu haben wir uns in Papas Kneipe gesehen. Ich bin dann in die Küche gegangen, wenn Janis Einkäufe gemacht hat. Er kam sich ja schon wie der Juniorchef vor. Abends war er auch öfter weg, aber da hat er andere Besorgungen gemacht …« Dominik fuhr sich mit der rechten Hand durch seinen Bürstenschnitt.

»Welche Besorgungen hat er denn da gemacht?«

»Na welche wohl? Er hatte eine andere, der so treue und gute Janis.«

»Woher wussten Sie davon?«

Dominik wandte den Blick ab. »Ich bin ihm eines Abends gefolgt«, kam es dann kleinlaut.

Wenigstens schämt er sich, dachte Sina.

»Und das haben Sie Milda erzählt?«

»Sie wollte mir nicht glauben. Sie hat glattweg abgestritten, dass Janis sie jemals betrügen könnte.«

»Und dann hat sie Ihnen mitten ins Gesicht gesagt, dass Sie niemals eine Chance bei ihr haben würden.«

»Ja, so ungefähr hat sie es gesagt«, gab Dominik zu.

Das tat weh.

ZEHN

Allmählich schärfte sich das Profil des Mordopfers. Seit der Befragung von Dominik Kröger hatte das Bild vom treuen Ehemann, der sich nichts sehnlicher als ein Leben in Bescheidenheit mit Frau und Kindern wünschte, Risse bekommen. Vielmehr schien Janis Auseklis ausgesprochen ehrgeizig gewesen zu sein und hatte es kaum erwarten können, Hotel und Gaststätte von Winfried Kröger zu übernehmen. Fragte sich, was es damit auf sich hatte, dass er angeblich seine Frau betrogen hatte. Und was war in der ganzen Zeit in Milda vorgegangen?

Sina wollte in Ruhe über die junge Lettin nachdenken. Dazu setzte sie sich in eines der Straßencafés rund um den Schuhhof im Schatten der Fachwerkhäuser mit den geschnitzten und bunt bemalten Schmuckbändern. Der Sommer war wieder da, feucht und warm, kein Lüftchen regte sich. Die Menschen kauften ein und schwatzten und aßen Eis. Wie immer ging es gemütlich zu in der Altstadt.

Milda hatte also gewusst, dass ihr Mann eine andere hatte. Dominik Kröger hatte es ihr gesagt. Doch bis jetzt schien sie es nicht akzeptiert zu haben. Weil nicht sein konnte, was nicht sein durfte. Oder aber die Sache lag ganz anders …

Die Frau, deren Adresse Sina dem jungen Kröger abgetrotzt hatte, wohnte in der oberen Schilderstraße, nicht weit entfernt von der Breite Straße und den »Niedersachsenstuben«. Ein junger Mann brauchte zu Fuß nicht länger als zehn Minuten, um vom einen zum anderen Ort zu gelangen.

»Kommen Sie doch herein«, sagte die tizianrote Fünfzigerin freundlich.

Ein mageres, gebräuntes Gesicht mit ausgeprägter Nase. Sie war schlank, nicht einmal ihre Hüften hatten auch nur ein Gramm zu viel, worum Sina sie spontan beneidete. Eine Frau, die sich mit Kosmetik, jugendlichem Outfit und Disziplin gegen das Altern stemmte. Die Einrichtung der Wohnung verriet zudem, dass es ihr finanziell gut ging. Sie setzten sich in ein kleines helles Wohnzimmer mit Blick auf einen Balkon, bestückt mit Buchsbaumkugeln und Rosen. Sibylla Greiner wirkte betroffen, wenn auch nicht am Boden zerstört, als sie hörte, was passiert war.

»Ja, ich hatte ein Verhältnis mit ihm, wenn Sie so wollen. Meistens kam er spätabends. Er war süß, hat sogar versprochen, mich zu heiraten, auch wenn ich ihm das nicht geglaubt habe. Wenn er mich besucht hat, kam ich mir für zwei Stunden wieder wie eine begehrte Frau vor, mehr wollte ich nicht. Ein gut aussehender Mann, jung und leidenschaftlich. Ich bin allein. Die Chance konnte ich mir nicht entgehen lassen. Vielleicht können Sie das verstehen?«

Sina nickte. Sie dachte an Chao und sich. Gab es da Ähnlichkeiten? Hoffentlich nicht.

»Bitte verstehen Sie mich nicht falsch, Frau Greiner, haben Sie Herrn Auseklis in irgendeiner Weise finanziell unterstützt?«

Sibylla Greiner regte die Frage keineswegs auf. »Ja, natürlich. Wenn er Geld brauchte, habe ich es ihm gegeben. Ab und zu hundert oder zweihundert Euro. Er war charmant, wissen Sie, hat mir nie das Gefühl gegeben, dass es ihm darum ging.«

»Er hat also vorgegeben, Sie heiraten zu wollen«, wiederholte Sina. Auch wenn Sibylla Greiner das Angebot nicht für voll genommen hatte, konnte es Janis Auseklis durchaus ernst damit gewesen sein. »Hat er Ihnen nicht gesagt, dass er schon verheiratet war?«

»Nein«, kam es nicht sonderlich überrascht. »Ich habe geahnt, dass ich nicht die Einzige war, aber das hat mich nicht weiter interessiert. Andere offenbar umso mehr. Einmal kam er mit einer Platzwunde am Kopf. Ich fragte, was passiert ist, aber er wollte nicht mit der Sprache heraus. Als er an dem Abend ging, sagte er, dass wir uns in nächster Zeit nicht mehr so oft sehen könnten. Vielleicht hat ihm seine eifersüchtige Frau mit dem Topf eine übergebraten, dachte ich mir noch.« Sie lachte kurz auf, hatte sich aber sofort wieder im Griff. »Bitte nehmen Sie mir das nicht übel.«

Sina hatte jetzt eine weitere Bestätigung dafür, dass Janis Auseklis mit allen Mitteln versucht hatte, an Geld zu kommen. Genauso wichtig wie diese Erkenntnis aber war die Antwort auf die Frage, ob sich Janis ernsthaft von Milda trennen wollte, weil ihm Geld wichtiger war als Liebe.

***

Keilberth war in Hochform.

»Dauernd ist an der Kiste was«, motzte der Kriminalrat in den Hörer, »und immer soll es die Elektronik sein. Ich habe langsam das Gefühl, dass Sie und Ihre Männer es einfach nicht draufhaben ...«

Er machte Zeichen, dass sich Sina und Niebuhr setzen sollten. Vor ihm auf dem Schreibtisch lag ein Ordner mit Berichten, darunter vermutlich die neuesten von der KT, die sie noch nicht kannten.

Keilberth war oft nur schwer auszuhalten, aber dass er so aus der Haut fuhr, hatte Sina lange nicht erlebt. Er schrie fast in den Hörer, bevor er ihn wütend hinknallte. Schwer atmend wandte er sich ihnen zu und bemerkte erst jetzt, wie sie ihn verwundert anstarrten.

»Bitte entschuldigt«, versuchte er die Situation herunterzuspielen, »immer der Ärger mit meinem Wagen. Heute ist er wieder nicht angesprungen. Ist noch nicht mal zwei Jahre alt.«

Fünf Sekunden betretenes Schweigen.

Mit Keilberth war etwas los, das spürte Sina genau. Schon sein Äußeres wirkte heute grenzwertig: Rasiert hatte er sich nicht, das Hemd war ungebügelt mit labbrigem Kragen, die Ärmel aufgekrempelt, als wäre er von einem Rohrbruch überrascht worden. Sonst undenkbar bei ihm. Sina fielen auch die rot unterlaufenen Augen auf. Geschlafen hatte er also auch nicht.

»Gibt es etwas, das ich noch nicht weiß?«, ließ er jetzt in dem anmaßenden Ton vernehmen, der bei den Kollegen so besonders gut ankam.

»Ich habe noch einen weiteren Zeugen vernommen, Heinz«, sagte Sina.

»Und warum erfahre ich erst jetzt davon?«

»Weil ich noch keinen Bericht geschrieben habe.«

Sollte er es nur wagen, sie anzumachen. Sie hätte die passenden Antworten parat.

Doch Keilberth reagierte überraschend anders.

»Vielleicht fasst du eben kurz zusammen, was es gebracht hat«, sagte er, und der Dampf schien durch seine Ohren zur Decke abzuziehen. Er faltete die schwarz behaarten Hände auf der Platte seines Schreibtisches und stellte, wie verwandelt, eine andächtig lauschende Haltung zur Schau, die an einen Gläubigen in der Messe erinnerte. Verrückt, dachte Sina, was stimmt bloß nicht mit ihm?

Sie fasste die Befragung von Sibylla Greiner zusammen.

»… an dem Abend, bevor Auseklis verschwand, hat er sich in der Schilderstraße nicht blicken lassen«, sagte sie am Schluss.

»Hat die Dame dafür Zeugen?«, fragte Keilberth.

»Nein. Sie hat allein auf ihn gewartet. Kommt aber als Täterin kaum in Frage. Es fehlt schlicht das Motiv.«

»Vorläufig scheint es so«, verbesserte Keilberth, setzte seine Lesebrille auf die Nase und blätterte in den Berichten. »Bei der Durchsuchung in Hotel und Gaststätte wurden überall Spuren von Janis Auseklis gefunden, außer in Krögers BMW und in Kröger juniors Opel. Das heißt nicht, dass sie ihn nicht umgebracht haben können. Für mich bedeutet das lediglich, dass die Wahrscheinlichkeit schwindet, dass die Leiche mit diesen Wagen transportiert wurde, schließt es aber auch nicht ganz aus. Nur eins ist überraschend: Allein im Schlafzimmer von Milda und Janis Auseklis wurden Blutspuren des Ermordeten gefunden.«

Niebuhr starrte den Kriminalrat ungläubig an.

Der Topf, dachte Sina.

»Vielleicht hat Sibylla Greiner richtig vermutet, und die beiden hatten eine tätliche Auseinandersetzung. Nachdem Milda von Dominik Kröger erfahren hatte, dass Janis fremdging, hat sie ihn vielleicht zur Rede gestellt.«

»Und dabei hat sie absichtlich oder aus Versehen ihren Mann umgebracht«, setzte Keilberth das Szenario fort, ohne zu ahnen, wen er da auf den Plan rief.

»Das ist doch an den Haaren herbeigezogen«, brauste Niebuhr auf. »Milda … äh, ich meine, Frau Auseklis hat ihren Mann doch abgöttisch geliebt.«

»Gerade deswegen, Kollege, gerade deswegen«, entgegnete Keilberth und holte tief Luft.

***

Sina hing die letzte Szene mit Keilberth noch nach.

Als Niebuhr von abgöttischer Liebe gesprochen hatte, meinte sie, in Keilberths Augen einen feuchten Schimmer bemerkt zu haben. Und noch etwas war ihr aufgefallen. Keilberth, der unsentimentale Keilberth, der Privates nicht gerne im Dienst sah, dieser Keilberth hatte sich ein Foto im Silberrahmen auf seinen Schreibtisch gestellt. Sie hatte nicht erkennen können, wer darauf abgebildet war, aber unzweifelhaft bedeutete ihm diese Person sehr viel. Ein Todesfall? Das würde auch erklären, warum er so überdimensional gereizt am Telefon reagiert hatte. Doch davon hätte Sina gewusst, das hätte sich längst wie ein Buschfeuer durch die Flure gebrannt.

»Ich glaube das einfach nicht. Milda ist zu so etwas nicht fähig.«

»Ach Jens«, stöhnte Sina und hatte langsam das Gefühl, dass Niebuhr vorsätzlich alle Erfahrungen, die er in den Jahren bei der Kripo gesammelt hatte, über Bord warf.

Sie fuhren im blauen Dienstwagen in Richtung Krankenhaus.

Dr. Mechthild Eckartz, die lange Psychologin, hatte schon auf sie gewartet. Sie blätterte mit ihren knochigen Fingern in der Krankenakte.

»Was macht unser Sorgenfall?«, fragte Sina.

»Ich habe das Gefühl, dass es ihr allmählich besser geht, auch wenn sie mich immer noch nicht an sich heranlässt. Sie steht weiter unter Beruhigungsmitteln und schläft viel.«

»Guten Morgen, Milda«, sagte Sina, als sie den Raum betraten.

Milda saß auf ihrem Stuhl am Fenster mit dem Rücken zur Tür.

»Guten Morgen.«

Immerhin antwortete sie. Offenbar ging es ihr wirklich besser. Niebuhr überfiel wieder diese eigenartige Zurückhaltung, als wollte er mit der Befragung nichts zu tun haben. Er blieb an der Tür stehen. Sina näherte sich vorsichtig der reglosen Gestalt am Fenster und legte ihr freundlich die Hand auf die Schulter. Die junge Lettin drehte sich um. Ihr Teint war absolut farblos, die Augen stumpf.

»Sie haben es gewusst, stimmt's?«, fragte Sina.

»Ich was gewusst?«

»Dass Ihr Mann fremdging …«

Milda zuckte nicht einmal. »Janis nur mir treu, er nur mich lieben, hat gesagt. Ich meinem Mann glauben!«

Es gibt Zeugen für das Gegenteil, dachte Sina, in mindestens einem Fall. Aber sie wollte nicht riskieren, dass Milda sich aufregte und am Ende gar nichts mehr sagte. Sie versuchte einen anderen Weg.

»Hatten Sie manchmal Streit mit Ihrem Mann?«

»Alle Ehen einmal Streit«, erwiderte Milda unerwartet schlagfertig.

»Hatten Sie auch Streit wegen der anderen Frau?«

»Ja, aber Janis sagen, nur mir treu. Ich glauben.«

»Und was ist mit dem Blut im Schlafzimmer?«

Die Frage schien Milda durch und durch zu gehen. Doch sie überlegte nicht lange.

»Er Kopf gestoßen und ins Bett gelegen. Blut auf Boden tropfen.«

Wer wollte das Gegenteil behaupten?

Für Milda war die Sache damit erledigt. Sie sagte kein Wort mehr und schleppte sich zum Bett.

Niebuhr schien mit der Befragung zufrieden zu sein. *Ich wusste es doch*, sagte sein Blick, als er die Tür des Krankenzimmers von außen zuzog, *sie ist unschuldig, voll und ganz unschuldig.*

»Ich bin mir da nicht so sicher«, sagte Sina nachdenklich.

»Wieso?«

»Sie will ihre Ehe mit Janis in guter Erinnerung behalten und biegt sich alles entsprechend zurecht. Dabei blendet sie jedes Detail aus, das nicht ins Schema passt, um seelisch überleben zu können …«

»Umwerfend, Frau Doktor«, tat Niebuhr ihre Theorie ab. »Vielleicht solltest du hier im Krankenhaus anfangen und die Eckartz ersetzen.«

Sinas scharfer Blick brachte ihn zum Schweigen.

»Ich schlage vor«, sagte sie in einem Tonfall, der stark an den des Kriminalrats erinnerte, »einen Beamten zur Bewachung abzustellen. Milda Auseklis zählt für mich ab jetzt zum Kreis der Verdächtigen.«

Niebuhr schäumte. »Na schön, dann mach *ich* das!«

»Sei nicht albern, Jens. Das ist nicht unsere Sache.«

»Ich bleibe die nächsten Stunden hier auf dem Flur sitzen, um die Menschheit vor Milda Auseklis zu schützen!« Er warf sich auf einen der Stühle, die entlang der Wand standen, und verschränkte demonstrativ die Arme.

Idiot, dachte Sina.

***

In der Mittagspause fuhr Sina nach Hause. Chao hatte Rindfleisch mit Zwiebeln im Wok angebraten, dazu tranken sie grünen Tee. Danach blieb ihr noch etwas Zeit, und sie verzogen sich auf die gemütliche Couch ins Wohnzimmer. Als Sina daran dachte, wie Jens aus Trotz stundenlang auf dem Krankenhausgang in einem verdammt harten Stuhl verbringen würde, nur um ihr etwas zu beweisen, musste sie schadenfreudig grinsen.

Chao hatte ihr Grinsen bemerkt. »Was ist los?«, fragte er und stoppte für einen Moment die kleine Schultermassage.

»Nicht aufhören! Weitermachen!«

»Erst wenn du mir sagst, was los ist.«

Ups, offenbar hatte er das Gefühl, dass sie sich über ihn lustig machte. Chao war in letzter Zeit so empfindlich geworden. Aber es war Konsens zwischen ihnen, dass sie ihm nichts aus dem Dienst erzählte.

»Du warst sicher ein bildhübsches Kind«, alberte sie herum.

»Ja, und warum lachst du darüber?«

»Ich lache nicht, ich freue mich nur …«

Sie umarmte ihn und versuchte, ihn seitlich auf die Couch zu ziehen. Aber Chao schüttelte sie ab und machte ein Gesicht wie ein asiatischer Gewittergott, wenn es denn einen gab. Was war bloß los mit den Männern? Erst Keilberth, dann Niebuhr und jetzt auch noch Chao. Spaßverderber, dachte Sina und wollte aufstehen.

In dem Augenblick legten sich zwei Hände um ihre Hüften, und warme weiche Lippen küssten ihren Nacken. Sollte sie schmollen oder besser nicht?

Plötzlich schallte ein lautes Quaken durch den Raum. Sie erschraken beide. Woher …? Dann wurde Sina klar, dass das der neue Klingelton war, den Torsten ihr aufs Handy geladen hatte.

»Sina Kramer … Jens, was gibt's?«

Drei Worte genügten.

»Das darf doch nicht wahr sein.«

»Was ist los?«, fragte Chao erschrocken.

»Milda ist verschwunden.«

ELF

»Das kannst du doch mit mir nicht machen!«

Der Mann, der in Geert Sandrocks Büro auf einem geschnitzten Eichenstuhl mit lederner Sitzfläche nervös hin- und herrutschte, war Ratsherr Helmut Hauke, zuständig für das Bauwesen der Stadt. Aufgebracht gestikulierte er in der Luft herum, seine Stimme war heiser geworden, und die Stirn schwamm in Schweiß. Sandrock konnte sich denken, dass das Aus für Hauke und die Investmentfirma, die er seit Anbeginn des Vorhabens im Schlepptau gehabt hatte, für ihn mit Unannehmlichkeiten verbunden war, aber er hatte sich nun einmal entschieden.

»Du weißt genau, dass jeder angreifbar ist. Auch du! Zwing mich nicht …«

Haukes Augen funkelten angriffslustig, und Sandrock hätte ihn beinahe ernst genommen. Aber was konnte er schon gegen ihn in der Hand haben? Ja, es gab eine dunkle Stelle in seinem Leben als Politiker, aber davon wussten nur er und … Sandrock hatte nicht einmal seiner Frau davon erzählt. Was Hauke von sich gab, war zweifellos nur das letzte Getöse eines Geschlagenen. Am Ende lag die Entscheidung bei ihm, dem OB, und die würde er in einigen Tagen auf der Sitzung verkünden.

»Jetzt beruhige dich doch, Helmut.«

»Ich stehe bei der IIT im Wort. Das weißt du, Geert. Du kannst mir doch jetzt nicht einfach die Klamotten vor die Füße werfen!«, jammerte Hauke weiter. Er schien restlos verzweifelt und tat Sandrock fast leid.

»Wir in der Politik sind Pfefferbeißer, Helmut, das weißt du doch«, versuchte er abzumildern. »Wir beißen jeden Tag auf Pfeffer, bis uns die Tränen in die Augen schießen, und dürfen uns nichts anmerken lassen. Wir können nur immer weitermachen.«

Natürlich war die Absage verdammt kurzfristig, und Hauke würde vor seinen Leuten von der International Investment Transfer aus Süditalien schlecht aussehen. Sie hatten fest mit der Beteiligung am Projekt »Hokenpassage« gerechnet. Aber Sandrock konnte nicht anders. Er musste politische Ergebnisse liefern, wenn er wieder anerkannt werden wollte.

»Es tut mir leid, Helmut. Bei dem Projekt läuft seit zwei Jahren nichts, wie es soll. Du hast auch nicht gerade dazu beigetragen, dass es einfacher wird.«

»Das stimmt nicht, das weißt du genau! Ich kann doch nichts dafür, wenn de Groot immer wieder etwas gegen die Entwürfe einzuwenden hat.«

Immer noch kämpfte Hauke mit allen Mitteln. Doch bisher war das Projekt nicht aus der Anfangsphase herausgekommen, waren De Groot Pharma als Investor aus Goslar, auf die Sandrock nicht verzichten wollte, und die von Hauke favorisierte IIT damit beschäftigt, Pläne für eine zweite große Passage von der Hoken- in die Fischemäkerstraße in der Goslarer Fußgängerzone mit Geschäften, Cafés und Boutiquen zu entwickeln. Doch bis heute fanden nur endlose Grabenkämpfe statt. Das lag auch daran, dass die von Hauke ins Rennen gebrachte Firma nie vor Ort war, wenn etwas zügig geregelt werden musste.

Auch war Haukes Rolle in der Sache nicht gerade durchsichtig. Sandrock hatte häufig den Eindruck gehabt, dass Hauke nicht die reibungslose Zusammenarbeit der beiden Firmen im Auge hatte, sondern versuchte, der IIT eine dominante Stellung zu verschaffen.

Damit war jetzt Schluss. Sandrock würde das Vorhaben »Hokenpassage« mit De Groot Pharma allein durchziehen. Sandrock schätzte die De-Groot-Brüder, und offenbar hatten auch die Zwillinge zu ihm Vertrauen. Zumindest hatten sie Sandrock immer gut aussehen lassen, besonders bei der letzten Wahl, wo sie ihn mit einer Finanzspritze in letzter Sekunde gerettet hatten. Er brauchte Erfolge, nur so würde er seinen Stellvertreter Klawitter und dessen Anhänger zurückdrängen können.

»Ist das dein letztes Wort?«, fragte Hauke.

Sie tauschten einen kurzen Blick.

»Aber man kann doch über alles reden«, versuchte der Ratsherr es erneut.

»Zu spät, Helmut, ich warte schon zu lange …«

Hauke schnappte noch einmal nach einem Wort, aber das war nur ein Reflex. Es gab nichts mehr zu sagen. Er erhob sich von seinem Stuhl, und ohne in Sandrocks ausgestreckte Hand einzuschlagen, verließ er das Büro.

***

»Und was hast du Sabrina mitgebracht?«, fragte Henk de Groot seinen Bruder.

»Das Übliche«, brummte Fred, ohne von seinem Schreibtisch aufzusehen. »Was soll ich ihr schon groß mitbringen? Hat doch eh alles.«

Wenn Fred de Groot von ihren Geschäftspartnern in Leipzig zurückkehrte, brachte er immer etwas mit. Henk bekam eine Flasche Whisky aus einem der Edelläden in der Mädler-Passage. Auch wenn Fred der Ansicht war, dass es Verschwendung war, denn die Flaschen landeten regelmäßig auf Henks Regal und fristeten dort ungeöffnet ihr Dasein. Whisky war schließlich zum Trinken da. Aber Henks leuchtende Augen, wenn er wieder eine Sorte in der Hand hielt, die in seiner Sammlung noch fehlte, entschädigten Fred für den scheinbar sinnlosen Aufwand. Das war es wert. Fred liebte Henk.

Seiner Frau Sabrina brachte er zwei Leipziger Lerchen mit, ließ sich das Mürbegebäck mit der delikaten Marzipan-Marmeladen-Füllung höchstpersönlich von einer drallen sächsischen Konditoreifachverkäuferin einpacken und mit einem verschnörkelten Bändchen verzieren. Wenn er wieder in Goslar war, tat Sabrina dann so, als wäre sie vollkommen überrascht von seinem Geschenk. Aber das harmlose Spiel sorgte für aufgeräumte Stimmung in ihrer Ehe.

Fred liebte seine Frau. Und weil er sie liebte, leistete er zwischendurch Wiedergutmachung. Nie war er zu Hause, und wenn, dann schlecht gelaunt. In der Firma fegte er herum und stieß jeden vor den Kopf, wenn etwas nicht so lief, wie er sich das vorgestellt hatte. Dabei traf es regelmäßig seinen Bruder Henk, den er oft genug für Sachen verantwortlich machte, für die er nichts konnte, von denen er noch nicht einmal gewusst hatte.

»Die Familie ist das Wichtigste«, hatte sein Vater Charles de Groot immer gesagt. Und das hatte Fred verinnerlicht, denn sein

Vater war die einzige Person in seinem Leben gewesen, die er respektiert hatte.

Charles de Groot, der gelernte Apotheker, war der Gründer von De Groot Pharma gewesen; er hatte das Unternehmen in Goslar mit guter Anbindung an die Achse Hannover-Berlin aufgebaut.

»Wenn du gut bist in dem, was du tust, wird man hier nicht an dir vorbeikönnen«, hatte sein Vater zu ihm gesagt, bevor er Fred die Leitung des Unternehmens übergeben hatte. »Es sei denn, dich interessiert nicht, ob du jemand bist oder nicht.«

Sein Vater hatte *ihm* den Betrieb anvertraut, nicht Henk. Der Grund für diese Entscheidung war kein Geheimnis geblieben: »Du hast Phantasie und bist energisch genug, ein erfolgreicher Unternehmer zu sein. Deshalb sollst du in Zukunft über das Unternehmen entscheiden. Doch Henk ist dein Bruder, und ich erwarte, dass ihr zusammenhaltet und euch gegenseitig stützt, für den Betrieb und für eure Familien.«

Fred de Groot hob die Augen von den Umsatzzahlen des letzten Quartals und blickte auf einen schlohweißen Haarschopf, den sie beide schon Anfang vierzig bekommen hatten, auf einen untersetzten Körper mit wenig Hals, eins achtundsiebzig groß, dem seinen gleich, auf ein Gesicht, das seinem ebenfalls stark ähnelte, aber durch winzige Verschiebungen eine Spur gutmütiger, weicher wirkte. Henks Augen waren kleiner und glänzten selten. In geschäftlichen Dingen blieben sie meistens stumpf.

»War was in der Post?«, fragte Fred.

»Die Gruber AG hat gemahnt, und die ZASTRO liefert, so schnell sie kann.« Henk reichte ihm die geöffneten Briefe und die noch verschlossenen mit dem Vermerk »persönlich«.

»Ist noch was?«

Wie ein benutztes Taschentuch, das er auf dem Boden mit zwei Fingern aufgeklaubt hatte, hielt Henk ihm ein Papier entgegen.

»Weiß nicht, was das bedeuten soll«, sagte er in der indifferenten Art, in die er verfiel, wenn er einem Ausbruch seines Bruders entgehen wollte, »aber es stand nicht ›persönlich‹ drauf.«

»Gib her«, sagte Fred, ungeduldig wie üblich, und riss ihm den Zettel aus der Hand.

Während des Lesens versuchte er ruhig zu bleiben.

Ziehen Sie Ihr Engagement in der Sache »Hokenpassage« zurück, sonst werden mehr Leute von Ihren illegalen Parteispenden erfahren, als Ihnen lieb ist.

Fred hob den Kopf. Henk schwieg, aber er würde ihm eine Erklärung geben müssen. Dabei war die Erklärung weniger das Problem, auch spielten die Antworten auf die Fragen, wer dahintersteckte und woher derjenige von der Sache wusste, keine allzu große Rolle. Schwerer wog, dass er Henk nicht eingeweiht hatte, seinen Bruder, dem er immer wieder versicherte, dass er auch sein Vertrauter sei.

ZWÖLF

Es sei an Peinlichkeit kaum zu überbieten, giftete Keilberth mit hochrotem Kopf, dass eine in einen Mord verwickelte Zeugin wie Milda Auseklis so einfach unbehelligt aus dem Krankenhaus spazieren könne. Nicht zu fassen, dass die Verantwortlichen – damit waren natürlich die beiden Kommissare Kramer und Niebuhr gemeint – keine Vorsichtsmaßnahmen getroffen hätten. Sina hatte Keilberth vorsichtshalber verschwiegen, dass Niebuhr vor dem Zimmer gesessen hatte. Unvorstellbar, was dann erst los gewesen wäre.

»Ich habe keine Beamten zur Beobachtung abstellen lassen«, erklärte Sina dem Kriminalrat in hochoffiziellem Ton, »da zu dem Zeitpunkt keine Notwendigkeit bestand, anzunehmen, dass Milda Auseklis fluchtbereit war. Schließlich stand sie unter dem Einfluss starker Psychopharmaka und war nur eingeschränkt handlungsfähig.«

Damit musste sich Keilberth zufriedengeben.

Wenn sie so darüber nachdachte, verstand Sina allerdings selbst nicht, wie die junge Lettin Niebuhr, der keine zwei Meter vor ihrer Zimmertür Wache geschoben hatte, so einfach durch die Lappen gehen konnte. Er hatte ihr versichert, dass er keine Sekunde eingenickt, wohl aber mal zur Toilette gegangen sei, und als er später nach Milda gesehen habe und sie fragen wollte, ob er ihr eine Tasse Kaffee mitbringen solle, sei sie spurlos verschwunden gewesen. Milda hätte also auf der Lauer liegen und abwarten müssen, bis sich Niebuhr entfernte, und dabei riskiert, dass eine Krankenschwester oder ein Arzt nach ihr sehen wollte und dabei entdeckte, dass sie drauf und dran war, abzuhauen. Irgendwie kam ihr die Sache unglaubwürdig vor.

Nach der Standpauke verzog sich Niebuhr schleunigst. Sina blieb.

»Das konnte keiner ahnen, Heinz«, versuchte sie eine Entschuldigung.

Keilberth sagte nichts, winkte ab. Schlapp und ausgelaugt sank er förmlich hinter seinem Schreibtisch zusammen. Der Mann wirkte resigniert, was Sina noch nie an ihm festgestellt hatte. Was nahm den alten Rammbock bloß so mit? Sie versuchte, einen Blick auf das Bild in dem silbernen Rahmen zu werfen, das mit dem Rücken zu ihr auf dem Schreibtisch stand. Das, was sie erspähen konnte, genügte ihr, obwohl das Foto schon älter war. Das weibliche Gesicht, fein und hellhäutig, mit glutvollen Augen, eingefasst von tiefschwarzen Haaren, kannte sie.

Keilberth versuchte ihr mit einer schlappen Geste klarzumachen, dass die Unterredung beendet war. Doch sie ließ sich nicht abwimmeln.

»Was ist mit deiner Frau?«, fragte sie.

Wieder überraschte er sie, schien angstvoll und hilflos, war nicht die Spur empört, dass sie sich in seine Angelegenheiten und obendrein in seine *Privatangelegenheiten* mischte, war nur ein zutiefst getroffener, ratloser Mensch.

»Carmen ist weg«, kam ihm heiser und kraftlos über die Lippen.

Nie hätte Sina gedacht, dass ein Mann wie Keilberth auch ehrlich lieben könnte. Dieser Egomane, eitel bis zur Unkollegialität, der dazu neigte, andere zum eigenen Vorteil schlecht aussehen zu lassen.

Aber wie er jetzt so dasaß ... Vielleicht war sein bisheriges dienstliches Gehabe auch nur Schutz gewesen, aus Angst, dass seine Autorität nicht anerkannt werden könnte.

Sina fiel wieder ein, dass sie Keilberth einmal ganz anders erlebt hatte, auf einer Betriebsfeier, als er seine Frau Carmen mitgebracht hatte, eine Spanierin mit südlichem Charme und Temperament. In ihrer Gegenwart war Keilberth plötzlich ein anderer Mensch gewesen, riss Witzchen, wirkte frei. Damals hatte er Sina auch überraschend das Du angeboten. Aber der Abend war schnell in Vergessenheit geraten, der alltägliche Keilberth einfach zu erdrückend gewesen. Und dass sich seine Frau aus dem Staub gemacht hatte, war noch lange kein Grund, seinen Frust an den Kollegen auszulassen.

»Du kannst so nicht weitermachen, Heinz.«

»Ich weiß. Vielleicht will ich ja auch nicht weitermachen«, antwortete er mit Tränen in der Stimme.

Es war schlimmer, als Sina gedacht hatte.

»Melde dich doch ein paar Tage krank, dann kannst du in deinem Kopf aufräumen. Vielleicht überlegt sich deine Frau die Sache noch einmal.«

Es fiel ihr nicht ganz leicht, ein zuversichtliches Lächeln aufzulegen; in letzter Zeit hatte sie zu viel Kontra von ihm bekommen. Doch sie hatte das Gefühl, dass er es dringend brauchte.

***

Als Sina in Niebuhrs Büro kam, saß er an seinem Schreibtisch, vor sich den Goslarschen Boten.

»Hör dir das an«, rief er ihr fast gut gelaunt entgegen. Offenbar hatte ihm der Rüffel von Keilberth nicht das Geringste ausgemacht.

»OB will durchstarten
Es sei Zeit, die Hemmschuhe, wo auch immer sie im Wege lägen, fortzuräumen. So meldete sich gestern Geert Sandrock, der amtierende OB der Kreisstadt, auf seiner Pressekonferenz im Haus des Goslarschen Boten nach einer Zeit von Krankheit und Stillstand zurück. Er sei bereit, anzupacken, aber nur zusammen könne man die angestrebten Ziele erreichen. Er würde damit insbesondere diejenigen ansprechen, die seine Arbeit konsequent blockierten.
›Ich werde mich als kampfbereit erweisen, wenn es gilt, Verhinderer in die Schranken zu weisen!‹, kündigte er vollmundig an.
Danach kam er auf die einzelnen Projekte zu sprechen …

Das sind doch wieder nichts als Sprechblasen! Na endlich, könnte man meinen, endlich passiert was, und dann … Sina?«

Sina hatte nicht zugehört. Sie hatte sich an einen Gedanken verloren, den sie, seit Chao ihn ihr in den Kopf gesetzt hatte, nicht mehr losgeworden war: ein Kind. Sie noch einmal Mutter. Sie hatte nur nicht gleich verstanden, dass Chao es war, der dahintersteckte. Dass er die Geschichte von Torsten und seinem Wunsch nach einem Geschwister vermutlich nur erfunden hatte, weil er bei ihr nicht mit der Tür ins Haus fallen wollte …

»Sina? Hallo!«

Sie schreckte auf.

»Findest du das nicht auch langsam lächerlich, wie die rumeiern im Rathaus?«, sagte Niebuhr.

»Du solltest dich besser um Milda Auseklis kümmern als um den Blödsinn, der in der Zeitung steht«, sagte sie unwillig.

»Die Fahndung läuft. Mehr können wir im Augenblick nicht tun.«

Es stimmte, was er sagte, und doch hatte Sina das eigenartige Gefühl, dass es *nicht* alles war.

***

»Kommt Vater noch?«, fragte Ernst-August Klawitter, als er die seidenweiß lackierten Flügel der Schiebetür, die den großen Salon seiner Jugendstilvilla halbierte, an ihren polierten Messinggriffen auseinanderschob.

In der anderen Hälfte saß Miriam, den Blick auf den riesigen Flachbildschirm geheftet, der erst vor ein paar Tagen mit diversem Zubehör eingebaut worden war und den Raum wie ein Kino wirken ließ.

»Ich weiß nicht, was dieser alte Mann macht, schon gar nicht, was er vorhat, und ich will es auch nicht wissen!«, kam die beißende Antwort.

Klawitter verzichtete auf eine Erwiderung. Warum hatte er die Frage überhaupt gestellt? Seit dem Morgen, an dem sie ihn so aus der Fassung gebracht hatte, war kein normales Gespräch mehr zwischen ihnen möglich. Er gab sich alle Mühe, wieder Normalität einkehren zu lassen, aber Miriam schien nur noch eines im Sinn zu haben: ihr Verhältnis gnadenlos an die Wand zu fahren.

Er ließ sich auf der anderen Seite des Wohnzimmertisches aus grün geädertem Marmor in einen der Sessel fallen und stellte sich auf einen anstrengenden Abend ein, den er, wenn er recht überlegte, doch besser mit dem Jahreskonzert der Harzer Volksmusik im Odeon Theater verbracht hätte, zu dem er eingeladen war.

Das Blitzgewitter der Fotografen einer Prominentenhochzeit ließ ihn auf den Bildschirm starren. Er dachte an seine eigene Hochzeit zurück. Miriam hatte auf ihren Wunsch hin ein schlichtes Kleid getragen. Sie hatten sich verliebt in die Augen geschaut. Ja, sie waren einmal verliebt gewesen. Er hatte ihre Frische, ihre unkomplizierte Art und ihr freies Lachen geliebt. Alles Dinge, die er von zu Hause nicht kannte und zu denen er sich hingezogen fühlte. Er hatte Beherrschtheit gelernt, die Dinge auszuhalten, die auf einen zukamen, ohne die Miene zu verziehen. Niederlagen mit Verachtung wegzustecken. Zuverlässigkeit, Genauigkeit, das waren seine Stärken, darauf hatte er auch in der Kindererziehung Wert gelegt. Er war immer der Meinung gewesen, dass Miriam diese Eigenschaften an ihm schätzte. Und plötzlich war das alles spießig und miefig?

Auch er selbst hatte gemerkt, dass ihre Ehe an Schwung verloren hatte, aber war das ein Wunder nach über zwanzig Jahren?

Doch es sollte nicht an ihm liegen, zumindest wollte er wieder ein erträgliches Maß an Harmonie herstellen. Eine seiner Tugenden war Geduld. Irgendwann musste Miriam doch einsehen …

»Beeindruckend, der neue Fernseher«, versuchte er erneut, ein Gespräch zu beginnen.

Als Antwort griff Miriam zur Fernbedienung und schaltete den Fernseher aus.

Der Salon lag in der Abenddämmerung, Schatten spielten an den Stuckdecken.

Sie wandte sich ihm zu. Die Messingleuchte im Hintergrund warf einen Kranz aus gedimmtem Licht um ihre Haare mit dem markanten Wirbel über dem linken Auge.

»Ich möchte mit dir etwas bereden«, sagte sie mit einer Stimme, die plötzlich ganz anders klang als noch vor zwei Minuten, die deutlich an Schärfe verloren hatte, die Klawitter fast freundlich, um nicht zu sagen sanft vorkam.

Sie würde einlenken, und er würde ihr entgegenkommen. Es war noch nicht zu spät. Sie hatten doch immer alle Probleme zusammen gelöst. Auch wenn möglicherweise alles nur noch seinen Gang lief, ihr gemeinsames Leben kaum noch Reize bot.

»Und worüber willst du reden?«, ermutigte er sie behutsam und versuchte dazu zu lächeln.

»Über uns.« Sie atmete tief ein. »Ich habe eine Entscheidung getroffen.«

War da so etwas wie eine Träne in ihrem linken Auge?

»Ja«, sagte er angerührt.

»Ich werde ausziehen«, sagte sie leise, aber entschieden.

Auf seinem Gesicht gerann eine Maske von Unverständnis.

»Die Kinder sind aus dem Haus bis auf Leonard, und er wird auf kurz oder lang nach Braunschweig in eine WG ziehen, wie er mir erzählt hat. Unsere Ehe ist zu Ende, Ernst.«

Klawitter schwieg. Was er da hörte, bewegte sich außerhalb seiner Vorstellungskraft. Nie wäre ihm in den Sinn gekommen, dass seine Ehe mit Miriam eines Tages einfach so vorbei sein könnte. Sie war doch ein unverrückbarer Bestandteil seines Lebens und so stabil und fest wie dieses alte Haus, in dem sie wohnten und arbeiteten.

»... wenn ich ehrlich bin, habe ich mich nie wohlgefühlt in diesem Mausoleum. Alles lief nach *einem* Konzept. Nicht etwa *deinem* Konzept, sondern nach dem Konzept deines Vaters. Ich habe es satt, dieses sogenannte bürgerliche Leben. Ich will endlich andere Luft atmen!«

Klawitter empfand ein Gefühl des Versagens, obwohl er gleichzeitig glaubte, unschuldig zu sein. Er hatte sein Bestes gegeben. Er hatte Frau und Kindern ein gutes Leben ermöglicht.

In den nächsten Minuten kam es ihm vor, als wäre er in einen Überfall verwickelt, entsetzt und unfähig, in das Geschehen einzugreifen.

Miriam sezierte ihre gemeinsame Ehe, blieb dabei zugegeben erstaunlich sachlich und schob nicht allein ihm die Schuld für das Scheitern in die Schuhe. Sie konstatierte auch, dass sie sich nie in die Rolle hätte hineinzwängen lassen sollen, die ihr in diesem Haus von Anfang an zugewiesen worden war und die sie zu spielen hatte: die umsichtige Ehefrau und Mutter von drei Kindern, deren Leben nur aus Arbeit bestand, die sich zu fügen hatte und dankbar sein durfte für die sichere Existenz, die man ihr bot.

Klawitter saß regungslos in dem mit blassblauen Blumen bestickten Biedermeiersessel und wunderte sich über sich selbst. Sollte er Miriam nicht ins Wort fallen? Sollte er nicht kämpfen um seine Frau, sie davon überzeugen, dass man alles ändern könne? Vielleicht wieder einmal einen opulenten Urlaub machen, nach New

York fliegen oder London? Oder eine Kreuzfahrt? Das war doch möglich.

Stattdessen kam ihm die Verfilmung einer Erzählung von Edgar Allan Poe in den Sinn, die ihn als Kind zutiefst verängstigt und die er nie vergessen hatte: Über dem Eingang des großen alten Hauses bildete sich ein kleiner Riss, der immer größer wurde …

***

Am Abend nahm sich Sina vor, ihren chinesischen Drachen zu umgarnen. Vielleicht hatte Chao deshalb so schlechte Laune gehabt, weil sie ihm bisher eine Antwort schuldig geblieben war. Sie war sich selbst nicht sicher, musste sich aber eingestehen, wie es ihr ungemein schmeichelte, dass er sie zur Mutter eines Viertelchinesen machen wollte.

Chaos Wunsch allein strahlte sie an. Es war nicht nur ein Beweis, dass er sie liebte, sie empfand es auch als Kompliment an ihren Körper, an ihre Fähigkeit, alles noch einmal zu erleben, was die Liebe schön machte, kurz bevor die Natur einen anderen Plan verfolgte. Sie empfand das ganz tief, und für diese Empfindung war sie Chao dankbar.

»Du willst wirklich ein Kind von mir?«, hauchte sie ihm ins Ohr, als sie bei laufendem Fernseher wie ein Hefezopf verschlungen auf der Couch lagen. Chao drehte sich um und küsste sie.

»Was hast du gesagt?«

»Ob du ein Kind von mir willst?«

Er drückte den Ton weg. Sein Lächeln kam Sina plötzlich so angestrengt vor. Und seine Augen hatten den Kaninchen-vor-der-Schlange-Ausdruck. Er suchte nach Worten.

Sie drehte sich zur Seite. Er sollte ihre Enttäuschung nicht sehen.

»Sina … ich bin nur überrascht«, stammelte er und streichelte ihr über den rechten Oberarm. »Ich habe noch nicht darüber nachgedacht, verstehst du … Aber wenn ich es mir so überlege …«

Die Geschichte mit Torsten stimmte also doch. Chao hatte damit nichts zu tun. Sina war völlig verwirrt. Sie fühlte, wie ihr das Blut ins Gesicht schoss. Wie hatte sie nur auf so einen abwegigen

Gedanken kommen können? Chao war arbeitslos. Jeder vernünftige Mann dachte da an alles andere, bloß nicht ans Kindermachen. Er musste sie für verrückt halten oder sich total überfordert vorkommen. Sie warf ihm einen schuldbewussten Blick zu.

Aber Chao wiegte vergnügt den Kopf und grinste.

»Papa Chao ... nicht schlecht!«

Um halb acht ging Chao zum Supermarkt. Sina war zu Hause geblieben, saß am Tisch in der Küche und schlürfte einen Schluck Frascati, während sie über Heinz Keilberth nachdachte. Sie hatte ihn eindeutig unterschätzt. Als die Haustür schloss und Torsten hereinkam, knipste sie den ewigen Polizeidienst in ihrem Kopf endlich aus. Sie wollte mit ihm reden.

»Hi, Mum!«

»Hallo, mein Stern, wie läuft's?« Sie lächelte ihn keck an.

»Wie bist du denn drauf?«

»Gut, alles senkrecht.«

Torsten musste lachen, beugte sich zu ihr herunter und gab ihr einen Kuss, den sie genießerisch entgegennahm.

»Wollte mit dir noch was bereden«, rief sie hinter ihm her.

Nachdem er sich oben die Schuhe von den Füßen gekickt, die Tür zum Bad aufgestoßen und sich kurz die Hände gewaschen hatte, polterte er die Stufen herunter und setzte sich ihr gegenüber an den Küchentisch.

»Glas Wein?«, fragte Sina und schenkte sich selbst nach.

»Hast du einen sitzen, Mum?«

»Blödsinn.«

Torsten ging zum Kühlschrank und holte sich seine Cola. Dann lümmelte er sich wieder auf einen der Kiefernstühle und signalisierte Aufmerksamkeit.

»Seit wann möchtest du Geschwister?«

»Wer hat dir denn das erzählt?«

»Mein Mann Chao.«

Sina musste kichern, als sie das sagte. Aber es stimmte: Chao war ihr Mann. Der Herrscher über die Pekingenten. Die schönste aller Pekingenten.

Torsten stöhnte. »Wie in aller Welt bist du da drauf gekommen?

Ich hab ihn gefragt, ob er sich nicht auch vorstellen kann, Vater zu werden, das war alles.«

»Ja, und? Warum hast du ihn das gefragt?«

»Es hat mich einfach interessiert. Ich wollte wissen, ob er auch stolz wäre, Vater zu werden.«

Sinas lockere Stimmung fror plötzlich ein. »Und wer wäre noch stolz, Vater zu werden?«

Torsten wich ihrem Blick aus. »Zum Beispiel ich«, antwortete er, während er knallrot im Gesicht wurde.

DREIZEHN

Der erste dünne Ruf eines Rotkehlchens traute sich schon aus dem Gebüsch, während die Umrisse der uralten Eichen im Park an der mittelalterlichen Stadtbefestigung von Goslar noch kaum aus der diffusen Düsternis heraustraten. Der einsame Schwan auf dem Kahnteich, dem kleineren der beiden Teiche, hatte den Kopf unter die Flügel gesteckt und mutete wie eine große weiße Wasserblume an. Aus den umliegenden Häusern drang kein Laut, die Straßenlaternen verbreiteten nur fahles Licht.

Auch die B 241, die oberhalb der alten Mauern verläuft, rauschte nur einmal auf, als sich eines der wenigen Autos von der Hauptspur löste, in die Wallstraße einbog und rechts am Beginn der Grasflächen des Parks abrupt stoppte. Motor und Beleuchtung gingen aus, hintereinander klappten zwei Wagentüren auf. Vier Minuten vergingen, dann schlugen die Türen wieder zu, der Motor startete, die Scheinwerfer wischten über den ehernen Soldaten des Gefallenendenkmals der Weltkriege, und der Wagen verschwand in Richtung Kaiserpfalz und Altstadt.

Gegen halb sechs prägte sich der neue Junitag aus. Vogelgezwitscher erfüllte die noch frische Luft. Die entschlossene Sonne legte eine neue Kulisse auf, und der Schwan drehte erste Runden in seinem knapp bemessenen Revier, um sie sich anzusehen. Eine alte Frau hinkte den Fußweg entlang, der am inneren Wall und an den Teichen vorbeiführt, und sammelte links und rechts Flaschen und leere Zigarettenschachteln auf.

»Schietkrrroom«, schimpfte sie vor sich hin und ächzte, wenn sie nach dem Bücken wieder in den Stand kam, um einen Papierkorb anzusteuern und den Müll zu entsorgen.

Dass es Menschen gab, die rücksichtslos eine der schönsten Idyllen der Stadt verschmutzten, verärgerte sie. Darüber konnte sie sich nicht genug aufregen. Und dann lagen sie auch noch herum, diejenigen, die sich verantwortungslos betranken und nicht arbeiten wollten. Mit einer gehörigen Portion Wut im Bauch näherte sie sich einer Parkbank.

»Gesindel«, murmelte sie, doch der Mann, der sich auf die Parkbank gelegt hatte, trug einen Anzug und sah ganz manierlich aus.

***

Der Wecker fiel auf den Boden. Ihre Hand kroch weiter suchend auf dem Nachttisch herum. Wieder dieser Ton, der so wahnsinnig aufsässig war. Erst jetzt realisierte Sina, dass dieses vibrierend surrende Geräusch der neueste Klingelton war, den ihr Torsten aufs Handy geladen hatte. Der zweite in einer Woche, der lästiger als eine Stechmücke war. Aber wo lag das blöde Ding? Auf Chaos Nachttisch? Sie reckte sich über seinen nackten Oberkörper und fischte vor seinem Gesicht herum.

»Ja, Sina Kramer. Jens? … Oh Mann!«

Es war Montagmorgen, nach einem Sonntag, an dem Torsten schon frühmorgens abgehauen war und sie mit ihren Sorgen einfach allein gelassen hatte. Sie hatte dann mit Chao den versprochenen Ausflug ins Rosarium nach Sangerhausen gemacht und das Problem mit sich herumgeschleppt, ohne ihm etwas davon zu sagen. *Sie* war Torstens Mutter, und sie ging das zuerst an. Die letzten beiden Nächte hatte sie deswegen kaum ein Auge zugemacht und war heute Morgen erst gegen fünf eingenickt.

»Was ist?«, brummte Chao und versuchte, sie festzuhalten. Sie wehrte seine Hände ab und gab ihm einen Kuss unter die schwarze Mähne.

»Ich muss raus. Der Job ruft.«

Chao warf einen kurzen Blick auf seine Armbanduhr. »Das wird ja immer früher«, stöhnte er.

Doch Sina war schon auf dem Weg ins Bad.

Es war alles wieder da, das Herzklopfen, dieses Gefühl, bis zum Hals in unüberwindbaren Schwierigkeiten zu stecken, mehr noch, vom Schicksal in den Würgegriff genommen zu werden.

»Sag mir bitte, dass das nicht wahr ist!«, hatte sie zu Torsten gesagt, erschrocken, aber auch irgendwie belustigt, weil es einfach nicht wahr sein konnte.

Keine Antwort.

»Hast du noch alle Tassen im Schrank?«

Keine Antwort.

»Und wie lange weißt du es schon?«

»Seit zwei Wochen. Ich hätte es dir noch gesagt, Mum, das versteht sich doch von selbst …«

Sie hatte ihn angestarrt wie einen Außerirdischen, so unfassbar war ihr das Ganze erschienen.

»Es ist nun mal so, und ich muss mich den Tatsachen stellen.« Sein Ton hatte etwas selbstherrlich Anmaßendes gehabt, das ihr mehr als unter die Haut gegangen war.

»Toll! Einfach großartig! Mein Sohn wird mit siebzehn Vater, wohnt bei Mama, ist von Beruf Schüler, aber steht zu seinem Kind. Ich bin wirklich stolz auf dich.«

In diesem Augenblick hatte sie nicht anders gekonnt, als mit Sarkasmus zu reagieren, vielleicht um sich davor zu schützen, loszuheulen oder wie eine Rakete abzugehen.

»Wer ist die glückliche Mutter überhaupt, wie heißt sie?«

»Sie heißt Carolin.«

»Wie lange seid ihr denn schon zusammen? Du hast doch immer wieder Neue gehabt.«

»Nein, das stimmt nicht, Mum. Mir ging es immer nur um Carolin, und wir sind seit zwei Monaten zusammen.«

»Eine halbe Ewigkeit. Ist das die Große mit den roten Haaren?«

»Nein, das ist Gela. Caro ist kleiner als ich und hat hellbraune Haare.«

Sina war sich lächerlich vorgekommen zu fragen, warum sie nicht aufgepasst hatten.

»Wir haben uns doch unterhalten, über Kondome und all das. Warum, verdammt noch mal, hast du das nicht ernst genommen?«

»Ich habe es ernst genommen! An dem Nachmittag hatten wir auch nicht vor … es ist einfach so passiert …«

Absoluter Leichtsinn. Tröstlich war, dass es noch einen Ausweg gab. Heute musste niemand ein Kind bekommen, das er nicht wollte, schon gar nicht, wenn er Schüler war und einen Fehler gemacht hatte. Sie hatte versucht, sich zu entspannen.

»Es ist ja noch nicht aller Tage Abend …«

Doch Torsten war darauf nicht angesprungen.

»Sie will nicht abtreiben, Mum, wir wollen es beide haben!«

Als die Tür schloss und Chao in der Küche stand, hatten sie das Gespräch abrupt beendet, und Torsten hatte sich ohne ein weiteres Wort in sein Zimmer verzogen.

Seit Samstagabend war die Welt für Sina eine andere. Aber jetzt war Montag, und die Arbeit ging weiter. Keine fünfzehn Minuten später traf sie sich mit Niebuhr in den Wallanlagen.

Vor ihnen auf der Parkbank lag eine männliche Leiche. Der Tote war etwa Ende vierzig, trug einen dunklen Anzug, darunter ein weißes Hemd mit smaragdfarbener Lederkrawatte. Er war schlank, die Haare – tiefschwarz – wirkten künstlich nachgedunkelt. Seine Hände waren weiß und fein; unter dem rechten Auge befand sich ein Hämatom. So viel erkannten die Beamten auf den ersten Blick.

»Habt ihr den hier so gefunden? Papiere?«, fragte Sina.

»Wir nicht …« Der Kollege von der Kriminaltechnik wies auf eine krumme alte Frau, die sich auf der Parkbank nebenan niedergelassen hatte.

»Papiere hat er, und Geld hat er auch noch, also vermutlich kein Raubmord«, gab der Techniker an.

»Und wer ist es?«, wollte Niebuhr wissen.

Der Techniker reichte ihm eine schwarze Lederbörse. Niebuhr streifte sich Latexhandschuhe über und fand sofort, was er suchte.

»Ui«, sagte er nach einem kurzen Blick auf den Personalausweis zu Sina, »Prominenz aus dem Rathaus und wohnt nicht weit von dir im Siemensviertel.«

Sina wurde neugierig. »Mach's nicht so spannend, Jens. Also, wie heißt er?«

»Helmut Hauke.«

»Wer bitte ist Helmut Hauke?«

»Du solltest mehr Zeitung lesen.«

Okay, das war die Retourkutsche dafür, dass sie ihn nie ernst nahm mit seinen ständigen Kommentaren zur Politik in der Stadt, aber im Augenblick hatte sie einfach keinen Sinn für diese Spielchen.

»Vielleicht hast du recht. Würdest du mir jetzt bitte erklären, wer dieser Hauke ist.«

»Ratsherr für Bauwesen, Mitglied des Stadtrates. Das wird einen ganz schönen Wirbel geben.«

»Das Genick ist gebrochen«, sagte der Notarzt, der im Hintergrund auf sein Stichwort gewartet hatte, »was sonst noch tödlich gewirkt haben könnte, weiß dann der Gerichtsmediziner, wie üblich.«

»Danke, Doktor«, sagte Sina. »Hat Hauke Familie?«, fragte sie an Niebuhr gerichtet.

»Woher soll ich das wissen?«

»Ich dachte, du liest Zeitung ...«

***

Der geräumige Bungalow mit Satteldach stammte dem Anschein nach aus den Siebzigern. Hochgewachsene Blauzederbüsche verdeckten fast vollständig die kleinen, schmiedeeisern vergitterten Fenster der Vorderfront. Die breite, flache Treppe, unterbrochen von Plateaus aus Naturstein, deren Fugen in Auflösung begriffen waren, führte von der Straße durch ein ausgefranstes Rasenstück mit kahlen Stellen bis vor die Haustür.

Bevor Sina den kupfernen Klingelknopf bediente, straffte sie den Oberkörper. Niebuhr hatte sich, wie so oft bei diesen Gelegenheiten, in die zweite Reihe verzogen. Sie warteten eine Weile. Schließlich öffnete eine Frau mit ungekämmten Haaren und einem Gesicht, auf dem etliche Jahre Migräne ihre Spuren hinterlassen hatten, einen Spalt. Offenbar schmerzte sie das Tageslicht.

»Kripo Goslar, Frau Verena Hauke?«

Die Frau nickte.

»Wir haben eine wichtige Nachricht für Sie. Dürfen wir reinkommen?«

»Ich bin gerade nicht ...«

»Es ist wirklich sehr wichtig.«

Verena Hauke trat beiseite.

Sina versuchte, sich in dem halbdunklen, mit stumpfem Marmor ausgelegten Flur zu orientieren, der erfrischend kühl im Vergleich zu den Außentemperaturen war, aber modrig roch. Ohne nachzudenken, steuerte sie die milchige Glastür an, die sie für den Eingang zum Wohnzimmer hielt.

»Nein, da ist noch nicht aufgeräumt, kommen Sie bitte in die Küche.«

In der Küche, die ebenso dunkel wie der Flur war, weil Büsche das Fenster von außen überwucherten, setzten sich Sina und Niebuhr an den Tisch. Es stank nach Zigarettenqualm. Verena Hauke ging zum Fenster und stellte es auf Kipp. Dann drehte sie sich um, ihr müder Blick enthielt eine Spur von Neugier.

»Wir haben eine schlechte Nachricht für Sie, Frau Hauke«, spulte Sina ihren Spruch ab. »Ihr Mann ist heute Morgen tot aufgefunden worden, vermutlich ist er durch eine Gewalttat ums Leben gekommen. Wir versuchen, den Fall aufzuklären.«

Verena Hauke setzte sich ebenfalls und zündete sich mit unruhigen Händen eine Zigarette an. Bis auf die Knochen war dieses Wesen abgemagert. Die Gesichtsfarbe grau, die Lippen schmal und rissig. Die Augen verschwanden fast in den Höhlen. An spitzen Schultern hing ein schmierig grauer Jogginganzug, der vermuten ließ, dass sie ihn den ganzen Tag über trug. An den nackten Füßen mit abgesplitterten Zehennägeln, die Spuren von rosa Nagellack trugen, klebten blau-weiße Badelatschen.

Sie wirkte so zerbrechlich, dass Sina jederzeit mit dem Äußersten rechnete. Aber Verena Hauke weinte nicht einmal, sog nur, gierig wie ein Säugling, an ihrer Zigarette und blies den Qualm in die wenigen Sonnenstrahlen, die durch das Dickicht vor dem Fenster in die Küche drangen.

»Wir möchten Ihnen nur ein paar Fragen stellen.«

Wie oft hatte Sina Hinterbliebenen von Mordopfern im Augenblick des ersten Schrecks das schon zugemutet und immer wieder Hemmungen verspürt. Aber gerade in der Situation des ersten Schrecks war der Wahrheitsgehalt der Aussagen besonders hoch.

»Wo war Ihr Mann gestern Abend?«

»Weiß ich nicht. Ich weiß nie, wo mein Mann ist.« Verena Hauke blies den Qualm in Sinas Richtung.

»Haben Sie eine Vermutung, wo er gewesen sein könnte?«

»Nein, wahrscheinlich ein Termin. Er hatte immer irgendwelche Termine dienstlicher Art. Er war ja nicht nur Ratsherr, er war auch Geschäftsmann. Aber das wissen Sie ja vermutlich schon.«

»Bestimmt hatte er einen Terminkalender, könnten wir den mal sehen?«, sagte Niebuhr.

»Den kleinen schwarzen Kalender mit allen wichtigen Terminen hat er immer bei sich getragen. Haben Sie den nicht gefunden? Wo ist Helmut denn jetzt?«

Erst in diesem Augenblick, als ihre Stimme ein wenig weich wurde, hatte Sina das Gefühl, dass Verena Hauke der Tod ihres Ehemannes allmählich bewusst wurde.

»In der Gerichtsmedizin. Die Todesursache muss noch genau untersucht werden.«

Verena Hauke nickte, blieb aber stumm, presste als Antwort nur einen langen Streifen Qualm aus ihren Lungen.

Auf einmal wurde ihr Blick glasig, sie schien in einen Dämmerzustand abzugleiten.

»Geht es Ihnen nicht gut?«, fragte Sina.

»Ja«, antwortete Verena Hauke wie von weit her, »mir geht es nicht gut. Mir geht es schon sehr lange nicht gut.«

»Sie müssen sich etwas hinlegen, kommen Sie.«

Wie ein kleines Kind nahm Sina die Witwe an der Hand, die ihr aus der Küche in den Flur folgte, schweigend und willenlos wie in Trance. Sie bewegten sich auf den Raum zu, der hinter der Glastür lag. Diesmal hatte Verena Hauke nichts dagegen. Doch als Niebuhr die Tür öffnete, wurde er schlagartig von dem Anblick zurückgeworfen.

»Was ist denn hier passiert?«, fragte er erschrocken.

Das Wohnzimmer war völlig verwüstet. Jemand hatte offenbar wahllos Bücher aus den Regalen gerissen und auf den Boden geworfen. Scherben einer Keramikvase bedeckten das Parkett im hinteren Bereich des langen Raumes. Zwei Ölbilder drohten von den Wänden abzustürzen. Eine Stehlampe war ins Kippen geraten und hatte das Glas einer Vitrine mit Porzellanfiguren eingeschlagen. Einige von ihnen waren auf dem Boden in tausend Stücke zersprungen. Auf dem Wohnzimmertisch lagen verschiedene Medikamentenschachteln, daneben standen eine Flasche, halb mit Rotwein gefüllt, und ein benutztes Glas. Ein Einbruch schien es auf den ersten Blick nicht gewesen zu sein, denn Fenster und die Terrassentür waren geschlossen und intakt.

»Was ist hier passiert, Frau Hauke?«, fragte Sina in etwas mehr als eindringlichem Ton, wobei ihr klar war, dass Verena Hauke, zumindest jetzt, nicht belastbar genug für eine Befragung war. Hier musste ohnehin so schnell wie möglich die Kriminaltechnik ran. Sie schraubte ihre Lautstärke herunter und fragte: »Haben Sie Verwandtschaft in der Nähe?«

»Meine Schwester. Sie wohnt in Braunschweig«, kam kaum hörbar die Antwort. Niebuhr zückte sein Handy.

***

Nachdem sie Verena Hauke ins Schlafzimmer gebracht und sich vergewissert hatte, dass sie für die Zeit, bis ihre Schwester aus Braunschweig ankommen und die Spurensicherung eintreffen würde, keine fremde Hilfe brauchte, war Sina mit Niebuhr ins Präsidium zurückgekehrt, wo sie ihre Berichte schrieben.

Schon nach knapp zwei Stunden zitierte sie Keilberth zu sich.

»Ich brauche euch nicht zu sagen, was zwei ungeklärte Mordfälle für uns bedeuten. Die von der Presse lauern wie die Geier auf Ergebnisse.«

Der Kriminalrat schien wieder der Alte zu sein, war sauber rasiert, der Hals in einem tadellos gebügelten Hemdkragen. Auch das Foto im Silberrahmen, das seinem penibel aufgeräumten Schreibtisch kurzfristig fast so etwas wie persönliches Flair verliehen hatte, war verschwunden. Sina kam der Gedanke, dass Keilberth ihr übel nehmen könnte, dass sie ihn so direkt auf seine Privatprobleme angesprochen hatte. Jedenfalls hatte er ihren Rat, ein, zwei Tage freizunehmen, in den Wind geschossen. Es war wohl am besten, die Sache nicht mehr anzusprechen und so zu tun, als hätte es den angeschlagenen Keilberth nie gegeben. Sie konnte nur hoffen, dass er in dieser Angelegenheit nicht nachtragend war.

»Helmut Hauke ist laut Gerichtsmedizin durch einen Genickbruch am Sonntagabend zwischen zweiundzwanzig und vierundzwanzig Uhr zu Tode gekommen«, verkündete Keilberth die ersten Ergebnisse. »Der Hergang ist noch ungeklärt, aber die Tatsache, dass niemand den Notarzt gerufen hat, kann im Zusammenhang mit den weiteren Befunden dafür sprechen, dass man die näheren Umstände verschleiern wollte, es sich also durchaus um Mord oder Totschlag handeln kann. Auffällig ist, dass der Körper des Toten zahlreiche Hämatome, unter anderem ein Veilchen unter dem rechten Auge, aufweist. Außerdem hatte er eins Komma zwei Promille im Blut.«

»Klingt nach körperlicher Auseinandersetzung im alkoholisierten Zustand, um nicht Schlägerei zu sagen«, warf Niebuhr ein.

»Richtig, Kollege. Dazu wäre zu bemerken, dass keine Abschürfungen oder Druckstellen an seinen Händen gefunden wurden, ebenso keine Gewebereste unter den Fingernägeln, was den Schluss zulässt, dass er selbst nicht zum Schlag gekommen ist.«

»Ist vielleicht überrascht worden und dann unglücklich gefallen …«, gab Niebuhr die zweite Prognose ab.

Sina wartete schon auf den Dämpfer, den Keilberth immer auspackte, wenn sich Niebuhr zu wohlfühlte. Aber er kam nicht.

»Möglich. Wir können aber nicht ausschließen, dass er einen gezielten Schlag ins Genick bekommen hat, was einen fundamentalen Unterschied im Strafmaß machen würde.«

Keilberth sagte das nicht wie sonst mit der leichten Überheblichkeit des überlegenen Kriminalers. Es klang eher väterlich wohlmeinend. Hatte ihn die Geschichte mit seiner Frau etwa doch völlig umgekrempelt? Von heute auf morgen? Gab es so was?

»Jetzt zum Fundort der Leiche. Es wurden keine Spuren einer Gewalttat gefunden. Kein Hälmchen wurde gekrümmt. Als wäre er vom Himmel auf die Parkbank gefallen …«

»Fuß- oder Schleifspuren auf dem Weg?«, unterbrach Sina.

»Der Boden ist fest und staubig. Es ist ja seit Tagen trocken. Die Technik hat nicht *einen* brauchbaren Abdruck sichern können.«

»Aber von selbst ist die Leiche nicht dorthin gekommen, da sind wir uns einig«, sagte Sina.

»In der Nähe des Kahnteiches liegt die ›Zwingergaststätte‹. Vielleicht hat er da getrunken und ist mit jemandem in einen Streit geraten, der sich draußen fortgesetzt hat …«, spann Niebuhr den Gedanken weiter.

»Und am Ende landete er auf der Parkbank«, ergänzte Sina und sah Keilberth fragend an.

»Habt ihr im ›Zwinger‹ schon nachgefragt?«

Da war es wieder, das Autoritär-Fordernde. Er hat es doch nicht verlernt, dachte Sina.

»Nein, noch nicht. Er kann auch einfach von der Wallstraße aus im Park abgelegt worden sein«, gab sie trocken zurück.

Keilberth blätterte in dem vorläufigen Bericht. »Auf der Kleidung des Toten wurden Haare und Speichelspuren gefunden. Aber die müssen natürlich alle erst zugeordnet werden. Wenn Hauke den Anzug am Tag seines Todes frisch gereinigt angezogen hat, und davon gehe ich aus, sind darauf auch nur die Spuren der Personen, denen er gestern begegnet ist. Wir können nur hoffen, dass es nicht zu viele sind.«

»Hat die Untersuchung von Haukes Wohnzimmer schon etwas ergeben?«, fragte Sina, denn das brannte ihr am meisten unter den Nägeln.

»Wollte ich gerade drauf zu sprechen kommen, Kollegin Kramer. Im Wohnzimmer wurden nur Fingerabdrücke von Hauke und seiner Frau gefunden. Scheint ein Ehekrach gewesen zu sein …«

»Und danach hat sie sich mit Rotwein und Tabletten zugedröhnt«, vermutete Niebuhr.

»Nachdem sie ihm vorher ein Veilchen verpasst hat, er hintenüber gefallen ist und sich an der Heizung das Genick gebrochen hat«, ergänzte Sina flapsig.

»Warum eigentlich nicht?«, meinte Keilberth. »Aber wie ist er dann in die Wallanlagen gekommen? Ich habe Helmut und Verena Hauke früher öfter im Lions Club getroffen. Sie hat gerade mal die Kraft dazu, eine Zigarette zu halten, und besitzt, soviel ich weiß, keinen Führerschein. Aber das heißt beides nichts, wir müssen der Spur trotzdem nachgehen.«

Keilberth erhob sich von seinem Drehstuhl.

»Also, Kollegen, ich schlage vor, wir fragen zuerst in allen Gaststätten von Goslar nach, ob gestern so etwas wie eine Schlägerei stattgefunden hat, und dann sehen wir weiter.«

Mit *wir* meint er natürlich *uns*, der liebe Heinz, dachte Sina. Dann fiel ihr noch etwas ein.

»Ist unter Haukes Sachen ein Terminkalender gefunden worden?«

Keilberth griff nach der Liste auf seinem Schreibtisch. »Davon steht hier nichts. Hatte er denn einen?«

»Seine Witwe sagt Ja.«

»Dann findet ihn.«

Für Keilberth war die Besprechung beendet. Sina und Niebuhr brachen auf.

»Ach, Sina, warte mal.«

Sie drehte sich um und ließ Niebuhr vorgehen.

»Ich wollte mit dir noch drei Worte sprechen …«, sagte der Kriminalrat mit gedämpfter Stimme.

»Das sind schon acht«, sagte Sina und lächelte. Sie hatte gehofft, dass er nicht mehr darauf zurückkommen würde. Offenbar war doch alles gut, und seine Frau hatte ihm verziehen, was immer es auch sein mochte.

»Wegen … du weißt schon.« Er war verlegen wie ein Schuljunge. »Ich danke dir für deinen gut gemeinten Rat gestern …«, druckste er.

Sina nickte nur kurz, obwohl sie erleichtert war, dass er die Sache nicht in den falschen Hals bekommen hatte.

»Du hast bei mir was gut!«, rief er ihr noch nach, als sie die Tür schon fast hinter sich zugezogen hatte.

VIERZEHN

Sie hatten die Telefonate untereinander aufgeteilt. Niebuhr übernahm die Hotelbars und das Rotlichtmilieu, Sina die Gaststätten und Restaurants.

In den Hotelbars war Ratsherr Helmut Hauke teilweise bekannt, aber in keiner davon war er gestern Abend unmittelbar vor seinem gewaltsamen Tod gesehen worden. In den Kneipen dagegen kannte ihn keiner, und in einer etwas anrüchigen Tanzbar war er auch nie gesehen worden.

»Aha, ein alter Bekannter«, murmelte Sina, als sie die Nummer der »Niedersachsenstuben« eintippte.

»Guten Morgen, Herr Kröger. Kramer von der Kripo Goslar.«

»Milda hat sich bei mir nicht blicken lassen, falls Sie das meinen«, ging Kröger sofort in Verteidigungshaltung.

Die Fahndung nach Milda Auseklis hatte bislang nichts ergeben. Inzwischen hatte Keilberth eine Zusammenarbeit mit den Kollegen in Riga angeleiert. Es sprach vieles dafür, dass Milda wieder in ihre Heimat zurückgekehrt war und sich dort versteckte. Wahrscheinlich bei den Eltern. Wo sollte sie auch sonst hin? Aber bisher war sie nirgends gesehen worden.

Im Fall Janis Auseklis gab es immer noch keinerlei Spuren. Nachbarschaftsbefragungen in der Breite Straße durch die Kollegen hatten keine weiteren Erkenntnisse gebracht. Mit Winfried Kröger und seinen »Niedersachsenstuben« wollte anscheinend niemand etwas zu tun haben. Nicht einer der Befragten vor Ort kannte angeblich auch nur den Namen des Ermordeten. Auch das Foto von Janis in der Presse hatte nicht weitergeführt.

»Es geht um etwas anderes, Herr Kröger. Sagt Ihnen der Name Helmut Hauke etwas?«

»Wer soll das sein?«

»Ratsherr, ist heute Morgen tot aufgefunden worden.« Sie beschrieb Hauke, so gut es ging. »Hat er in Ihrem Lokal verkehrt?«

Kröger zögerte nicht mit der Antwort. »Nein, kann ich mit Bestimmtheit sagen, aber fragen Sie bei Foresta nach. Ich meine, ich hätte da öfter einen Vogel mit schwarz gefärbten Haaren gesehen, auf den Ihre Beschreibung passen könnte. Der saß manchmal noch spät mit ihm zusammen beim Wein. Ab und zu, wenn nichts weiter los ist, schließe ich früher und gehe noch mal eine Runde durch die Altstadt. Das Schaufenster von seinem Laden ist groß, man kann da gut reinsehen.«

»Wer ist Foresta?«

»Der Besitzer der kleinen Pizzeria drei Häuser weiter auf meiner Straßenseite.«

»Haben Sie den Mann auch gestern Abend dort gesehen?«

»Nein, hab ich nicht!«, wurde Kröger patzig.

Verständlicherweise hatte er nicht das geringste Interesse, in eine zweite Mordgeschichte verwickelt zu werden.

»Danke für die Auskunft, Herr Kröger.«

***

Das »Antonio's« in der Nähe der beiden massiven Stadttürme am nördlichen Eingang von Goslar war nicht groß, aber einladend eingerichtet, mit neun weiß gedeckten Tischen, jeweils bestückt mit einer fingerdicken Vase aus Glas, in der eine einzelne orangefarbene Gerbera steckte. An den Wänden Stiche aus Italien und Regale mit Weinflaschen. Aus der Küche zog der Duft von frischem Gurkensalat. Hinter dem Tresen kam ein kleiner, rundlicher Mann mit starkem Bartansatz, wenig schwarzen Haaren auf dem Kopf, dafür umso mehr an den Armen bis zu den Fingern, hervor.

»Es ist erst elf. Wir sind noch nicht ganz fertig«, sagte er mit unbekümmert südlicher Freundlichkeit, »aber wenn Sie schon ein Glas Wein trinken möchten …«

»Nein danke«, antwortete Sina. »Kripo Goslar, Herr Foresta?«

»Ja, der bin ich, Antonio Foresta. Was kann ich für Sie tun?«

»Wir haben ein paar kurze Fragen an Sie.«

Der kleine Mann wies mit der Hand auf einen der Tische. »Bitte setzen Sie sich. Möchten Sie trotzdem etwas trinken?«

»Nein danke.«

»Aber Commissari, wenigstens einen Cappuccino!«, bettelte er fast.

Man würde ihn beleidigen, wenn man Nein sagte, dachte Sina, und dann wäre von vornherein die Leitung blockiert.

»Also gut.«

Foresta werkelte kurz hinter dem Tresen, kam dann mit zwei Tassen wieder an den Tisch und setzte sich zu den Kommissaren.

»Kennen Sie einen Mann namens Helmut Hauke?«, begann Niebuhr mit der Befragung.

Foresta überlegte kurz, um dann »Nie gehört« zu verkünden.

»Er wurde öfter in Ihrem Restaurant gesehen.«

Foresta zuckte mit den Schultern. »So? Aber ich weiß nicht, wer der Mann ist.«

Niebuhr legte ihm die Fotos des Toten im Park vor.

Foresta warf einen Blick darauf, ohne eine Reaktion zu zeigen.

Sina fixierte den kleinen Italiener mit einem coolen Blick. Die alte Masche, jemanden nervös zu machen.

»Und wer hat ihn angeblich in meinem Lokal gesehen?«, fragte Foresta dann auch.

»Jemand ganz aus Ihrer Nähe«, sagte Niebuhr mit leiser Drohung in der Stimme. Sina nippte an ihrem Cappuccino.

»Zeigen Sie noch mal her«, sagte Foresta und strengte sich auffallend an, genauer hinzusehen.

»Ja, jetzt erkenne ich ihn. Wie man einen Gast halt so kennt. Er kam immer mal zwischendurch hier vorbei, trank ein Glas Wein und ging dann wieder. Dass er Hauke hieß, wusste ich nicht.«

Niebuhr nahm einen Schluck aus seiner Tasse.

»Sie wissen also nichts weiter über diesen Mann?«, fragte er.

»Nein.«

»Vielleicht weiß einer Ihrer Mitarbeiter mehr?«

»Wir haben keine Mitarbeiter. Wir sind nur zu zweit, meine Frau Anna und ich. Jeder hat seinen Bereich. Anna arbeitet in der Küche und kümmert sich um das Essen, und ich kümmere mich im Restaurant um die Gäste. Sie kennt ihn sicher nicht.«

»Ist Hauke gestern hier im Lokal gewesen?«

»Nein, tut mir leid«, antwortete Foresta. Ein Blick auf seine Armbanduhr ließ ihn zusammenzucken. »Mamma mia, die Arbeit ruft!«

Er sprang auf und glättete seine Schürze.

»Schade, dass ich Ihnen nicht helfen konnte, Commissari, aber ich habe zu tun, in der Küche. Anna, meine Frau, schafft es nicht alleine.« Er lächelte Sina und Niebuhr noch einmal zu. »Also, arrivederci. Vielleicht habe ich die Ehre, Sie einmal hier zum Essen begrüßen zu dürfen. Meine Empfehlung.«

»Moment noch«, brachte ihn Sina wieder zum Stehen. »Haben Sie ein kleines schwarzes Notizbüchlein gefunden, beim Putzen oder Aufräumen vielleicht?«

»Nein, aber ich frage Anna.«

Foresta verschwand hinter dem Tresen. Zwanzig Sekunden später rief es aus der Küche: »Nichts gefunden!«

***

In der Mittagspause setzten sich Sina und Niebuhr an einen der Tische vor der fünfhundert Jahre alten »Butterhanne«, dem ehemaligen Gildehaus der Filzhutmacher, das schon seit Ewigkeiten Gasthof war, und warteten im Schatten der Fachwerkfassade auf ihr Essen. Es war extrem heiß; selbst die Pferde, die mit den Kutschern vor der Marktkirche auf Kundschaft warteten, ließen matt die Köpfe hängen.

Niebuhr hatte am Morgen seine Hausaufgaben gemacht: Helmut Hauke war Inhaber eines Sanitär- und Heizungsbaubetriebs gewesen, denn von der Politik allein konnte in dieser Stadt nur einer leben: der Oberbürgermeister. Die Ratsherren arbeiteten ehrenamtlich. Haukes Betrieb schien nur mittelprächtig zu laufen, trotzdem hatte er jeden Monat erstaunlich hohe Beträge von seinem Konto abgehoben, die ihn regelmäßig an die Grenze seines Kreditrahmens gebracht hatten. Deswegen war er häufiger mit der Bank aneinandergeraten. Grund genug, erneut Verena Hauke zu befragen. Aber das würden sie morgen erledigen. Der Zustand, in dem sich die Witwe augenblicklich befand, war wenig hilfreich.

Nach dem Essen fuhren sie ins Gewerbegebiet rund um die Liebigstraße. Das Bürogebäude der Hauke Sanitär und Heizungsbau GmbH war schon älter, der schmutzig grauen Rauputzfassade nach zu schließen. Daneben stand eine mittelgroße Industriehalle, anscheinend als Lager genutzt, deren Vorderseite geöffnet war. Sie parkten vor dem Bürogebäude. Durch eines der Fenster im Erdgeschoss beobachtete sie ein älterer Mann, der sich von seinem Platz erhob, als sie näher kamen.

»Was kann ich für Sie tun?«, fragte er schon an der Eingangstür.

»Kripo Goslar, wir haben ein paar Fragen an den Geschäftsführer«, antwortete Sina.

»Kommen Sie bitte.«

Der Mann war schätzungsweise Ende fünfzig, mittelgroß, hatte volles, kurz geschnittenes Haar, mehr grau als braun. Um seinen Hals hing eine silberne Kette, an der eine Brille befestigt war. Er führte sie in ein Büro mit Aktenschränken und einer Kaffeeküche mit Kühlschrank und Waschbecken. Auf der Fensterbank vegetierte ein halb vertrocknetes Zebragras vor sich hin. Die beiden Kommissare setzten sich.

»Mein Name ist Rupert Stör, ich bin der Geschäftsführer«, sagte der Mann, trat hinter den Schreibtisch und setzte sich ebenfalls. »Ich kann mir denken, warum Sie hier sind.«

»Wir möchten uns ein Bild von dem Toten machen. War Helmut Hauke bei seinen Mitarbeitern beliebt?«

Stör schien mit allem gerechnet zu haben, nur nicht mit dieser Frage.

»Tja, wie soll ich sagen …«, suchte er nach Worten. »Er war so selten hier, wissen Sie, um nicht zu sagen: sehr selten.«

»Warum? Haben Sie nicht genug zu tun?«, fragte Niebuhr.

»Doch, doch, unsere Auftragslage ist für die aktuellen Verhältnisse ganz zufriedenstellend … nur …«

»Ja?«

»Seit etwa einem Jahr hat er sich so gut wie gar nicht mehr für den Betrieb interessiert. Ich will mich nicht beschweren. Das hatte auch seine Vorteile. Ich konnte schalten und walten, wie ich wollte. Aber der Firma fehlte der Kopf. Früher hat der Chef uns wenigstens mit Hilfe seiner Beziehungen noch Großaufträge beschafft, in Braunschweig und in Hannover. Aber in letzter Zeit ist er nur noch vorbeigekommen, um zu fragen, ob es laufen würde. Dann hat er mir auf die Schulter geklopft, gesagt: ›Du machst das schon, Rupert!‹, und sich wieder aus dem Staub gemacht. Meistens war er nur da, um ein paar Unterschriften zu leisten. Oder er hat sich seine Jagdklamotten aus dem Spind in der Mitarbeiterumkleide nebenan geholt, die hat er immer hier aufbewahrt, weiß der Himmel, warum. Aber in letzter Zeit hatte er wohl auch auf die Jagd keine Lust mehr gehabt. Ich hatte das Gefühl, dass er das Geschäft auf kurz oder lang abstoßen wollte.«

»Wie war Hauke als Mensch?«, fragte Sina.

»Zu Helmut hatte ich keinen besonderen Draht. Wir sagten Du, weil es Tradition war. Mit dem Alten konnte ich weit besser. Ich bin bei Gustav Hauke in die Lehre gegangen, er hat mich aufgebaut. Gus war einer von uns, wissen Sie, der war Heizungsbauer durch und durch, der war Kollege und dann erst Chef.«

»Und das war bei seinem Sohn anders?«

»Ja. Helmut wollte eigentlich studieren, wie ich gehört habe, aber sein Vater hat ihn nicht gelassen. Wozu muss man studieren, wenn man ein gut laufendes Geschäft hat? Ist übrigens auch meine Meinung. Es gibt viel zu wenig gute Fachkräfte am Markt. Hat das Heizungsgeschäft eher widerwillig betrieben, der Helmut, und als Gus dann so krank wurde – hatte nur Arbeit in seinem Leben gehabt, nur Arbeit –, da habe ich ihm versprochen, dass ich den Laden, wenn nötig, allein führe. Denn am Ende musste sich Gus eingestehen, dass er einen riesigen Fehler gemacht hatte, seinem Sohn das Geschäft aufzudrängen …«

»Und weil Hauke junior keine Lust auf Heizungsbau hatte, hat er sich in die Politik gestürzt«, dachte Sina laut, schaute aber Stör an, als erwarte sie eine Reaktion von ihm.

Der setzte seine Brille auf, als müsste er für die Antwort schärfer sehen. »Keine Ahnung … kann schon sein … aber ihn haben noch andere Sachen interessiert …«

»Zum Beispiel?«, fragte Niebuhr.

»Frauen«, sagte Stör, ohne nachzudenken, schien sich mit der Antwort jedoch augenblicklich unwohl zu fühlen und versuchte abzuwiegeln. »Hören Sie, das sind nur Vermutungen, ich will da nichts … Ich will nur sagen, es tut mir leid, dass unser Chef auf so unschöne Art sterben musste …«

»Herr Stör«, beschwichtigte ihn Sina, »wir sind auf Ihre Aussage angewiesen und dankbar, wenn Sie uns helfen.«

Stör beruhigte sich wieder und legte die Hände auf die Schreibtischplatte.

»Nehmen Sie einfach zur Kenntnis, dass ich weiß, dass er Frauengeschichten hatte. Aber ich habe ihn nie mit einer gesehen.«

»Hat das Haukes Frau nicht gestört?«

»Dazu will ich nichts sagen. Verena, ich meine Frau Hauke, hat es geduldet, warum auch immer. Verstanden hab ich das nie.«

Glühte da ein Funke Hass in den Augen des Geschäftsführers?

Doch in dem Moment blieb Sinas Blick an etwas Schwarzem hängen, das auf dem Regal hinter Rupert Stör lag. »Wir suchen den Terminkalender Ihres Chefs, ist der vielleicht hier?«

»Ja«, antwortete Stör, »er hat ihn auf dem Schreibtisch liegen lassen, am Samstag, als er kurz im Geschäft war.« Er drehte sich in seinem Sessel, griff nach dem schwarzen Büchlein und reichte es Sina.

»Zunächst einmal vielen Dank, Herr Stör«, sagte sie. »Sie hören von uns, wenn wir noch Fragen haben.«

Kurz bevor sie gegangen waren, hatte Sina noch Haukes Spind im Umkleideraum der Mitarbeiter seiner Firma geöffnet. Wie Stör gesagt hatte, hing dort seine Jagdmontur. Einen Karton mit alten Fotos hatte sie auch noch gefunden. Trophäenfotos. »Kreiner, Stieglitz und Fischer mit dem größten Keiler aller Zeiten« war eines unterschrieben, ein anderes mit »Jagerfest auf dem Brocken«. Zehn Jahre alt. Davon versprach sich Sina nicht viel. Von Haukes Kalender, der mit Namen, Adressen, Terminen und Notizen vermutlich gespickt war, dagegen umso mehr. Doch für heute war erst mal Schluss.

***

Als sie am frühen Abend nach Hause kam, stand die Hitze immer noch in den Straßen, und sie verspürte das dringende Bedürfnis, sich die Klamotten vom Leib zu reißen. Im Wohnzimmer stand die Tür zum hinteren Garten offen, der rote Sonnenschirm warf seinen Schatten auf das kleine Stück Terrasse mit den zwei Kunststoffliegen, eine davon war besetzt.

Chao lag auf dem Rücken, Sonnenbrille auf den Augen, Beine übereinandergeschlagen, die Zehen gen Himmel. Eines seiner Bücher ruhte aufgeschlagen mit dem Rücken nach oben auf seiner

Brust, die sich gleichmäßig hob und senkte. Die Arme hingen schlapp herunter, sie konnte seinen Atem hören. Sie wollte ihn mit einem besonders zärtlichen Kuss wecken, doch dann entschied sie sich, zuerst eine Dusche zu nehmen. Es hätte so ein schöner Abend werden können, wenn die Sache mit Torsten nicht wäre.

Nach dem Duschen machte sie in der Küche Zitronenmilch für zwei.

»Sina?«, rief Chao.

Sie füllte die Milch in Gläser und trug sie auf die Terrasse. Chao streckte seine Arme nach ihr aus und zog sie an ihrem linken Oberschenkel zu sich.

»Vorsicht, ich verschütte ja alles.«

Sie küsste ihn auf den Mund. Als er sie losließ, drückte sie ihm ein Glas Milchshake in die Hand.

»Wie war dein Dienst?«

»Anstrengend«, sagte sie, setzte sich im Bademantel auf die zweite Liege und nahm einen großen Schluck aus ihrem Glas. »Und was hast du gemacht?«

»Gelesen und die Küche geputzt«, antwortete Chao, während er sich mit der Zunge den weißen Zitronenschaum von der Oberlippe leckte.

Sina hatte das Gefühl, dass er ausgeglichener war, seitdem er sich als potenzieller Vater fühlte. Im Gegensatz zu ihr, die augenblicklich weniger gut aufs Kinderkriegen zu sprechen war.

Sie legte sich neben ihn auf die Liege und stellte ihr Glas auf den Betonplatten ab. Dann nahm sie seinen Arm, legte ihn auf ihren Bauch und spielte mit seinen Fingern.

»Ich muss etwas mit dir besprechen«, sagte sie und wusste nicht, wie sie anfangen sollte.

»Wegen uns?«

»Nein, wegen Torsten. Hast du es gewusst?«

»Vielleicht sagst du mir, worum es geht«, antwortete Chao gut gelaunt.

»Torsten wird Vater.«

»Wie bitte?«

Sina erzählte ihm alles.

»Ich konnte es auch nicht glauben, als er mir am Samstag davon erzählt hat. Und ich wollte uns den Sonntagsausflug ins Rosarium nicht verderben, deshalb habe ich gestern Abend nicht mehr mit dir darüber gesprochen«, sagte sie als Entschuldigung am Schluss der Geschichte.

Chao starrte sie immer noch an mit seinen dunkelbraunen Mandelaugen, schien aber nicht vorzuhaben, irgendeinen Kommentar abzugeben.

Eine Weile schwiegen sie.

»Hat er sich schon Gedanken darüber gemacht, wie alles werden soll?«, fand Chao dann zur Sprache zurück.

»Natürlich nicht!«, antwortete Sina fast aufgebracht. Beinahe hätte sie gesagt: »Wer soll das alles bezahlen?« Aber sie fürchtete, Chao damit zu verletzen, der in seiner Arbeitslosigkeit auch keine finanzielle Hilfe war. Alles blieb an ihr hängen …

»Bekommen wir beide jetzt kein Kind mehr?«, fragte Chao, als hätte er ihre Gedanken erraten, und in seiner Stimme schwang unüberhörbar Enttäuschung mit.

»Warum?«

Sie tat so, als wüsste sie nicht, was er meinte. Doch nüchtern gesehen: zwei Säuglinge, um die sie sich vielleicht am Ende würde kümmern müssen, *und* ihr Job? Sie fühlte sich restlos überfordert.

***

Ernst-August Klawitter saß am Schreibtisch in seinem Büro im Parterre des Hauses, in dem die Kanzlei seit Anbeginn ihren Sitz hatte.

Es war nach neunzehn Uhr, und vor ihm summte der PC, doch seine Gedanken waren nicht bei der Klageschrift in der Verleumdungsangelegenheit des Geschäftsführers vom hiesigen Fußballclub gegen seinen Präsidenten. Er befand sich in einem zerstreuten Zustand, in dem Momentaufnahmen seiner in Auflösung begriffenen Ehe wie ein Kurzfilm seine Konzentration durchzuckten und ihn immer wieder zwangen, die Arbeit zu unterbrechen.

Seit der Aussprache im großen Salon, die damit geendet hatte, dass er einfach wortlos aufgestanden war, den Raum und das Haus verlassen hatte, um den Steinberg hoch- und wieder hinunterzulaufen, war ihre Kommunikation fast vollständig zum Erliegen gekommen. Heute hatten sie es vermieden, sich beim Frühstück oder in der Kanzlei zu begegnen.

Sein Vater hatte bisher von ihrer Ehekrise nichts mitbekommen, oder er tat zumindest so. Wahrscheinlich war ihm auch völlig gleichgültig, wie ihre Ehe lief. Er lebte in der Vergangenheit.

Und die Kinder waren erwachsen. Auch Leonard, ihr Jüngster, würde nicht wirklich leiden, wenn sie sich scheiden ließen. Darin gab er Miriam recht. Er würde sie sich einzeln vornehmen und ihnen die Situation erklären.

Es gab nur *ein* wirkliches Problem: Wie würde Miriam reagieren, wenn im Scheidungsfall die finanzielle Seite zur Sprache kam? Würde sie so weit gehen, die Kanzlei zu ruinieren?

Das Telefon schrillte.

Beinahe hätte er den Hörer abgenommen. Aber gerade rechtzeitig fiel ihm ein, dass keiner davon ausgehen konnte, dass sich um diese Zeit jemand in der Kanzlei aufhielt. Es wusste definitiv niemand, dass er noch arbeitete. Sein Vater nicht, und Miriam würde keine Nachrichten haben, die so haarsträubend wichtig waren, dass sie nicht noch fünf Minuten warten konnten. Er ignorierte das Telefon, richtete den Blick wieder auf den Bildschirm, um die Klageschrift weiter durchzugehen. Irgendwann hörte das Schrillen auf, und es kehrte wieder Ruhe ein. Doch dann schreckte ihn ein weiteres elektronisches Signal auf: *»Dingdong: Sie haben eine E-Mail erhalten!«*

Klawitter stöhnte, klickte aber aus Neugier den Postkasten an.

Sehr geehrter Herr Dr. Klawitter,
im Zusammenhang mit dem Projekt »Hokenpassage« in der Fußgängerzone von Goslar sind wir Ihnen in Ihrer Funktion als stellvertretender OB schon begegnet.
Durch die Veränderung der Zuständigkeiten suchen wir nach neuen Wegen und möchten die Zusammenarbeit in Zukunft mit Ihnen intensivieren.
Mit freundlichen Grüßen
Gezeichnet Rübenacker im Auftrag der IIT International Investment Transfer

***

Am selben Abend telefonierte Antonio Foresta von einem öffentlichen Telefon an der Goslarer Hauptpost in der Clubgartenstraße aus mit seinem Bruder auf Sizilien.

»Heute Mittag sind zwei von ihnen aufgetaucht.«

»Na und? Haben sie was in der Hand?«

»Ein Nachbar hätte ihn bei uns gesehen, hat die Kommissarin gesagt.«

»Und was hast du gesagt?«

»Sie haben mir Fotos gezeigt, wie er auf der Parkbank liegt. Zuerst habe ich so getan, als würde ich ihn nicht kennen. Aber es hat keinen Zweck gehabt, zu leugnen. Das hätte mich verdächtig gemacht.«

»Und?«

»Ich habe gesagt, dass er ab und zu vorbeikam und ein Glas Wein trank.«

»Wo ist das Problem? Immerhin hast du ein Restaurant. Jeder kann bei dir ein Glas Wein trinken, ohne dass er gleich dein Freund sein muss. Also bleib ganz ruhig, Antonio, hörst du?«

»Was soll ich machen, wenn sie wiederkommen?«

»Vor allem nicht nervös werden! Wir haben getan, was wir tun mussten. Klawitter wird Hauke ersetzen, ohne dass die ganze Geschichte herauskommt. Es geht weiter.«

Kurzes Schweigen.

»Wie geht es Mamma?«

»Noch atmet sie, aber es wird nicht mehr lange dauern.«

»Gib ihr einen Kuss von mir!«

»Sie hat nach dir gefragt. Ich habe gesagt, dass du viel Erfolg hast in Deutschland. Sie hat gelächelt ... Mamma hat dich angelächelt. Ciao, Antonio.«

»Ciao, Alfredo.«

FÜNFZEHN

Am nächsten Morgen war Keilberth wieder der gestresste und schlecht gelaunte Kriminalrat, den sie zur Genüge kannten. Für Sina enttäuschend, aber im Grunde hatte sie nichts anderes erwartet.

»Ich gehe davon aus, dass ihr einen Blick in die Zeitung geworfen habt. Die ganze Stadt steht Kopf. Wir können uns nicht den kleinsten Fehler erlauben!«

Sie nickten stumm. Wieder machte er nichts als Druck, und alles blieb an Niebuhr und ihr hängen.

»Wir müssen so schnell wie möglich wissen, was am Abend vor Haukes Tod in seinem Haus vorgefallen ist.«

»Verena Hauke war noch zu keiner intensiveren Befragung fähig, das weißt du ja«, versuchte Sina die Panik, die Keilberth verbreitete, abzuschwächen. »Wir bleiben dran.«

Keilberth hielt es nicht mehr auf dem Stuhl. Mit wenigen Schritten ging er zum Fenster seines Büros und starrte auf den Vorplatz des Präsidiums, als suchte er etwas, das verloren gegangen war.

Als er sich umdrehte und Sina ansprach, klang seine Stimme wärmer, und er rang sich zu einem schwachen Lächeln durch.

»Seid ihr in der Firma gewesen?«

»Ja, wir haben mit Rupert Stör, dem Geschäftsführer, gesprochen.«

»Und?«

»Hauke hat sich für das Geschäft immer weniger interessiert und es einfach laufen lassen. Stör hatte freie Hand. Hauke war sozusagen nur der Mann für die Unterschriften.«

»Weiter erwähnenswert ist«, ergänzte Niebuhr, »dass Hauke jeden Monat erstaunlich hohe Summen von seinem Konto abgehoben hat.«

»Und wofür hat er das Geld gebraucht?«, fragte Keilberth ungeduldig.

»Vermutlich für Frauen. Stör hat so was angedeutet.«

»Und dafür hat er Beweise?«

»Nein, nicht direkt«, antwortete sie.

»Dann findet heraus, was dran ist! Was habt ihr von dem Geschäftsführer für einen Eindruck?«

»Scheint solide zu sein. Fühlt sich offenbar für den Betrieb verantwortlich. Stör ist schon bei Haukes Vater in die Lehre gegangen«, fasste Sina zusammen.

»Eins ist mir allerdings aufgefallen …«, meldete sich Niebuhr. »Obwohl Stör angeblich kaum mit seinem Chef zusammenkam und er ein abgekühltes Verhältnis zu ihm hatte, duzt er dessen Frau Verena.«

»Aha«, sagte Keilberth.

Sina fragte sich, warum sie nicht gleich nachgehakt hatte. Aber wahrscheinlich hatte sie zu dem Zeitpunkt der Terminkalender, der auf dem Regal hinter dem Geschäftsführer lag, zu stark abgelenkt.

»Sehr gut, ein Ansatzpunkt für weitere Ermittlungen, Herr Kollege«, sagte Keilberth und lächelte Niebuhr zu. Er hat Niebuhr zugelächelt, ihn *gelobt* und ihm *zugelächelt.* Kaum zu glauben, dachte Sina.

»Habt ihr die Lokale abgeklappert?«, ging Keilberth zum nächsten Punkt über.

»Mehrere Gastwirte haben Hauke gekannt, aber bei keinem hat er sich am Abend vor seinem Tod blicken lassen, und nur in einem Lokal hat er anscheinend regelmäßig abends seinen Wein getrunken. ›Antonio's‹ in der Breite Straße. Der Besitzer heißt Antonio Foresta«, berichtete Sina. »Auf den Fotos schien er Hauke auf den ersten Blick nicht zu erkennen. Erst als wir ihm gesagt haben, dass es einen Zeugen gibt, der Hauke öfter in seinem Laden gesehen hat, machte es klick bei ihm. Aber seinen Namen hat er angeblich noch nie gehört. Klingt, als hätte er etwas zu verbergen …«

»Kann aber auch ein reiner Schutzreflex gewesen sein«, hielt Keilberth entgegen. »Er hat vielleicht nur Angst, sein Restaurant könnte ins Gerede kommen und ihm bleiben von heute auf morgen die Gäste weg. Spricht sich doch alles in Windeseile herum.«

»Warum hast du den Terminkalender nicht erwähnt?«, fragte Niebuhr, als sie nach der Besprechung zusammen in Sinas Büro vor einem ziemlich dünnen Kaffee saßen.

»Keilberth muss doch nicht alles wissen, oder?«

Manchmal reichte es ihr einfach, Keilberths ewige Zuträgerin und Befehlsempfängerin zu sein.

Außerdem hatten sie sich weit mehr von dem schwarzen Notizbuch erhofft. Zum Beispiel sauber aufgeschriebene Namen und Daten. Stattdessen befanden sich in dem Kalender fast nur unleserliche Hieroglyphen, teilweise verschmierte Einträge in dreierlei Farben, die meisten blau und schwarz (Kuli), andere fettig grau (Bleistift), und es wimmelte von Abkürzungen. Ausgerechnet am Tag seines Todes gab es keinen einzigen Eintrag.

Einiges ließ sich enträtseln wie etwa: »Sitz« oder »Besprech«, »Rat« oder »Term«, »OB«. Daneben kamen Namen vor, die offensichtlich mit Haukes Firma zu tun hatten. »Auftrag Fisa« oder »Treff mit Kantner von der Aristo«. Zweimal »Term. SPK«, das schienen Banktermine zu sein. Dann Abkürzungen, die ohne Weiteres Frauennamen zugeordnet werden konnten, wie zum Beispiel: »Blumen für S.« oder »E. hat Geb.« mit drei Ausrufezeichen. Adressen aber suchten sie vergeblich.

***

Verena Hauke war am Telefon kaum zu verstehen, im Hintergrund knatterte ein Rasenmäher. Sie fühle sich immer noch ziemlich schlecht, versuchte sie Sina abzuwimmeln. Unter der Androhung, sie ins Präsidium vorzuladen, gab sie schließlich nach und verabredete sich mit Sina am nächsten Morgen in ihrem Haus.

Blieb ihnen ein weiterer Besuch der Hauke GmbH. Als Sina und Niebuhr auf den geteerten Hof vor dem Bürogebäude fuhren, der in der Mittagshitze zu dampfen schien, trafen sie den Geschäftsführer im Gespräch mit zwei Männern an, die in einem Van mit der Aufschrift »Ihre neue Heizung von Hauke« saßen, offenbar bereit zur Abfahrt.

»Wir haben noch ein paar Fragen an Sie, Herr Stör«, rief Sina bei heruntergelassener Seitenscheibe, »auch an die Herren!«

»Die Kundschaft wartet«, erwiderte einer der Männer durch die geöffnete Fahrertür.

Niebuhr war schon ausgestiegen. »Dauert nicht lange. Wo kann man hier ungestört reden?«

Die beiden Männer im blauen Overall stiegen aus und gingen mit Niebuhr in Richtung der Halle. Sina folgte Rupert Stör ins Bürogebäude. Der Geschäftsführer schien nicht erfreut zu sein.

»Ich kann Ihnen nicht mehr sagen, als ich schon gesagt habe, und ich werde mir überlegen, was ich dagegen unternehme, dass Sie hier einfach so auftauchen und den Betrieb blockieren«, raunzte er, als sie wieder in seinem Büro saßen. Die Sonne brannte gegen die Jalousien, im Raum war es stickig. Das Zebragras auf dem Sims schien seine letzten Tage zu erleben.

»Ich wollte mit Ihnen Ihr Verhältnis zu Verena Hauke beleuchten«, begann Sina, ohne sich beeindrucken zu lassen. Stör blieb nichts weiter übrig, als seine Wut herunterzuschlucken.

»Welches Verhältnis?«

»Hatten Sie keins?«

Er sah sie verdutzt an. Ihm hatte es die Sprache verschlagen. Das Knirschen der Räder in seinem Gehirn war unüberhörbar. Offenbar wog er ab, was klüger war, die Wahrheit zu sagen oder zu lügen.

»Heiß heute … möchten Sie etwas zu trinken?«, sagte er, als er sich wieder gefangen hatte, stand auf, ohne die Antwort abzuwarten, und öffnete den kleinen Kühlschrank links neben dem Waschbecken.

»Mineralwasser medium, wenn Sie haben.«

»Alles da, nur keine Gläser.«

»Schon gut«, sagte Sina.

Er drückte ihr eine der angekühlten Plastikflaschen in die Hand. Dann setzte er sich wieder hinter den Schreibtisch und nahm einen Schluck.

»Verena war einmal ein hübsches Ding, wissen Sie, nicht so ein Nachtgespenst wie heute«, begann er etwas zu locker, als dass Sina nicht gemerkt hätte, dass ihn das berührte. »Ich kenne sie, seit sie den Chef geheiratet hat, also fast zwanzig Jahre. Damals war mit mir auch noch mehr los …«

Er lächelte etwas verlegen, wurde aber schnell wieder ernst.

»In der Zeit hatten wir mehr Aufträge, als wir schaffen konnten. Wir brauchten jede verfügbare Kraft. Verena arbeitete als ›Mädchen für alles‹ hier im Büro mit. Sie hatte ihren eigenen Schreibtisch und machte die Dienstpläne, führte Telefonate mit den Kunden, gab Materialbestellungen auf und was alles so vorkam. Ich war schon früh geschieden und hatte mir geschworen … aber Verena gefiel mir …«

Er nahm noch einen Schluck aus der Flasche, was ihm den Schweiß auf die Stirn drückte.

»Und da sind Sie sich nähergekommen …«

»Zuerst nicht. Helmut war ihr Gott, und ich glaube, er ist es bis heute geblieben. Aber allmählich schien mir, dass auch ich ihr nicht ganz egal war. Manchmal lächelte sie mir zu, ganz ohne Grund, oder machte mir eine Suppe heiß und sagte, dass ich zu viel arbeiten und ob sich zu Hause keiner um mich kümmern würde. Später bot sie mir auf einem Betriebsausflug – damals haben wir noch welche gemacht – das Du an.«

»Und dann begann Ihr intimes Verhältnis …«

»Das hätte ich gerne gehabt …«, sagte Stör.

»Also nicht?«

»Ich habe ein paar Annährungsversuche gestartet, aber ich spürte, dass sie nicht wollte, und habe es gelassen. Außerdem, wenn das herausgekommen wäre, hätte ich damit rechnen müssen, dass …«

»Hatten Sie das Gefühl, dass Verena Hauke Sie nicht an sich herankommen ließ, weil sie ihrem Mann treu sein wollte?«

»Kann schon sein.«

»Und das hat Sie geärgert. Waren Sie eifersüchtig auf Ihren Chef?«

Die Frage trieb Stör die Röte ins Gesicht. »Zugegebenermaßen, ja. Aber ich habe die beiden Dinge immer getrennt, den Job und meine Gefühle für Verena. Ich habe alles für den Betrieb getan, auch wenn ich mitansehen musste, wie der Chef, nachdem sein Vater gestorben war, die Firma sträflich vernachlässigte und Verena schon zwei Jahre nach der Hochzeit behandelte, als wäre sie ihm lästig. Manchmal konnte ich es nur schwer ertragen, mitanzusehen, wie sehr sie darunter litt.«

»Es war also das lieblose Verhalten von Helmut Hauke, das seine Frau so fertigmachte, oder gab es noch etwas anderes …«

»Einmal hat sie mehr geredet, als sie wollte. Wir saßen nach Feierabend noch im Büro und machten die Abrechnung. Es war November, draußen Eisregen. Da hat sie uns einen Glühwein gemacht und ist das erste Mal ein bisschen aus sich herausgegangen. Sie machte aber nur Andeutungen, dass ihr Mann abends öfter wegfuhr und viel zu viel Geld ausgeben würde. Sie weinte und tat mir leid. Ich hätte sie in den Arm nehmen wollen, aber sie riss sich schnell wieder zusammen und tat dann so, als wäre nichts gewesen.«

»Und in Ihnen wuchs die Wut auf Ihren Chef …?«

»Ja, manchmal hätte ich ihm eins in die Fresse hauen können.« Stör wischte sich den Schweiß von der Stirn.

»Was hat Hauke denn abends getrieben, und wo ist das Geld geblieben?«

»Er hatte Frauengeschichten, und das Geld ist in Bad Harzburg geblieben.«

»Und woher wissen Sie das?« Sinas Ton wurde schärfer. Jetzt musste er mit der Sprache heraus.

Stör mied es, ihr in die Augen zu schauen. »Ich weiß es, weil … weil ich ihm nachgefahren bin. Ich bin ihm bis nach Bad Harzburg hinterhergefahren und zum Casino gefolgt. Mehrmals, um sicherzugehen.«

»So sehr haben Sie Verena Hauke geliebt?«

»Sie hat mir leidgetan …«

Sina warf ihm einen ungläubigen Blick zu, der ihn noch verlegener machte.

Ihr kam es vor, als schien er selbst nicht mehr zu wissen, was er für die Frau seines Chefs empfunden hatte. Wahrscheinlich beides, Liebe und Mitleid, dachte Sina.

»Und woher wissen Sie so sicher, dass er seine Frau betrogen hat?«

»Ich habe gewartet, bis er wieder herauskam aus dem Casino. Jedes Mal hatte er eine andere im Arm, schäkerte mit ihr herum und fuhr dann mit seinem Wagen nach Goslar, brachte die Dame nach Hause und ist gleich dageblieben.«

Störs Blick blieb an dem jämmerlichen Zebragras hängen. »Ich weiß, das Herumspionieren war zum Kotzen, würde ich heute nicht mehr machen … man kann ohnehin nichts ändern.«

»Was wollten Sie denn ändern, Herr Stör?«

»Ich weiß es nicht, ich kann es Ihnen jetzt nicht mehr sagen. Ich glaube, ich wollte Verena und ihren Mann auseinanderbringen … das ist alles schon so lange her.«

»Und dann haben Sie diesen Plan irgendwann aufgegeben?«

»Es war sinnlos. Verena vergötterte ihren Mann nach wie vor. Als ich ihr mitteilte, was ich beobachtet hatte, wollte sie nichts davon wissen. Ich musste einsehen, dass ich verloren hatte, und zog mich ganz zurück, auch wenn er sie nach wie vor wie einen Putzlappen behandelte, sie unsäglich darunter litt und immer mehr abmagerte. Ins Geschäft kam sie nur noch selten und wenn, dann wirkte sie so seltsam müde, wahrscheinlich Tabletten. Dann pflegte sie sich nicht mehr, und als die Aufträge merklich weniger wurden, blieb sie ganz zu Hause.«

»Sind Sie mit Ihrem Chef jemals wegen seiner Frau in einen handgreiflichen Konflikt geraten?«, kam Sina auf den Punkt.

»Meinen Sie, dass wir uns wegen Verena geprügelt hätten?«

»Genau das.«

Stör war nicht schockiert, schien jetzt fast erleichtert, sich aussprechen zu können.

»Fast wäre es einmal dazu gekommen. Als er sie im Büro wegen einer Nichtigkeit angeschrien hat. Ich bin dazwischengegangen und hab ihm gesagt, dass ich ihm eins reinhauen würde, wenn er seinen Ton nicht ändert.«

»Und Hauke?«

»Der ist zusammengefahren und hat sich kleinlaut entschuldigt.«

»Das war alles?«

»Ja.«

»Wo waren Sie am Abend, an dem Ihr Chef zu Tode kam?«

»In meiner Wohnung in Sudmerberg.«

»Allein?«

»Allein.«

Niebuhr saß schon hinter dem Steuer und wartete. Er hatte den Dienstwagen in den Schatten der Werkshalle gefahren. Aus dem offenen Fenster quoll Musik wie süßer Sirup. Michael Jackson. »Earth Song«. Die Schwüle draußen war unerträglich geworden. Sina öffnete die Beifahrertür und stieg ein.

»Nichts Neues«, lieferte Niebuhr sofort das Befragungsergebnis der beiden Mitarbeiter ab. »Sie haben nur bestätigt, was wir bereits von Stör wissen. Die beiden haben den Chef kaum zu Gesicht bekommen und können deshalb nichts weiter über ihn aussagen, schon gar nichts über sein Privatleben.«

Er drehte den Zündschlüssel, und während Sina sich anschnallte, rollten sie ohne Eile in Richtung Straße.

»Sind das die beiden einzigen Festangestellten neben Stör?«, fragte sie.

»Ja, bei größeren Aufträgen nehmen sie sich noch Leiharbeiter.«

Sina nickte.

»Und wie war's bei dir?«, fragte Niebuhr.

Sie bogen ab auf die Okerstraße.

»Da steckt mehr dahinter, als ich zuerst dachte«, antwortete Sina. »Stör hatte schon vor Jahren versucht, mit Verena Hauke anzubandeln, sie ließ ihn aber nicht ran. Er ging sogar so weit, dass er Hauke ausspionierte. Deshalb wusste er auch so genau, dass er fremdging. Sein Geld hat Hauke übrigens im Harzburger Casino versenkt.«

»Stör war also wütend auf seinen Chef, weil er das Geschäft vernachlässigt hat, und eifersüchtig, weil er die Frau hatte, die *er* wollte?«

»Ja, das hat er ganz offen zugegeben. Aber nachdem ihn Verena Hauke abgewiesen hatte, zog er sich angeblich vollständig zurück und kümmerte sich nur noch um die Firma.«

Niebuhr hielt vor dem Präsidium und stellte den Motor aus.

»Und was ist mit seinem Alibi?«

»Hat keins«, sagte Sina, »aber ich glaube nicht, dass er es war.«

»Und warum nicht?«

»Irgendetwas stimmt nicht mit Verena Hauke.«

Nach seiner Befragung hatte Sina mit Störs Hilfe noch einen Teil der Telefonnummern aus dem Kalender gesichtet, insbesondere die geschäftlichen. Die verbliebenen waren noch Niemandsland. Auf ihre Frage, ob es kurz vor Haukes Tod zu Auffälligkeiten oder Problemen mit Kunden gekommen sei, war Stör nichts eingefallen. Aber das reichte nicht. Es musste alles überprüft werden. Arbeit am Telefon, mit der Sina und Niebuhr den Nachmittag verbrachten.

***

»Ich bin heute eine chinesische Waschfrau«, sagte Chao mit breitem Grinsen und schlürfte seinen Tee, als Sina gegen halb sechs in ihre Küche kam. Mit nacktem Oberkörper saß er am Tisch, die Haare nach hinten zu einem schwarzen Zopf gebunden und Sinas meerblaues Frotteeband über der Stirn. Von unten aus dem Keller drang der Geruch des Weichspülers, den er besonders liebte und mehr als reichlich verwendete. Eines der Dinge, an die sich Sina nur schwer gewöhnen konnte, seitdem er den Haushalt führte. Und immer Rosenduft. Weichspüler mit Rosenduft, Handseife mit Rosenduft, Duschgel mit Rosenduft, Toilettenreiniger mit Rosenduft … In diesem Haus roch es entweder nach Tee oder nach Rosen.

Sina verschwand im Schlafzimmer, zog sich aus und warf sich aufs Bett. Sie hatte die Nase voll von dem Tag, aber noch längst nicht Feierabend. Um halb sieben stand ihr etwas bevor, auf das sie gerne verzichtet hätte. Sie wünschte inbrünstig, irgendjemand könnte ihr das abnehmen: das Gespräch mit einem unreifen, dummen Bengel, der nichts anderes im Sinn hatte, als möglichst schnell sein Leben zu ruinieren und das seiner Freundin, die er aus Versehen geschwängert hatte. Tut uns furchtbar leid, wir haben eben nicht aufgepasst.

»Was ist mit meiner Sina?«, fragte die chinesische Waschfrau besorgt, setzte sich aufs Bett und streichelte ihr den Rücken.

Sina drehte sich um und schaute Chao in die Augen. Sie glänzten immer noch verliebt. Beinahe hätte sie angefangen zu heulen. Es tat ihr gut. Ja, Chao tat ihr gut. Ihre Finger glitten über seine unbehaarte Brust. Ihr schoss die Frage durch den Kopf, ob sie diesen Körper mehr liebte als den Menschen, der in ihm steckte. Aber die Antwort war zu schwer, und für Liebe war sie augenblicklich zu schlapp. Unten fiepte die Waschmaschine.

»Deine Wäsche ist fertig.«

»Geht es dir gut?«

»Wenn ich bei dir bin …«

Er erhob sich von der zurückschnellenden Matratze und rückte sein Stirnband zurecht, das ihm zu weit ins Gesicht gerutscht war.

»Willst du etwas essen?«

»Ich dusche zuerst«, sagte Sina zärtlich und lächelte ihm hinterher.

Torsten und seine Carolin saßen Sina auf der Wohnzimmercouch gegenüber, schweigend aneinandergepresst mit gesenktem Blick, händchenhaltend, schicksalsergeben.

Darauf war Sina vorbereitet. Sie hatte nun einmal von Anfang an die schlechten Karten. Ihr kam die Rolle der Gnadenlosen zu, die nur die sogenannte Zukunft ihres Sohnes und seine finanzielle Sicherheit im Kopf hatte und unfähig war, das pure Glück eines jungen Pärchens zu verstehen, das sich zur Familie entwickeln wollte. So ähnliche Gedanken liefen doch soeben in diesen Köpfen ab, oder?

Sina hätte am liebsten losgeschrien, was sie sich eigentlich dabei gedacht hätten. Aber das fiel ja aus. Sie hatten eben *nicht* gedacht.

Sie betrachtete das Mädchen, das ihr Sohn begehrte. Torsten hatte ihr Carolin nur einmal flüchtig vorgestellt, und sie hatte sie entsprechend flüchtig gespeichert. Aber nach Torstens Geständnis hatte sie sich verständlicherweise näher für die zukünftige Mutter ihres Enkels interessiert und ihn ausgefragt. Carolin hieß mit Nachnamen Geißler und lebte mit ihren Eltern und zwei Geschwistern auf einem alten Bauernhof in Immenrode vor den Toren der Stadt. Die Mutter war Hausfrau und töpferte als Hobby, der Vater betrieb als Diplom-Ingenieur ein kleines Geschäft für Schwimmbadtechnik und alles, was mit Hallenbädern zu tun hatte.

Carolin war einen Kopf kleiner als Torsten, etwa eins siebzig, und keine Elfe, hatte fleischige Oberarme, ein glattes Gesicht, oval wie ein Ei, große, ausdrucksvolle Ponyaugen, langes, dickes hellbraunes Haar, einen vollen Busen und ein kräftiges Becken wie geschaffen, ein gesundes Kind zur Welt zu bringen.

Sina musste sich eingestehen, dass es ihr beim ersten Mal mit Chao ebenso hätte passieren können. Ohne Kondom. Sie hatten sich auch nicht geschützt, sie hatten auch nicht mit Sex gerechnet.

Sie waren auch mehr als unvorsichtig gewesen, sozusagen hirntot übereinander hergefallen und mit Glück davongekommen.

Natürlich war es nicht zu vergleichen. Sina wäre in der Lage gewesen, die Konsequenzen zu tragen.

Und noch etwas bewegte sie: Hatte sie sich nicht geschmeichelt gefühlt, als Chao ein Kind von ihr haben wollte, hatte sie dieser Gedanke nicht abheben lassen, immer wenn er ihr durch den Kopf ging, in der Stadt, im Dienst? Und jetzt erwartete sie von Torsten und Carolin, dass sie ihr Kind abtreiben sollten. War ihr eigenes Kind besser als Torstens Kind?

In diesem Moment hatte sie die tiefe Empfindung, dass ihr die moralische Integrität fehlte, sich zur Richterin aufzuspielen. Das änderte aber nichts daran, dass die Situation geklärt werden musste.

»Was haben denn deine Eltern dazu gesagt, Carolin?«, beendete Sina endlich die unerträgliche Stille.

Torsten und Carolin hoben gleichzeitig den Kopf. Carolin strich sich die Haare aus dem Gesicht.

»Die wissen noch nichts davon«, antwortete sie kleinlaut mit unsicherer Mädchenstimme und einer kindlichen Unschuldsmiene, die Sina fast zur Verzweiflung brachte. Aber sie musste ruhig bleiben. Wenn sie die Beherrschung verlor, war das Gespräch vorzeitig beendet.

»Mum, entschuldige, aber wir mussten bei irgendjemandem anfangen, und wir fangen bei dir an.«

Sina forschte in Torstens Gesicht. Sie suchte und fand den Jungen, der seine Mutter um Hilfe anflehte, den kleinen Teufel, der seine Mutter benutzte, den jungen Mann, der Flagge zeigte. Sie wandte sich nicht ab, als sie spürte, dass ihr Tränen in den Augen standen. Er sollte sehen, wie nahe ihr das alles ging.

»Soll ich jetzt damit anfangen, euch zu erzählen, was ein Kind für eure Zukunft bedeutet, dass man ein Kind nicht abstellen kann, dass ein Kind immer da ist? Von morgens bis abends und auch nachts? Es interessiert sich nicht dafür, ob ihr Schule habt, ob ihr Geld verdienen müsst. Es ist hilflos, dieses Kind, und hat Ansprüche …«

»Ja, Mum. Es ist uns klar, dass wir das nicht ohne Hilfe schaffen. Wir wollen nur eins wissen – hilfst du uns?«

Sie wusste nicht weiter. Wo war bloß Chao? Wahrscheinlich oben in seiner kleinen Bibliothek und las seelenruhig in einem der Bergbaubücher aus seiner Studienzeit in Clausthal. Aber es war sowieso *ihre* Entscheidung.

Doch sie konnte es nicht. Sie sah sich außerstande zu fordern, dass Torsten und Carolin sich von dem Kind trennen sollten, bevor es zu spät war. Andererseits hatte Torsten keine Lebenserfahrung, und sie musste ihn schützen.

»Ich weiß, was du denkst, Mum, und ich respektiere es«, sagte Torsten mit männlich erwachsener Stimme, »aber könntest du uns und unser Kind nicht als eine Bereicherung in unserem gemeinsamen Leben ansehen?«

Er zwang sie in vollendete Tatsachen und schaffte es auch noch, ihr ein schlechtes Gewissen zu machen. Seine Worte brachten sie gegen ihn auf, und gleichzeitig beschämten sie sie. Wieder schossen ihr Tränen in die Augen, Tränen der Rührung, Tränen der Wut und der Ohnmacht. Diesmal wandte sie sich ab und stemmte sich aus dem Sessel. Sie ging zwei Schritte in Richtung Tür. Dann blieb sie stehen.

»Ich weiß nicht, ob ich euch helfen kann«, sagte sie, »und ob ich es will.«

SECHZEHN

Den Rest des Abends versuchte Sina, sich zu beruhigen, indem sie durch die Fernsehkanäle zappte. Chao war in seiner Bibliothek geblieben und ließ sich bis zum Schlafengehen nicht mehr blicken. Torsten war mit Carolin abgehauen und kam erst nach elf allein zurück. Sina lag schon mit Chao im Bett, als sie über sich Geräusche hörte.

Die ganze Nacht verfolgte sie das Bild der beiden, wie sie mit hängenden Köpfen nach dem Gespräch aus dem Wohnzimmer getrottet waren. Nicht nur dass sie sie vor vollendete Tatsachen gestellt und noch dafür in die Verantwortung genommen hatten, sie erwarteten auch die Lösung ihres Problems von ihr. Und das nicht zu Unrecht: Torsten war noch nicht volljährig, ein Kind. Und *sie* trug für ihn die Verantwortung.

Nach einem kurzen Frühstück allein machte Sina einen Abstecher ins Präsidium, wo ihr Keilberth mitteilte, dass es im Fall Janis Auseklis und bei der Fahndung nach Milda Auseklis keine neuen Erkenntnisse gab. Die Kollegen in Riga fischten genauso im Trüben. Warum war die junge Lettin bloß geflohen? Wenn sie unschuldig war, machte sie sich damit nur verdächtig. Auch die KT hatte weder in ihrem Fall noch in der Mordsache ihres Mannes neue Spuren gefunden, die den Ermittlungen Schwung hätten geben können. Er war nur schwer erträglich, dieser erzwungene Stillstand, aber ihnen blieb keine Zeit für ergebnislosen Aktionismus.

Sina fuhr zurück ins Siemensviertel, wo sie am Straßenrand vor dem Haus der Haukes parkte. Als sie ausstieg und die Natursteintreppe zum Eingang des Bungalows betrat, fiel ihr auf, dass hier jemand gründlich aufgeräumt hatte: Der Rasen war gemäht, die kahlen Stellen in kleine blühende Blumeninseln verwandelt, die Sträucher auf die Hälfte zurückgeschnitten und die Beete aufgelockert und mit frischer schwarzer Erde versorgt worden.

»Meine Schwester liebt Gartenarbeit und macht leidenschaftlich gerne Ordnung. Sie ist die Einzige, die ich jetzt noch habe.«

In der Tür stand Verena Hauke. Auch an ihr waren die Aufräumarbeiten der Schwester nicht spurlos vorübergegangen. Gehüllt in ein lockeres Leinenkleid, dessen Dessin aus ineinanderlaufenden Rot- und Gelbtönen bestand, an den Füßen ein Paar modische Ledersandaletten, die keinen Vergleich zu den billigen Plastiklatschen darstellten, wirkte sie heute direkt gepflegt. Nur in der Hand war ein Relikt verblieben, auf das sie offenbar nicht verzichten konnte: die brennende Zigarette.

Sina folgte Verena Hauke ins Haus. Durch das Wohnzimmerfenster fielen freundliche Sonnenstrahlen. Die Sträucher im hinteren Garten waren auch einen Kopf kürzer.

»Ist Ihre Schwester heute nicht da?«, erkundigte sich Sina, als sie sich in den Sessel setzte. Vor ihr auf dem Tisch waren Tee und Gebäck arrangiert, während sich Verena Hauke mit einer Packung Filterzigaretten und einem Glas Rotwein begnügte.

»Grit ist wegen ihrem Kater nach Braunschweig zurückgefahren. Das arme Vieh ist schon alt und jammert fürchterlich herum, wenn sie weg ist. Aber ich brauche mich nur zu melden, dann ist sie sofort wieder hier.«

»Mir geht es um Ihre Beziehung zu Ihrem Mann und um die Geschehnisse am Abend seines Todes«, eröffnete Sina die Befragung.

»Was wollen Sie genau wissen?«

»Warum war Ihre Ehe schon so früh kaputt?«

Sina hatte nicht die Absicht, um den heißen Brei herumzureden, und eher das Gefühl, dass sie die Frau aus ihrem Tran herausholen musste.

Verena Hauke starrte sie entsetzt an.

»Wer sagt das?«, kam die empörte Gegenfrage.

»Wir haben das in Ihrem näheren Umfeld ermittelt, Frau Hauke. Warum hat Ihr Mann Sie so schlecht behandelt, auch vor den Mitarbeitern in der Firma?«

Die Zigarette zitterte in Verena Haukes Hand, so sehr erregte sie die Frage offenbar.

»Wer sagt Ihnen, dass unsere Ehe so schlecht war, wie es aussah?«, zischte sie wie eine Schlange, der man zu nahe kommt. Dabei hatte sie anscheinend ganz vergessen, dass Rupert Stör die Vorkommnisse, die gerade *das* bestätigten, nahezu lückenlos bezeugen konnte.

»Frau Hauke, es stimmt etwas nicht mit Ihnen und Ihrer Ehe, was ist das?«

Die Grenze war erreicht. Auf keinen Fall durfte Sina das Band zwischen ihr und der Witwe weiter anziehen, sonst riskierte sie, dass es riss und die Befragung scheiterte. Sie schwieg und wartete.

»Es war nicht so einfach ...«, kamen zögerlich die ersten Worte, »... für mich ... aber auch für Helmut ...«

Verena Hauke schlug die Beine übereinander. Erst nachdem sie den Rauch ihrer Zigarette gegen die Zimmerdecke geblasen hatte, fuhr sie fort: »Ich mache mir nichts aus gewissen Dingen ...«

Plötzlich griff das Zittern, das ihre Hände befallen hatte, auf den ganzen Körper über, wie bei jemandem, der entsetzlich friert.

»Aus welchen Dingen?«, half Sina sachte nach, ohne Mitleid zu zeigen.

»Aus Sex ...«

»Und nur weil Sie nicht immer so wollten wie Ihr Mann, nahm er sich das Recht heraus, Sie wie Dreck zu behandeln?«

»Es war nicht so, dass ich nicht wollte. Er hat es nur geglaubt ...«

»Wie war es dann?« Sina verstand den Konflikt nicht.

Verena Hauke wirkte hilflos, fand offenbar nicht die passenden Worte, mit denen sie sich erklären konnte. Immer wieder starrte sie an die Decke. Die Zigarette in ihrer Hand war schon fast bis zum Filter heruntergebrannt, und der Qualm kroch ihre Finger entlang, doch sie nahm keine Notiz davon.

»Ich *konnte* nicht ...«

»Und warum nicht?«, hörte sich Sina unnachgiebig weiterfragen.

Verena Hauke zuckte zusammen. Offensichtlich hatte die Glut endgültig ihre Finger erreicht.

»Helmut war meine große Liebe, ich habe ihn sehr geliebt ...«

»Und hat er *Sie* geliebt?«

»Ja, er hat mich geliebt. Er war zärtlich und wollte mich immer haben. Am Anfang habe ich mich dazu gezwungen. Aber ich hielt es nicht durch. Es war furchtbar für mich, obwohl ich ihn geliebt habe ... es war furchtbar.«

Tränen liefen über ihre eingefallenen Wangen.

Diese Frau musste irgendwann ein Trauma erlebt haben. Aber nicht mit ihrem Mann, sondern vermutlich weit vor ihrer Ehe.

»Haben Sie deswegen jemals einen Psychologen aufgesucht?«

»Helmut wollte das auch. Aber ich hatte nicht die Kraft dazu.«

»Und das brachte ihn auf.«

»Ja, seine Zärtlichkeit schlug um, er wurde manchmal grob und …«

»… dann tröstete er sich mit anderen Frauen …«

»Er wollte mich damit eifersüchtig machen.«

»Und als das nichts half, fing er an zu spielen und warf Ihr sauer verdientes Geld aus dem Fenster?«

»Vielleicht war das der Grund. Mögen Sie keinen Tee?« Verena Hauke griff nach ihrem Glas und sog etwas Rotwein in ihren ausgemergelten Körper. Darauf zündete sie sich eine neue Zigarette an. Aus Höflichkeit nahm Sina auch einen Schluck aus ihrer Tasse.

»Und was spielte sich am Abend seines Todes in diesen vier Wänden ab?«

»Am Sonntagabend wollte er ausgehen, sagte wie immer nicht, was er vorhatte. Aber jeder von uns wusste es. Er würde eine seiner ›Damen‹ besuchen oder nach Bad Harzburg fahren oder beides …«

Sie stockte und schwieg eine Weile.

»Ich habe es ausgehalten, die ganzen Jahre, aber irgendwann ist die Kraft zu Ende. Wir standen vor dem endgültigen Aus unserer Ehe und dem der Firma.«

Sina dachte an die Hämatome am Körper des Toten. Vielleicht hatte Verena Hauke doch zugeschlagen, und die Blutergüsse stammten von ihren knochigen Fäusten? Aber ihr ging noch eine andere Frage durch den Kopf: »Wussten Sie, wer die aktuelle Freundin Ihres Mannes war?«

»Nein. Seit ich das erste fremde Haar auf dem Revers eines seiner Anzüge gefunden hatte, wusste ich, dass es andere Frauen gab. Aber mich hat nie interessiert, wer sie waren. Ich war nicht beglückt, das gebe ich zu, aber ich war andererseits froh, dass er mich in Ruhe ließ und trotzdem bei mir blieb.«

Und Rupert Stör hatte ihr mit dem Ergebnis seiner Schnüffeleien nur bestätigt, was sie schon längst gewusst hatte, dachte Sina.

»Und warum sah es hier aus wie auf einem Schlachtfeld?«

»Ich habe Helmut gebeten, mit dem Spielen aufzuhören, ihn angefleht, uns nicht zu ruinieren, habe sogar gedroht, dass ich mich umbringen würde, wenn er es nicht endlich lassen würde … Aber er hat sich einfach umgedreht und ist gegangen. Mich hat plötzlich die Wut gepackt, ich konnte nicht mehr an mich halten und habe alles kurz und klein geschlagen. Nach ein paar Gläsern Rotwein und zwei Beruhigungstabletten bin ich dann auf dem Sofa eingeschlafen.«

Haukes anfängliche Absicht, seine Frau gefügig zu machen, indem er versuchte, Eifersucht in ihr zu wecken, war offenbar über die Jahre aus dem Ruder gelaufen, dachte Sina. Er verfiel der Spielsucht, und ab einem bestimmten Punkt verlebte er schamlos seine Existenz und die seiner Frau. Das hatte Verena Hauke verständlicherweise zerrüttet.

»Es gab also keine handgreiflichen Auseinandersetzungen?«

Die Antwort blieb aus.

Nachdem sie die Asche ihrer Zigarette abgestreift hatte, sagte Verena Hauke leise, aber entschieden: »Ich möchte, dass Sie jetzt gehen. Ich habe nichts mehr zu sagen.«

***

Der auffrischende Nordwind trieb immer mehr Wolken an den Harzrand, die sich über der Stadt ballten. Auch der Ahornbaum im Hof des Präsidiums kam in Bewegung. Für eine Sekunde unterbrach Sina ihren Bericht und hörte auf das Rauschen. Sie dachte schon, dass es regnete, hätte nichts dagegen gehabt, wenn sich die klebrige Hitze der letzten Tage auflöste. Aber es war nur der Wind in den Blättern.

»… sie muss etwas erlebt haben, das ihr den Sex zum Gräuel werden ließ«, fuhr sie fort.

Niebuhr, der bisher schweigend zugehört hatte, sagte: »Du meinst Missbrauch in der Jugend oder Vergewaltigung?«

»Definitiv ja, Verena Hauke hat eindeutig Angst vor Sex.«

»Wahrscheinlich hat Stör sie deshalb auch in Ruhe gelassen. Er hat gespürt, dass sie körperlich absolut nichts von ihm wollte.«

»So sehe ich das auch.«

»Hast du nicht herausgekriegt, wie es dazu gekommen ist?«

»Nein, an dem Punkt habe ich nicht weitergefragt. Für einen Seelenstriptease ist Verena Hauke immer noch nicht reif, vielleicht wird sie es nie sein. Außerdem ist der für unsere Ermittlungen verzichtbar. Ich glaube nicht, dass Eifersucht noch eine Rolle spielte, vielmehr regte sie in der letzten Zeit besonders auf, dass ihr Mann das Geld mit beiden Händen zum Fenster hinauswarf.«

»Wir können also immer noch nicht ausschließen, dass sie an dem Abend ausgerastet ist. Totschlag im Affekt.« Niebuhr stützte nachdenklich den linken Ellbogen auf die Platte seines Schreibtisches. »Abgesehen von dem Durcheinander im Wohnzimmer weisen allerdings keinerlei aussagefähige Spuren auf eine solche Auseinandersetzung hin, weder im Haus noch in Haukes Auto. Die Technik soll sich den Wagen von Stör aber mal genauer ansehen. Möglich ist, dass Verena Hauke sich nach dem Tod ihres Mannes – egal, wie es passiert ist – an Stör wandte und er ihr aus alter Freundschaft oder Mitleid half, die Leiche abholte und sie an der nächstbesten Stelle, die ihm einfiel, ablud. Stör ist ja angeblich den ganzen Abend zu Hause gewesen, war also für Verena Hauke erreichbar.«

Sina nickte stumm.

Draußen wurde es auf einmal dunkel wie zur abendlichen Dämmerung. Fast gleichzeitig mischte sich das Rascheln der vom Wind bewegten Blätter mit dem Prasseln des frischen Regens, der spürbar die Luft kühlte, die durch den Fensterspalt ins Büro zog.

»Jetzt zu deinen Erfolgen …«

Niebuhr hatte zwei Verflossene des verstorbenen Ratsherrn erwischt.

»Hauke war am Abend seines Todes nur kurz im Spielcasino«, sagte er. »Das ist die Aussage des eingeteilten Croupiers, der sich wunderte, warum es Hauke, der sonst nie auf die Uhr schaute, so eilig hatte. Die beiden Damen habe ich einbestellt, die sollten wir uns mal genauer anschauen.«

Als Sina und Niebuhr den Vernehmungsraum betraten, schwebte ihnen eine Wolke aus Haarspray und Parfüm entgegen. Die Blondine mit Löwenmähne, die schon am Tisch Platz genommen hatte, hob den Kopf. Aufgeblasene Lippen, überlange Wimpern, der annähernd nougatbraune Teint, nicht zuletzt ihre monströse Oberweite, die schon unappetitlich war: Nichts wirkte natürlich an dieser Person. Das fand jedenfalls Sina. Niebuhr war offensichtlich anderer Meinung, denn er starrte wie gebannt auf das, was die Zeugin so selbstbewusst vor sich hertrug.

»Sie sind also Frau Jaqueline Delano …«

Sina lagen die Daten schon vor, die Kollegen hatten ihr die Arbeit abgenommen. Die Frau war achtunddreißig, geschieden, ging keiner geregelten Arbeit nach und wohnte in einer Eigentumswohnung am Steinberg. Nach der üblichen Belehrung legte die Zeugin ungefragt los.

»Ich verstehe gar nicht, warum Sie mich vorgeladen haben«, sagte sie und blickte dabei Niebuhr tief in die Augen. »Ich habe Helmut … ich meine, Herrn Hauke, seit etwa einem halben Jahr nicht mehr gesehen.«

Sina ging nicht weiter darauf ein. »Bitte verstehen Sie, dass wir uns ein Bild vom Leben des Toten machen müssen. Beantworten Sie deshalb nur meine Fragen. Wovon leben Sie?«

Das geht Sie gar nichts an, schien der studiogebräunten Schönen auf den Lippen zu liegen.

»Hören Sie, ich sagte Ihnen doch …«

Mitten im Satz hielt sie inne, schien einzusehen, dass es keinen Zweck hatte, sich zu widersetzen.

»Ich bekomme von meinem Ex genug, ich brauche nicht zu arbeiten. Er hat mir auch die Wohnung geschenkt, wenn Sie das interessiert.«

»Sie hatten also ein Verhältnis mit Herrn Hauke«, hielt Niebuhr fest. Mehr oder weniger hatte die Zeugin das ja schon zugegeben.

Die Blonde überlegte auch nicht lange.

»Ja, wir hatten ein Verhältnis, aber das ist seit über einem Jahr beendet. Ich habe ihn dann noch einmal in der Stadt getroffen, aber wir haben nur ein paar Worte gewechselt.«

»Waren Sie noch verheiratet, als Ihre Beziehung mit Helmut Hauke begann?«

»Ja, aber mein Mann hat mich in Ruhe gelassen. Wir haben unter der Voraussetzung geheiratet, dass er mich nicht einsperrt. Ich bin nun mal kein Hausmütterchen …« Wieder warf sie Niebuhr einen vielsagenden Blick zu.

»Und Sie wussten, dass auch Helmut Hauke verheiratet war?«, fragte Sina.

»Ja, natürlich. Aber seiner Frau hat es wohl auch nichts ausgemacht. Die war frigide oder so was. Aber das hat mich nicht interessiert. Wir haben uns amüsiert, Helmut und ich. Wir haben gespielt, getrunken und …«

Gevögelt, dachte Sina, ohne die Miene zu verziehen.

»Und wer hat die Beziehung beendet?«, fragte sie stattdessen.

»Er hat sich einfach nicht mehr blicken lassen«, antwortete die Zeugin ohne sichtbare Gemütsregung.

»Hat Sie das nicht wütend gemacht, so einfach abserviert zu werden?«, versuchte es Sina weiter.

»Zugegeben, es hat mich eine kurze Zeit beschäftigt, aber wir hatten unseren Spaß gehabt und damit gut. Ich habe Hauke nicht hinterhergeweint, wenn Sie das meinen.«

Angelika Senft, Inhaberin der Buchhandlung Senft, war zierlich. Ihr Gesicht mit puppenhaft ebenmäßigen Zügen deutete auf ein zartes Seelenleben hin, die nervösen Finger barg sie im Schoß. Sie war dreiunddreißig, ledig und sprach mit dünner, hoher Stimme.

»Es ist eineinhalb Jahre her. Ich habe damals noch mit meiner Mutter zusammen die Buchhandlung geführt. Eines Tages erschien Herr Hauke und suchte nach einem Geschenk für eine nicht besonders intellektuelle Dame, wie er sich ausdrückte …«

»So haben Sie sich also kennengelernt«, ermutigte Sina die Zeugin.

»Ja, ich habe ihm einige Vorschläge gemacht, und am Ende ist es ein Kochbuch über die leichte Küche geworden.« Offenbar amüsierte sie sich heute noch darüber, denn sie lachte kurz auf.

»Und dann …?«, fragte Niebuhr.

»Zwei, drei Tage später kam er wieder und erzählte mir, dass er mit dem Buch einen vollen Erfolg gelandet hätte. Freut mich, habe ich gesagt. Dann hat er gefragt, ob ich nicht Lust hätte, mit ihm auszugehen. Auf diese Weise wolle er sich für meine exzellente Beratung bedanken. Auch wenn ich das für etwas übertrieben hielt, habe ich zugesagt, und wir hatten einen sehr schönen Abend.«

»Sie begannen ein Verhältnis?«

»Das kann man so sagen. Er hatte nie viel Zeit, und wir konnten uns nur selten sehen, aber wenn wir uns trafen, war es immer sehr romantisch.«

In der Zeit hielt Helmut Hauke also mindestens zwei Beziehungen aufrecht und bespielte die ganze Klaviatur, dachte Sina.

»Wussten Sie, dass er verheiratet war?«, stellte sie auch der Buchhändlerin diese Frage.

»Am Anfang nicht …« Das farblose Gesicht der Zeugin bekam einen rosa Schimmer.

»Waren Sie enttäuscht, als Sie es herausgefunden haben?«

»Wenn Sie meinen, dass ich mir Hoffnungen gemacht habe … Anfangs schon. Es war wie im Film, Hugh Grant und Julia Roberts … einfach zu schön. Ich hätte mir denken können, dass das nicht gut geht.«

Die Enttäuschung war Angelika Senft immer noch anzusehen. Das hatte einmal sehr geschmerzt, dachte Sina.

»Ihre Beziehung ist also an seiner Ehe gescheitert?«, fragte Niebuhr.

»Nein, ich hatte mich damit abgefunden, dass er sich nicht scheiden lassen wollte. Seine Frau sei krank, hat er mir erzählt, er könne nicht so herzlos sein und sie einfach im Stich lassen. Seine Einstellung hat mir sogar gefallen, und ich war bereit, mich zu arrangieren …«

»Aber dann war es Ihnen doch zu wenig, und Sie haben sich von Hauke getrennt?«, fragte Sina.

»Nein, es war anders. Irgendwann hat er nicht mehr angerufen, und wenn *ich* ihn anrief, hatte er immer eine Entschuldigung, warum es mit einem Treffen nicht klappen würde. Einmal hat er mich einfach weggedrückt. Ich hätte nie gedacht, dass es so stillos enden könnte …«

»Wann war es zu Ende?«

»Vor etwa einem halben Jahr.«

»Wo waren Sie am Abend, als Helmut Hauke zu Tode kam?«

»Ich war das ganze Wochenende bei meiner Schwester in Laatzen.«

»Auffallend ist, dass er sich von beiden Frauen etwa gleichzeitig getrennt hat«, sagte Niebuhr nachdenklich, »und sie hatten keine Ahnung, warum. Genauso wie wir ...«

»Vielleicht hatte er einfach die Nase voll von ihnen?«

Sina verschaffte sich Bewegung, indem sie eine Runde durch den Raum drehte, strich nachdenklich mit der Hand über den Spiegel, der in Wirklichkeit ein Beobachtungsfenster, aber nur von der anderen Seite durchsichtig war.

»Oder er ist einer Frau begegnet, in die er sich *richtig* verliebt hat«, sagte Niebuhr.

»Für die er auch seine Frau verlassen hätte ...« Für einen kurzen Moment verharrte Sina in Gedanken. »Angenommen, Hauke hat wirklich die Frau seines Lebens gefunden und dafür alle anderen Beziehungen in den Wind geschossen – vielleicht sogar seine Ehe –, dann haben wir mindestens zwei neue Motive, wenn man die Delano ausnimmt. Die Buchhändlerin hat die Demütigung immer noch nicht verkraftet, und Verena Hauke wäre mit Sicherheit auch zu einem Mord fähig gewesen, bevor sie sich von ihrem Mann hätte ausbooten lassen. Fragt sich nur, wer die Auserwählte war.«

»Die Buchhändlerin hat ein nachprüfbares Alibi ...«

Plötzlich ging die Tür auf, und Keilberth kam herein.

»Ich habe gerade mit OB Sandrock gesprochen. Er hat einen wichtigen Termin und muss die Befragung leider verschieben«, verkündete er. »Ich habe ihm gesagt, dass das in Ordnung geht. Ihr habt ja sicher noch anderes zu tun, zum Beispiel Berichte schreiben ...«

Sina hielt die Luft an.

»Klar haben wir das«, sagte Niebuhr schnell, während er Sina einen flehenden Blick zuwarf. Bitte keinen Streit!

»Ist sowieso kaum vorstellbar, dass Sandrock in die Sache verwickelt ist«, setzte Keilberth noch obendrauf.

Immer dasselbe, wenn die lokalen VIPs unter die Lupe genommen werden sollen, dachte Sina. Nur niemandem auf die Füße treten. Sie wollte Keilberth passend herausgeben, aber der hatte die Lunte rechtzeitig gerochen und sich mit einem »Na, dann, einen schönen Feierabend!« aus dem Staub gemacht.

SIEBZEHN

Zu viel Aufwand für einen Mann mit so wenig Format, dachte OB Geert Sandrock am opulent geschmückten Grab des unsanft aus dem Leben beförderten Ratsherrn Hauke. Doch auf dem Gesicht trug er die gleiche Maske wie die Mitglieder des zur Beerdigung erschienenen Rats: eine Spur Entsetzen, gepaart mit tiefer Trauer, wie es sich gehörte.

Sandrock sah Hauke vor sich, winselnd, um die italienische Finanzierungsgesellschaft weiter im Rennen zu halten. Dann am Ende die Drohung, die er, Sandrock, nicht ernst genommen hatte. Ein Fehler, denn irgendwie musste Hauke hinter die Geschichte mit den nicht deklarierten Spendengeldern gekommen sein, die ihm bei den letzten Wahlen den entscheidenden Vorsprung verschafft hatten.

»… wir trauern um Helmut Hauke, der sich in seinem nun erfüllten Leben vorbildlich im Ehrenamt für seine Mitbürger und das Gemeinwohl einsetzte …«, schnarrte die Stimme des Pastors.

Gemeinwohl. Dieses Wort hatte Sandrock schon zu oft gehört, als dass es in ihm noch Ehrfurcht auslösen konnte. Es hatte sogar Zeiten gegeben, in denen er nicht mehr gewusst hatte, was es bedeutete. War dieser hehre Begriff am Ende nicht das verlogene Alibi für ein Spiel, in dem es allein um die Demütigung und Vernichtung des Gegners ging? Mit allen Mitteln? Es war nicht so, dass er sich nie die Frage gestellt hätte, ob sich dieses Spiel lohnte, er hatte sie nur nie beantwortet.

Und Hauke hatte versucht, dieses Spiel mit ihm zu spielen. Aber für ihn war es jetzt zu Ende.

Sandrock warf seiner Frau Rita, die neben ihm stand, ein solidarisches Lächeln zu und drückte sanft ihre Hand. Sie war die einzig reale Stütze in seinem Leben. Das wurde ihm in diesem Augenblick stärker bewusst als jemals zuvor. Ein Gefühl der Dankbarkeit durchflutete ihn.

Unter den zahlreichen Trauergästen machte Sandrock das Gesicht von Ernst-August Klawitter aus, der offenbar allein gekommen war. Bei solchen Gelegenheiten begleitete ihn sonst seine Frau. Sandrock mochte Miriam Klawitter. Eine Frau mit Persönlichkeit. Aber was scherte ihn Klawitters Privatleben. Jetzt galt es, seinen Stellvertreter auf Abstand zu halten, vor ihm auf der Hut zu sein, um nicht in irgendeine Falle zu tappen und tags drauf eine höhnische Zeitungsnotiz zu kassieren.

Vorne am Grab Verena Hauke, dünn wie ein Faden und viel älter wirkend, als sie sein konnte. Sie verbarg ihr Gesicht hinter einem Taschentuch. Daneben eine Frau, die sie stützte.

Im Hintergrund machte er Kriminalrat Keilberth aus und zwei seiner Mitarbeiter, eine Frau und einen jüngeren schlanken Mann, deren Gesichter Sandrock nicht geläufig waren. Keilberth kannte er schon viele Jahre. Sie waren häufig zusammen für die Presse abgelichtet worden, wenn er die Polizeiinspektion besucht hatte, um seine Wertschätzung für deren Arbeit zu bekunden.

»Heinz, du hast hier freie Hand«, hatte er Keilberth großzügig gewährt, als er gestern im Rathaus mit ihm zusammengetroffen war, »niemand wird deinen Leuten Steine in den Weg legen, aber bitte keinen unnötigen Staub aufwirbeln! Haukes Tod muss geklärt werden, aber nicht auf Kosten des Rates und der Kommune. Negativpropaganda schadet eindeutig unseren neuen Projekten.«

Keilberth hatte es ihm mit einem kurzen Nicken zugesichert, hatte auch auf möglichst schnelle Freigabe von Haukes Leiche gedrungen, um die pressewirksame Beerdigung möglichst schnell wieder in Vergessenheit zu bringen. Sandrock ging auch davon aus, dass der Kriminalrat die eingeteilten Kripobeamten an der kurzen Leine hielt. Keilberth und er respektierten einander, sie kannten sich beide aus, auch mit dem Schweigen. Schließlich trugen sie Verantwortung. In jeder Behörde, in jedem Betrieb fiel etwas an, das nicht in die Öffentlichkeit gehörte. Und das Schweigen musste gewahrt werden, um auf Dauer im Spiel zu bleiben.

Aber auch wenn er ein belastbares Verhältnis zum Kriminalrat hatte, beschlich ihn ein ungutes Gefühl, wenn er daran dachte, dass dessen Mitarbeiter in Kürze ihre Nasen überall hineinstecken würden, wenn sie nicht schon Fährte aufgenommen hatten.

Im Gegensatz zu manchem, der aus reinem Pflichtgefühl am Grab des verstorbenen Ratsherrn erschienen war und nur zum Schein trauerte, trauerte Ernst-August Klawitter wirklich. Aber nicht weil Hauke tot, sondern weil seine Ehe unrettbar am Ende war.

Klawitter vermisste Miriam, aber die *alte* Miriam, nicht die, die er jetzt erlebte, die um sich biss wie eine Wildkatze. Er hielt es für verantwortungslos, einfach alles hinzuschmeißen. Das hatte er ihr gesagt in den kurzen Gesprächen zwischen Büro und Gericht. Er fände ihr Verhalten kindisch, es sei nahezu lächerlich, wie sie sich aufführte.

»Dann bin ich eben kindisch«, hatte Miriam geantwortet. »Nenne es, wie du willst. Ich habe mitgespielt, jetzt will ich frei sein.«

»Von welcher Freiheit redest du?«, hatte er gefragt. »Wenn du einen anderen Mann hast, dann sag es doch offen heraus!«

In Wahrheit hätte es ihn wie ein Blitzschlag getroffen.

»Typisch männliches Besitzdenken. Vielleicht habe ich ja einen …?«

Immer spielte sie gleich verrückt. Er konnte einfach nicht mehr mit ihr reden.

Das Thema Kanzlei hatte er noch nicht angesprochen. So hysterisch, wie Miriam augenblicklich reagierte, hielt er Verhandlungen über die finanzielle Zukunft für unkalkulierbar. Aber wenn es hart auf hart ginge, hatte er nicht vor, als Verlierer dazustehen.

Geert Sandrock war natürlich auch da, mit Rita. Geert hatte eine Frau an seiner Seite. Das war etwas wert, das war sogar viel wert. Eine Frau kann die ganze Stärke eines Mannes ausmachen, dachte er.

Sein eigenes Verhältnis zu Sandrock war unterdessen in der Eiszeit angekommen. Sie waren jetzt Widersacher. Und wahrscheinlich hätte sich Sandrock seiner längst entledigt, wenn nicht mehr als die Hälfte des Rats gegen Sandrock gewesen wäre und er gut daran tat, den Frieden nach außen hin aufrechtzuerhalten.

Einen Widersacher war Sandrock heute losgeworden: Helmut Hauke, der soeben in der Erde versenkt wurde. Noch kurz vor seinem Tod hatte er sich Klawitter angebiedert und ihm die IIT, die im Zusammenhang mit der Finanzierung der Passage in der Fußgängerzone stand, wiederholt ans Herz gelegt. Eines hatte Klawitter allerdings nicht verstanden: warum sich Hauke so *unbedingt* für diese Firma einsetzte. Außerdem hatte ihm Hauke von der letzten Wahl erzählt, dass Sandrock nur mit illegalen Spenden über die Runden gekommen sei. Es sei seine, Klawitters Sache, das an richtiger Stelle an die Öffentlichkeit zu bringen, um Sandrock in beiderseitigem Interesse zum Rücktritt zu zwingen. Aber bevor ihm Hauke noch Namen und Zahlen nennen konnte, hatte er tot auf der Parkbank gelegen.

***

Von der Okerstraße aus gesehen lag das Büro von Fred de Groot direkt über den fetten Leuchtlettern des Firmenlogos der De Groot Pharma GmbH in der obersten Etage eines achtstöckigen Gebäudes aus den Siebzigern.

Hinter der getönten Fensterfront wippte Fred ungeduldig in seinem Schreibtischsessel vor und zurück, während er der beunruhigt klingenden Stimme folgte, die sich durch den Hörer in sein linkes Ohr schraubte.

Sie nannten sich Freunde. Freunde, weil man sich vertraute, vertrauen *musste*, obwohl man sich persönlich nur wenig zu sagen hatte, lediglich berufliche Schnittmengen hatte. Gab es etwas zu besprechen, telefonierten sie meistens, weil sie es für klüger hielten, nur zusammen gesehen zu werden, wenn es sich nicht vermeiden ließ. Fred de Groot war bemüht, seinen Einfluss auf die Politik zu verschleiern, und für Geert Sandrock war er der unsichtbare Trumpf im Ärmel, der nur ausgespielt wurde, wenn alles andere versagte.

Hin und wieder brauchte Sandrock Geld von De Groot Pharma. Das hatte Fred und ihn zusammengeführt, und das hielt sie zusammen. Noch vor Sandrocks Wahl zum OB waren sie sich auf irgendeiner Veranstaltung begegnet, und die Chemie zwischen ihnen hatte gestimmt. Fred hatte sich nicht aufgedrängt, die Stadt war immer klamm. Sandrock wollte signalisieren, wenn er ihn brauchte.

Anfangs ging es bloß um Kleinigkeiten. Für soziale Projekte wurden Sponsoren gesucht: Ausbau von Kinderspielplätzen, Renovierung einer maroden Grundschule und so weiter. Am Ende rechnete Sandrock fest mit seiner Unterstützung bei den meisten Projekten, die er anvisierte, mit dem Ziel, OB der Stadt zu werden.

Auch als ihm vor der Wahl finanziell das Wasser bis zum Hals stand, hatte ihn de Groot nicht hängen lassen, hatte mit Schwarzgeldern seine Wahlkasse aufgebessert. Und er wusste, was er tat. Sandrock war eine gute Bank. Irgendwann würde der Tag kommen, an dem er seine Schulden plus Zinsen zurückzahlte.

»Hör auf damit, Geert. Hauke ist tot und mit ihm seine Erpressungsversuche«, sagte er jetzt in den Hörer, aber weniger, weil er davon überzeugt war, sondern mehr, um sich selbst zu beruhigen.

»Ich frage mich, wer der Maulwurf ist«, beharrte Sandrock. »Es muss eine undichte Stelle geben, die nach wie vor undicht ist …«

Fred de Groot dachte weiter. Nicht nur der Maulwurf blieb gefährlich, es war auch zu befürchten, dass Hauke noch genug Zeit gehabt hatte, Minen zu legen. Wenn dem so war, konnten die illegalen Wahlspenden also immer noch jederzeit auffliegen.

Für Fred gab es nur eine Person, die einen ausreichenden Einblick in die Schwarzgeldaffäre haben konnte.

»Vielleicht hat der Maulwurf Schnittlauchhaare, ist Anfang vierzig und sitzt nebenan …«

Sandrock schien zuerst nicht zu verstehen, dann reagierte er fast empört.

»Du meinst Maren? Ausgeschlossen. Ich kann mich hundertprozentig auf sie verlassen.«

Fred schwieg, wunderte sich nur, wie naiv Sandrock manchmal war. Geld machte auch vor Maren Brandstätter, der Sekretärin des OB, nicht halt. Sie hörte überall mit, sie roch überall hinein. Warum sollte sie ausgerechnet von den illegalen Wahlspenden nichts gewusst oder zumindest geahnt haben?

»Ich könnte es ihr noch nicht einmal übel nehmen bei dem Gehalt. Jeder wird irgendwann schwach, kommt nur auf die Höhe des Angebotes an. Dabei meine ich durchaus auch mich«, sagte Fred mit einem Anflug von Selbstironie und legte mit einem kurzen harten Lachen auf.

Dann erhob er sich und schaute aus einer der getönten Scheiben. Sein Blick blieb an einem Reisebus haften, der sich die Okerstraße entlang in Richtung Oberharz bewegte, und er malte sich die Strecke aus, die der Bus nehmen würde, vorbei an der schäumenden Oker bis zu ihrem Stausee, der mehrere Täler füllte, und darüber hinaus, nach Altenau oder bis Torfhaus oder Braunlage oder weiter in den Osten.

Der Erpresserbrief, den ihm sein Bruder überreicht hatte, als er aus Leipzig zurückgekommen war, kam unzweifelhaft aus der Ecke der Konkurrenz. Und der Mitbewerber um die Finanzierung der neuen Fußgängerpassage war die IIT, die International Investment Transfer, die von Hauke vertreten wurde. Hauke war tot, die erste Gefahr beseitigt. Aber jetzt sägte Klawitter an Sandrocks Stuhl, um ihn zu beerben. Wenn Hauke vor seinem Tod sein Wissen an Klawitter weitergegeben hatte, würde der nächste Erpressungsversuch nicht lange auf sich warten lassen …

Eines war sicher, seine illegalen Wahlspenden an Sandrock durften auf keinen Fall an die Öffentlichkeit gelangen. Der unausweichliche Steuerskandal würde den Ruf von De Groot Pharma auf Jahre ruinieren.

Als sein Bruder Henk mit dem Erpresserschreiben in der Hand vor ihm gestanden hatte, war ihm nichts anderes übrig geblieben, als auszupacken.

»Was hat das zu bedeuten?«, hatte Henk gefragt.

Das hatte zu bedeuten: Fred war aufgeflogen. Er hatte Henk hoch und heilig versprochen, ihn in alles, was die Firma betraf, einzuweihen. Aber er hatte auch gewusst, dass Henk nie im Leben mit einer schwarzen Kasse einverstanden gewesen wäre.

»Ich wollte nicht alles für mich behalten …«, hatte er gestammelt. »Es geht dabei um unsere Sicherheit, um meine *und* deine. Man weiß nie, wie die Zeiten werden. Warum sollen wir dem Finanzamt alles in den Rachen werfen? Wenn wir irgendwann aussteigen, muss es sich für uns gelohnt haben …«

»Wie viel?«, hatte Henk nur kalt gefragt.

»Drei Millionen.«

Henk hatte geschwiegen, ohne seinen Blick von ihm abzuwenden, aus dem tiefste Enttäuschung sprach. Das Vertrauen zwischen ihnen war zerbrochen. Noch nie hatte sich Fred so geschämt wie in diesem Augenblick. Er hatte seinen Zwillingsbruder hintergangen, und es machte den Anschein, als hätte er ihn betrügen wollen.

Während Fred de Groot von der Chefetage auf die Straße starrte, verfluchte er das Geld. Wenn er nur Henks Vertrauen wiedererlangen könnte.

***

Nach der Beerdigung fuhren Sina und Niebuhr ins Präsidium zurück. Dort wartete ein neuer Bericht auf sie. Der Wagen von Rupert Stör war auf Fasern und Blutspuren untersucht worden. Ergebnis negativ. Keine Faser, kein Härchen, kein Tropfen Blut. Hauke war mit größter Wahrscheinlichkeit nicht damit transportiert worden. Stör und Verena Hauke konnte also fürs Erste nichts Konkretes nachgewiesen werden. Blieb das Arbeitsumfeld von Hauke. Während Niebuhr noch weitere Telefonnummern aus dessen Taschenkalender überprüfen wollte, fuhr Sina wieder in die Stadt zu einer weiteren Zeugenbefragung.

Unterwegs drehten sich ihre Gedanken vor allem um zwei Fragen: Wer war die letzte Freundin von Helmut Hauke gewesen, und war er immer so eiskalt umgesprungen mit seinen Frauenbekanntschaften, wenn er genug von ihnen gehabt hatte? Möglich war schließlich auch, dass er vor Jahren eine Frau hatte sitzen lassen, die sich erst jetzt dafür gerächt hatte. Von weniger toleranten Ehemännern, die möglicherweise hinter das Verhältnis ihrer Frau mit Hauke gekommen waren, ganz zu schweigen.

»Erster Stock, rechts. An der Tür steht ›Mühe‹«, sagte die Frau am Empfang neben dem Eingang des kargen Verwaltungsbaus. Sina hatte nur den kurzen Steckbrief, den Niebuhr ihr gegeben hatte, sonst wusste sie nichts über den Mann, den sie gleich treffen würde. Vor allem hatte sie keine Ahnung, was sie ihn fragen sollte. Städtebau und Wirtschaftsförderung waren nicht wirklich ihre Gebiete.

Sie klopfte an. Als keine Reaktion erfolgte, öffnete sie die Tür einen Spalt: ein ungelüfteter Raum mit zwei Schreibtischen Kopf an Kopf. An dem rechten saß ein Mann um die fünfzig und las in einer Akte, der linke war leer geräumt und unbesetzt, vermutlich der von Hauke.

»Ja bitte?«

»Kramer von der Kripo Goslar, sind Sie Herr Heribert Mühe?«

Winzige Augen hinter zentimeterdicken Gläsern peilten sie an.

»Diplom-Ingenieur Heribert Mühe, ja.«

Mühe hielt sich sein schmales weißes Handgelenk mit der großen runden Armbanduhr vor die Nase und stellte fest: »Sie sind zu früh. Unser Termin ist erst um elf Uhr dreißig, nicht um elf.«

Mit der breiten Stirnglatze und dem graubraunen Pullunder mit V-Ausschnitt über dem weißen Hemd der Prototyp des pedantischen städtischen Angestellten, dachte Sina.

»Nun bin ich schon mal hier«, sagte sie so charmant wie möglich. »Vielleicht haben Sie ja jetzt schon Zeit für mich?«

Mühes Gesicht blieb unbewegt. Die kleinen Äuglein hinter der Brillenbastion musterten sie ungeniert weiter.

»Also gut«, sagte er schließlich, »setzen Sie sich.«

Sina setzte sich auf den Stuhl, der offenbar der Besucherstuhl war.

»Geht es Ihnen persönlich sehr nahe, dass Ihr Chef ermordet wurde?«

Seine Augen, die jetzt größer waren, weil er sie vor Verwunderung weit aufgerissen hatte, fragten zurück: »Und deswegen stehlen Sie mir meine Zeit?«

Sina setzte gleich nach. »Wie viele Jahre haben Sie zusammengearbeitet?«

»Etwa sechs oder sieben. Ich kann Ihnen das exakt sagen, aber ich müsste nachsehen …« Er machte Anstalten, sich zu erheben.

»Nein danke, nicht nötig. Wie war Ihr Verhältnis zu Helmut Hauke?«, fragte sie, ohne sich von der abweisenden Art Mühes irritieren zu lassen.

Das schien ihm zu imponieren. Obwohl er sie immer noch mit diesem stechenden Blick fixierte, gab er seine distanzierte Haltung ein Stück weit auf.

»Wir haben gut zusammengearbeitet. Hauke hatte *seine* Projekte, und ich hatte *meine.*«

»Und als Ihr Chef hatte Hauke die großen Projekte und Sie die kleinen …«

Sina provozierte mit der Absicht, den Mann von seiner hohen Warte herunterzuholen. Am Boden wäre sie die Siegerin.

Aber Diplom-Ingenieur Mühe lächelte nur müde, während sein Blick Sina weiter scannte und sein Hirn die Aufnahmen auswertete.

»Wie gesagt, wir haben uns gut verstanden, Hauke und ich.«

»Und jeder wusste vom anderen, was er tat?«, setzte Sina nach.

»Letztlich lief alles durch Haukes Hände. Aber er vertraute mir und segnete meine Eingaben einfach ab. Von seinen Projekten hatte ich allerdings nur die nötigste Vorstellung. Da ging es auch um Politik, und das war *sein* Gebiet.«

»Woran hat Hauke zuletzt gearbeitet?«

Mühe stutzte. »Ich weiß jetzt nicht, wie weit ich gehen darf …«, zögerte er die Antwort hinaus.

»Sehr weit, genau genommen dürfen Sie mir alles erzählen. Alles, was ich wissen möchte, Herr Mühe.«

»Vermutlich, weil es um Mord gehen könnte …«

»Genau deshalb.«

Mühe ließ sich nicht aus der Ruhe bringen. »Es soll eine neue Einkaufspassage im Stadtzentrum entstehen. Hauke hat sich sehr intensiv damit beschäftigt. Fast ausschließlich in der letzten Zeit.«

»Gab es Ärger oder unangenehme Überraschungen?«

Wieder scannte Mühe sie. Dann, nach der Auswertung, sagte er: »In den letzten Tagen wirkte Hauke sehr gestresst, fast aufgelöst …«

»Und das hatte mit diesem Projekt zu tun?«

»Keine Ahnung, ich kann da nur vermuten.«

»Und was vermuten Sie?«

Mühes Stirn legte sich in Falten. Die Frage passte ihm wohl nicht. Er verschränkte die Arme vor der Brust und lehnte sich in seinem Stuhl zurück.

»Das ist meine Sache. Ich habe nicht die geringste Lust, dass Sie mir später einen Strick daraus drehen.«

Früher oder später würde er sie auflaufen lassen, damit hatte Sina gerechnet. Es hatte keinen Sinn, mit Mühe zu diskutieren. Er war intelligent genug, um die Grenzen der Polizeiermittlungen zu ahnen, und würde sich von ihr nicht darüber hinauslocken lassen. Vielleicht hatte er Angst, Amtsgeheimnisse zu verraten, oder befürchtete, seinen Namen in der Zeitung in Verbindung mit einem Mord zu lesen. Offenbar war er nicht auf die Idee gekommen, das ihn gerade sein abweisendes Verhalten verdächtig machen könnte.

»In Ordnung«, erwiderte sie trocken. »Wo sind die Akten von Haukes letztem Projekt?«

»Bei Klawitter im Rathaus«, antwortete Mühe, und als Sina ihm einen fragenden Blick zuwarf, »dem Stellvertreter von OB Sandrock, *den* kennen Sie doch, oder?«

***

Immerhin hatte die Befragung von Heribert Mühe ergeben, dass Hauke kurz vor seinem Tod ziemlich nervös gewesen war. Mühe war der Erste, der das so deutlich ausgesagt hatte. Im Nachhinein brachte Sina, die wieder an ihrem Schreibtisch im Präsidium saß, sogar Verständnis dafür auf, dass er sich ansonsten mit seinen Auskünften zurückgehalten hatte. Ein falsches Wort konnte für ihn vermutlich einen Sack voll interner Schwierigkeiten bedeuten. Doch sie war sich sicher, dass Mühe weit mehr wusste, als er vorgab. Außerdem kannte er wahrscheinlich alle Akten und hätte sie leicht über die entscheidenden Vorgänge ins Bild setzen können, so jedenfalls hatte er auf sie gewirkt.

Sie stand auf. Draußen im Hof machte der böige Wind Gymnastikübungen mit dem Ahornbaum, während ein noch nicht ausgewachsener Donner das nahende Gewitter ankündigte.

Das Projekt, für das sich Hauke so leidenschaftlich eingesetzt hatte, wurde also jetzt von Dr. Ernst-August Klawitter im Rathaus bearbeitet und genoss offenbar oberste Priorität.

Ihre Gedanken verloren sich, und sie hatte wieder das Bild in der Gerichtsmedizin vor Augen. Der entsetzliche Anblick der Reste eines strahlenden, hoffnungsvollen jungen Mannes: Janis Auseklis. Ja, sie hatte ein schlechtes Gewissen, nichts tun zu können. Nein, sie brauchte kein schlechtes Gewissen zu haben, weil sie im

Augenblick keine neuen Anhaltspunkte hatten. Ja, es ging ihr fürchterlich auf die Nerven.

Ein flüchtiges Klopfen an der Tür. Niebuhr kam herein. Seine Telefonate hatten zu keinen weiteren Ansatzpunkten geführt. Haukes Terminkalender schien so weit ausgedient zu haben.

Die Mittagspause verbrachten Sina und Niebuhr wieder in der »Butterhanne«, nur wenige gepflasterte Meter vom alten Rathaus entfernt, dem Sitz des OB und seines Stellvertreters.

»Erzähl mir was über die neue Passage in der Fußgängerzone.« Was Lokalpolitik betraf, klaffte bei Sina eine Wissenslücke, die sie bisher nie gestört hatte, jetzt aber wurmte, denn Niebuhrs nachsichtiges Lächeln war nur schwer erträglich.

»Es geht um eine Passage von der Hokenstraße in die Fischemäkerstraße mit Geschäften und Boutiquen, sozusagen das Gegenstück zur Kaiserpassage. Dann könnte man vom Schuhhof überdacht bis in die Breite Straße bummeln. So ist es geplant. Aber soweit ich weiß, gibt es Dauerstreit, was Planung und Finanzierung betrifft. Jedenfalls ist die Stadt, der zwei Grundstücke gehören, die einbezogen werden sollen, noch keinen Schritt weitergekommen.«

»Also ein Projekt, an dem sich die Geister scheiden. Bei dem es um Geld, Macht und Einfluss geht …«

»Könnte man so sagen.«

»Laut Mühe hat Hauke in den letzten Wochen vor seinem Tod intensiv daran gearbeitet.«

»Ist anzunehmen. Als Ratsherr für das Bauressort muss er an vorderster Front mitgemischt haben«, bestätigte Niebuhr.

»Und weil das Projekt vermutlich oberste Priorität hat, ist die Akte nach Haukes Tod ins Rathaus in die Nähe des Oberbürgermeisters gewandert, weil er die Sache endlich ins Rollen bringen will.«

Niebuhr nickte, während er den Bewegungen des Kellners folgte, der den Linseneintopf auf den Tisch stellte.

***

Ernst-August Klawitter arbeitete einige liegen gebliebene Akten in seinem Amtszimmer im Rathaus auf. Eigentlich war Mittagspause, und er hatte nicht übel Lust, ein paar Dutzend Steinstufen tiefer im Gewölbekeller des Hauses, in dem ein neuer Pächter das Restaurant übernommen hatte, einen Imbiss zu nehmen. Aber schon am frühen Nachmittag warteten in der Kanzlei Mandanten auf ihn, und obendrein musste er Miriam vertreten. Seine Frau war in Braunschweig auf Wohnungssuche. Er hatte sie gebeten, sich dafür Tage auszusuchen, die nicht so dicht mit Terminen bestückt waren, aber sie kümmerte sich nicht darum. Sie kümmerte sich um gar nichts mehr, nicht um die Kanzlei und auch nicht um den Haushalt. Mit Leonard, seinem jüngsten Sohn, flüsterte sie, wenn er in der Nähe war, sodass er den Eindruck bekam, als gäbe es Geheimnisse oder als schürten sie ein Komplott gegen ihn. Offenbar hatte sie weniger die Absicht, sich stillschweigend zurückzuziehen, als vielmehr den Laden noch einmal richtig aufzumischen, bevor sie ihm den Rücken kehrte.

Vater hatte ihn angesprochen. Wieso er nicht mit ihm reden würde. Er sei noch nicht so gaga, hatte er in vorwurfsvollem Ton gesagt, dass er nicht längst mitbekommen hätte, was eine Etage unter ihm passiere. Dabei war sein Vater keinesfalls unschuldig an der ganzen Misere. Von Anfang an hatte er seine Schwiegertochter spüren lassen, dass sie ihm unsympathisch war, und über ein Jahr lang den Beleidigten gespielt, weil Miriam ihn gebeten hatte, wegen der Kinder die Wohnungen zu tauschen.

Klawitter musste sich vorwerfen, dass er sich damals aus der Sache herausgehalten hatte. Er hatte es sich mit seinem Vater nicht verderben wollen, feige, wie er war. Außerdem stimmte es, dass er Miriam den ganzen Haushalt mit den drei Kindern zugemutet hatte. Auch wenn sie eine Putzhilfe hatten, die auf Wunsch zeitweise in der Küche zur Hand ging, blieb doch das meiste an Miriam hängen, von den Terminen gar nicht zu reden, die sie obendrein für die Kanzlei wahrnahm. Anstatt seine Frau zu entlasten, gab er abends den viel beschäftigten Ernährer, den man nicht zu stark strapazieren durfte, wenn er müde nach Hause kam. Und Miriam hatte ihn in Ruhe gelassen. Warum hast du mir nicht auf die Füße getreten?, dachte er, dann wäre es nie so weit gekommen, wie es gekommen ist! Du hättest mich nicht schonen dürfen. Ach, Miriam, ich weiß ja, was ich falsch gemacht habe, hör doch auf mit dem Theater und komm wieder zurück. Ich verzeih dir alles, aber komm wieder zurück …

Silbrig klingende Hammerschläge rissen ihn aus dem sentimentalen Tran. Er wischte sich über die Augen. Es war zwölf Uhr, im Zwerchgiebel der alten Kämmerei gegenüber setzte das Glockenspiel mit »Üb immer Treu und Redlichkeit« ein, während Szenen aus der Bergbauhistorie vorbeizogen. Ein Spektakel, das die Touristen in Scharen jeden Tag auf dem Marktplatz erwarteten.

Er durfte sich nicht aus der Bahn werfen lassen, von nichts, auch nicht von Miriam. Er hatte Pflichten, die es zu erfüllen galt, und er wollte OB werden. Das sagte er sich immer wieder. Diesem Ziel musste er alles unterordnen. Für Miriam würde er Ersatz finden, der mit Handkuss ihre Stelle übernahm.

Klawitter griff zu der Mappe mit den Unterlagen, die gegengezeichnet werden mussten, überflog deren Inhalt und warf routinemäßig sein Kürzel darunter.

Nach der Beerdigung war er noch in Hannover gewesen. Er brauche sich um seine Karriere keine Sorgen zu machen, wenn er in eine vertrauensvolle Zusammenarbeit einwillige. So ungefähr hatte der alte Rübenacker von der Kanzlei Rübenacker in Hannover in dem persönlichen Gespräch mit ihm heraushören lassen. Die Anwaltssozietät würde die Geschäfte der IIT in Sachen Einkaufspassage vertreten, um Verzögerungen in wichtigen Entscheidungen zukünftig zu vermeiden, so Rübenacker. Er würde der weiteren Entwicklung auf die Sprünge helfen, darauf könne sich Klawitter verlassen. Es sei aber natürlich allein *seine* Aufgabe, das Heft in die Hand zu nehmen, sobald Sandrock und seine De Groot Pharma Anzeichen von Rückzug erkennen ließen.

Bei genauerem Nachdenken kamen ihm die Andeutungen allerdings dubios vor. Was sollte das heißen, »auf die Sprünge helfen«? Hatte nicht Hauke bei ihrem letzten Treffen so etwas Ähnliches gesagt und von illegalen Wahlspenden gefaselt, die Sandrock zum OB gemacht hätten, kurz bevor er …? Und dass Klawitter nur den richtigen Zeitpunkt abzuwarten brauche, um damit an die Öffentlichkeit zu gehen und Sandrock endgültig zu Fall zu bringen?

Klawitter hatte nicht die Absicht, sich die Finger schmutzig zu machen, aber würde er es sich leisten können, zimperlich zu sein, wenn der entscheidende Moment kam?

***

Nach der Mittagspause entschieden Sina und Niebuhr, wenigstens einem der hohen Herren im Rathaus ein paar Fragen zum plötzlichen Tod von Helmut Hauke zu stellen.

»Sind Sie angemeldet?«, fragte die Sekretärin spitz.

Als Sina »Nein« antwortete, konnte man dem Gesicht der Sekretärin unschwer entnehmen: Das wäre doch wirklich nicht zu viel verlangt gewesen!

»Herr Dr. Klawitter ist momentan außer Haus, aber ich gebe Ihnen gerne einen Termin«, bot sie in dem herablassenden Tonfall an, wie man ihn von Sekretärinnen in diesen Etagen nicht anders erwartet.

»Wir brauchen keinen Termin. Es geht um Mord, das wissen Sie doch«, sagte Sina barsch, während sie daran denken musste, dass Keilberth ausdrücklich an ihr Feingefühl appelliert hatte. Aber vielleicht war sie gerade deshalb so kurz angebunden. Niebuhr straffte dazu den Oberkörper, um der Staatsmacht Nachdruck zu verleihen. Die Sekretärin zuckte zusammen.

»Ja, ja natürlich. Aber Herr Dr. Klawitter ist nun mal nicht da. Ich kann Ihnen frühestens morgen einen Termin geben.« Sie überflog mit dem Finger die Liste, die vor ihr lag. »Um zehn Uhr fünfundvierzig?«

»Wo ist Herr Dr. Klawitter denn momentan?«, fragte Sina, ohne auf das Angebot einzugehen.

Die Sekretärin schien zu überlegen, ob es im Bereich ihrer Pflichten lag, dahingehend Auskunft zu geben.

»Soviel ich weiß, ist er in seiner Kanzlei und empfängt am Nachmittag Mandanten«, sagte sie schließlich.

Die Adresse hatte Niebuhr natürlich, wie er Sina durch einen Blick zu verstehen gab.

»Und dann brauchen wir noch die Akte ›Neue Passage‹ zur Einsicht.«

Für den Vorgang hatte sich Sina spontan einen Namen ausgedacht.

»Sie meinen das Dossier Hokenpassage?«, stellte die Sekretärin richtig. »Ich werde Herrn Dr. Klawitter davon in Kenntnis setzen. Das Dossier geht Ihnen dann auf dem Dienstweg zu.« Die Schadenfreude in ihrer Stimme war nicht zu überhören.

»Nicht besonders kooperativ«, sagte Sina verärgert, als sie und Niebuhr die ausgetretenen Steinstufen zum Marktplatz wieder hinunterstiegen.

»Die Majestäten wollen eben gebeten werden, die lassen sich so leicht nicht aus der Ruhe bringen, auch nicht durch einen möglichen Mord«, sagte Niebuhr.

Zwischen dem alten Rathaus am Marktplatz und dem Sitz der Rechtsanwaltskanzlei Klawitter im Claustorwall lagen etwa zehn Minuten Fußweg. Sina hatte Niebuhr mit dem Wagen zurück ins Präsidium geschickt. Sie hatte Lust, sich unter freiem Himmel zu bewegen, außerdem genügte es vollkommen, wenn Klawitter einen von ihnen abweisen würde.

Als die Villa Klawitter wie eine Trutzburg vor ihr aufragte, seufzte Sina. Auch hier würde keiner ein Wort mehr sagen als nötig, um ihre Untersuchungen zu unterstützen.

Der Türöffner surrte. Sina stand in einem weitläufigen Treppenhaus aus weißem Marmor, erhellt von hohen Fenstern aus buntem Glas, wie es im Jugendstil üblich war. Von oben nahm ein alter Herr an einem Gehstock bedächtig Stufe für Stufe. Auf dem Absatz zum ersten Stock blieb er stehen und musterte sie neugierig.

»Sina Kramer, Kripo Goslar«, stellte sie sich unwillkürlich vor.

Er lächelte milde. »In die Kanzlei geht es rechts«, antwortete er mit kräftigem Bass und wies mit dem Stock in die Richtung, aus der Sina im gleichen Augenblick ein junger Mann, offenbar ein Assistent, entgegenkam, »Kann ich Ihnen helfen?«, fragte und sie ins Wartezimmer führte.

Nicht viel später ging die Tür auf, ein schlanker Mittfünfziger im Pfeffer-und-Salz-Anzug mit randloser Brille und fein geschnittenen Zügen kam auf Sina zu und bat sie mit einem jovialen Lächeln, ihm zu folgen.

»Ich bin Ernst-August Klawitter«, stellte er sich noch im Flur vor. »Frau Brandstätter, die gemeinsame Sekretärin von Herrn Oberbürgermeister Sandrock und mir, hat mich schon benachrichtigt.«

Sieh an, dachte Sina, es geht also auch zügig.

»Natürlich stehe ich Ihnen gerne zur Verfügung.«

Klawitter öffnete eine der Türen im Flur, wohinter sich ein mit ausgesuchten Möbeln und Bildern ausgestatteter Raum befand, der für Besuch bestimmt schien, den der Anwalt besonders schätzte. Ob er ihr etwas zu trinken anbieten dürfe? Sina nahm ein Mineralwasser medium. Sie setzten sich in die samtweiche Veloursgarnitur in der Nähe des Fensters.

»Furchtbar, die ganze Sache«, begann Klawitter, der offenbar keine Einleitung brauchte, »und ich kann mir gar nicht vorstellen, wer es getan haben könnte. Man bringt ja nicht gleich jemanden um, wenn man nicht seiner Meinung ist. Und in der Politik hat jeder eine andere Meinung, aber das wissen Sie ja …«

Er lachte ein offenes, sympathisches Lachen. Doch als er weiterreden wollte, kam ihm Sina zuvor.

»Herr Dr. Klawitter, ich habe ein paar Fragen …«

»Natürlich, natürlich. Wir sind alle sehr bemüht, den Fall möglichst schnell aufzuklären, damit wieder Ruhe einkehrt und wir unsere Arbeit machen können. Politiker arbeiten nämlich auch.« Wieder lachte er.

»Ich frage Sie trotzdem: Hatte Helmut Hauke ausgesprochene Feinde, Gegner, Neider oder wie immer Sie es nennen wollen. Politische oder private, soweit Sie davon Kenntnis haben?«

»Wie gesagt, politische Gegner, auch Neider, wird es gegeben haben, da bin ich mir ziemlich sicher, auch wenn ich Ihnen ad hoc keinen nennen könnte.«

»Herr Hauke wirkte in der letzten Zeit vor seinem Tod sehr aufgewühlt und gestresst. Können Sie sich vorstellen, warum?«

Klawitter schien zu überlegen.

»Wirklich? Ist mir, um ehrlich zu sein, gar nicht aufgefallen. Ich habe auch keine Ahnung, warum.«

»Könnte es mit seinem letzten Projekt zu tun haben?«

»Welches meinen Sie?«

»Dem Projekt ›Hokenpassage‹?«

»Wie ich sehe und höre, sind Sie schon in medias res. Respekt!« Klawitter beugte sich in seinem Sessel vor. »Wie mir Frau Brandstätter mitteilte, möchten Sie die Akte einsehen. Das dürfte kein Problem sein. Die können Sie gerne morgen abholen. Kann ich sonst noch etwas für Sie tun? Ich habe heute die Hütte voll, wie man so sagt, und bin etwas in Eile. Ich hoffe, Sie verstehen das.«

Er schnellte hoch, zog eine Visitenkarte aus der Seitentasche seines Jacketts, die er Sina entgegenstreckte, und war mit wenigen großen Schritten an der Tür. Nachdem er sie noch bis zum Ausgang begleitet und ihr freundlich die Hand geschüttelt hatte, fand sich Sina leicht verdutzt im marmorglänzenden Treppenhaus wieder.

Was Sina von der kurzen Unterredung blieb, war ein schlechter Nachgeschmack. Aber ohne selbst etwas in der Hand zu haben, konnte sie von solchen Leuten wie Klawitter nichts erwarten. Drollig war allerdings der alte Herr im Treppenhaus gewesen, obwohl er auch etwas Respekteinflößendes ausstrahlte.

»Sie sind wohl auf Mörderjagd? Man liest ja einiges in der Zeitung …«, hatte er sie im Treppenhaus angesprochen, nachdem Klawitter sie so gnadenlos freundlich vor die Tür gesetzt hatte. »Ich bin auch ein Klawitter. Wir hausen hier in drei Generationen, müssen Sie wissen.«

Wieder blieb er, diesmal von unten kommend, auf dem Absatz zum ersten Stock stehen, in der linken Hand trug er eine bauchige Flasche.

»Ich bin die Generation ›Schaukelstuhl‹ und darf Cognac trinken, wissen Sie. Ist mir auch das Liebste, das gebe ich gerne zu.«

Sein voluminöses Lachen hallte von den hohen Wänden wider. »Haben Sie Lust, mir ein wenig Gesellschaft zu leisten? Ich mache Ihnen einen Kaffee, wenn Sie mögen. Ich habe einiges zu erzählen, vielleicht können Sie etwas davon gebrauchen …«

»Nein, vielen Dank, beim nächsten Mal.«

Für endlose Familiengeschichten und verschrobene Lebensweisheiten hatte Sina weder Nerven noch Zeit. Es gab Wichtigeres zu tun. Mit einem Nicken hatte sie sich verabschiedet. Als sie schon an der Tür war, hatte Klawitter senior ihr noch hinterhergerufen: »Ich nehme Sie beim Wort!«

Unterwegs ans andere Ende der Stadt zückte sie ihr Handy und rief bei sich zu Hause an. Die Stimme von Chao würde sie nach dem ergebnislosen Gespräch wieder aufbauen, aber er ging nicht dran. Dafür meldete sich Torsten.

»Kramer!«, sagte er mit erwachsener Stimme, die in Sinas Ohren zuerst so fremd klang, dass sie schon glaubte, sie hätte sich verwählt. Überhaupt war sie überrascht, Torsten am Nachmittag anzutreffen, meistens war er um diese Zeit verabredet. Aber sie beabsichtigte, das auszunutzen. »Ich bin gleich bei dir, ich habe dir etwas mitzuteilen.«

Sie konnte einfach nicht mitansehen, wie Torsten ins Unglück lief. Sein Leben hatte doch gerade erst angefangen. Er schnaubte unwillig.

»Ich bin mit Caro verabredet …«

»Dann wartet sie eben, es dauert nicht lange. Wo ist Chao?«

»Keine Ahnung, vielleicht einkaufen.«

Sina drückte Torsten weg und gab Niebuhrs Nummer ein.

»Hallo, Jens, was dagegen, wenn ich schon früher Schluss mache?«

»Wie war's bei Klawitter?«, wollte Niebuhr zuerst wissen.

»Nicht der Rede wert«, antwortete Sina, während sie sich in den geschützten Hofeingang eines der schwarz-weißen Fachwerkhäuser am Ufer der Gose stellte. »Er macht auf hilfsbereit, weiß aber nach eigener Auskunft absolut nichts.«

»Na wunderbar, und was ist mit der Akte?«

»Die sollen wir uns morgen abholen.«

»Wenigstens etwas.«

Jens hatte recht, wenigstens etwas.

»Ich muss mit meinem Sohn sprechen und könnte ihn jetzt noch erwischen, bevor er wieder verschwindet …«

Sina hatte Niebuhr gegenüber bisher nichts von ihrem Problem mit Torsten erwähnt, sie versuchte, es zu umgehen. Es war ein Desaster. Wo, verdammt noch mal, hatte sie bloß wieder versagt? Ihre Lippen fingen an zu zittern.

»Von mir aus. Ist eh gleich halb fünf. Wir können heute sowieso nichts mehr reißen.«

»Bis morgen, Jens«, sagte sie kurz und klappte das Handy zu.

***

Aus Torstens Zimmer kam Musik. Gott sei Dank hatte er sich die Heavy-Metal-Bands abgewöhnt. Das, was er jetzt hörte, klang deutlich friedlicher. Sie stieg unters Dach. Der nur angelehnten Tür gab sie einen Schubs und verschaffte sich freie Sicht in den Raum. Torsten lag in Klamotten auf seinem Bett und stierte an die Decke.

»Was gibt's?«, fragte er, ohne sie anzusehen, drehte sich aus dem Bett und machte die Musik aus. Dann ging er an den Computer und drückte auf den On-Button. Das typische Surren erfüllte den Raum.

»Was haben die Eltern von Carolin dazu gesagt, dass ihr ein Kind kriegt?«

Torsten schwieg, vermied es, ihr in die Augen zu sehen.

»Also?«

»Warum drängst du so? Natürlich sagt sie es ihren Eltern. Sie hat sich nur noch nicht getraut. Das ist nicht so einfach. Hast du denn überhaupt kein Verständnis?«

Jetzt auch noch Vorwürfe. Das reichte nun wirklich. Sina lehnte es strikt ab, dass Eltern ihren Kindern gegenüber handgreiflich wurden. Aber in diesem Moment hätte sie Torsten ohne eine Spur von schlechtem Gewissen am liebsten am Kragen gepackt und ihm eine Tracht Prügel versetzt, die sich gewaschen hatte.

»Warum hat sie sich nicht getraut? Ihr seid doch auch zu mir gekommen.«

Er antwortete nicht gleich, wohl auch eingeschüchtert von ihrem ungewohnt harten Tonfall.

»Ihr Vater ist ziemlich streng und hat sie immer aufgefordert, vorsichtig zu sein.«

»Na und?« Sina stand kurz vor der großen Explosion. Es war alles so frustrierend. »Ich gebe euch genau einen Tag Zeit, dann habt ihr mit Carolins Eltern gesprochen und die Lage geklärt!«

Drohungen sind ein Zeichen von Hilflosigkeit. Und es stimmte, in diesem Moment war sie hilflos. Wie ein wildes Pferd riss sie aus, rannte die Treppe hinunter in die Küche und schraubte den Hahn über der Spüle bis zum Anschlag auf, dass das Wasser nach allen Seiten spritzte. Oben knallte die Tür.

Aber es dauerte keine Minute, da war Sina wieder butterweich. Natürlich fühlten sich die beiden schuldig, natürlich hatten sie ein schlechtes Gewissen, auch wenn sie sich auf das Baby freuten und dazu standen. Für die beiden war die Situation mindestens so schwierig wie für ihre Eltern. Sie waren selbst noch Kinder und sollten wie Erwachsene denken und handeln. Einfach unmöglich war das.

Sina würde sich selbst mit Carolins Eltern in Verbindung setzen, wenn es nicht anders ginge, das stand für sie fest. Doch wo war Chao?

***

Kurz vor Dienstschluss saß Geert Sandrock an seinem Schreibtisch aus poliertem Kirschholz im Rathaus und dachte nach. Fred de Groots Anspielungen hatten ihn aufgeschreckt. Sollte es wirklich so sein, dass Maren Brandstätter die undichte Stelle war? Seine Sekretärin, die Bastion gegen alles, was er loswerden oder sich vom Leibe halten wollte, die Einzige, der er neben Rita, seiner Frau, nahezu blindlings vertrauen würde?

Er versetzte sich in die hektische Zeit seiner Wahl zurück. Rein und raus war es gegangen. Maren war damals schon Chefsekretärin, er selbst Stellvertreter des alten Bürgermeisters gewesen, im Wartestand, so wie Klawitter jetzt. Improvisierte Unterredungen mit Parteikollegen waren normal gewesen und hatten nicht immer im geschlossenen Büro stattgefunden, manchmal sogar im Vorzimmer, und Maren hatte gezwungenermaßen mitgehört. Auch dass es finanzielle Schwierigkeiten gab und dass er und seine Jungs noch einen drauflegen mussten, um die Nase vorne zu haben. Dann die Erleichterung, als die Mittel plötzlich doch da gewesen waren. Die Frage hatte nahegelegen, woher der Geldsegen auf einmal gekommen war. De Groot hatte sich mehrmals persönlich in seinem Büro blicken lassen. Vielleicht war Maren sein nahezu freundschaftlicher Umgang mit ihm verdächtig vorgekommen. Ein paar zu offene Worte, und sie hatte sich alles zusammenreimen können.

Dass Maren Brandstätter zum Maulwurf wurde, dafür musste es allerdings einen überzeugenden Grund gegeben haben. Und wenn Sandrock diesen Grund ausfindig machte, dann wäre das Gleichgewicht zwischen ihnen wiederhergestellt, dann hätte er sie in der Hand und sie ihn. Er drückte auf den Knopf am Telefon.

»Maren, haben Sie ein paar Minuten Zeit für mich?«

Die Sekretärin kam herein. Sandrock fiel die neue schwarz-rot karierte Weste an ihr auf.

»Schicke Weste. Setzen Sie sich. Ich habe etwas mit Ihnen zu besprechen.«

Er bot ihr den Stuhl vor seinem Schreibtisch an. Er selbst stand auf, legte die Hände auf den Rücken und begann, langsam durch den Raum zu schreiten. Er hatte nicht die Absicht, sie zu kompromittieren, schließlich war es nicht ausgeschlossen, dass sich de Groot geirrt hatte. Dann musste er ganz sacht aus der Nummer wieder herauskommen, ohne einen Verdacht zu hinterlassen.

»Ich bin mit Ihrer Arbeit sehr zufrieden, Maren, das wissen Sie, das habe ich Ihnen schon oft gesagt. Ich bringe Ihnen alles Vertrauen entgegen, und ich habe das Gefühl, dass es gut bei Ihnen aufgehoben ist …«

Er stand jetzt unmittelbar hinter ihr. Sie saß da, starr und atemlos.

»Was ich Sie immer einmal fragen wollte: Sind Sie eigentlich glücklich in Ihrem Job?«

Als sie schluckte, legte er nach.

»Ich meine, gibt es etwas, das Sie gerne ändern würden?«

Sie drehte sich um, etwas um Entschuldigung Bittendes und Mitleidheischendes in den Augen. Sandrock wandte sich ab.

»Oder besser gefragt: Müsste ich etwas ändern, damit Sie sich hier rundum wohlfühlen?«

Sie war verlegen, in ihren blassen Teint mischte sich ein verschämtes Rosa, das Sandrock noch nie an ihr gesehen hatte.

»Zum Beispiel Ihr Gehalt. Für die wertvolle Arbeit, die Sie für mich leisten, finde ich, könnte es mehr sein. Ich werde mich für

Sie einsetzen, Maren. Jetzt, wo Ihr Vater gestorben ist und Ihnen bei der Abtragung der Hypothek auf Ihrem Haus nicht mehr helfen kann, haben Sie das bestimmt bitter nötig. Ist es nicht so?«

Die Frage stand im Raum, Sandrocks Ton war merklich schärfer geworden.

Maren Brandstätter ließ den Kopf hängen und schwieg, wie jemand, der einsieht, dass Ausflüchte oder Leugnen die Sache nur verschlimmern würden.

Sie ist es gewesen, dachte Sandrock. Er war enttäuscht, aber er konnte sie verstehen. Sie hatte nicht anders gehandelt als er, war schwach geworden im Ernst der Lage. Wahrscheinlich hatte auch Hauke von Marens Schwierigkeiten gewusst, hatte sie auch ihm von ihrem arbeitslosen Mann und ihrem Vater erzählt, ohne dessen Unterstützung sie nicht über die Runden kommen würde. Und der bedrängte Hauke hatte ihr für ein paar Auskünfte eine ansehnliche Summe auf den Tisch gelegt.

»Ich werde mich für Sie einsetzen, Maren«, wiederholte Sandrock, »wenn ich in Zukunft mit Ihrer uneingeschränkten Solidarität rechnen kann. Ohne Ausnahme!«

Er blieb am Fenster stehen und blickte über die Dächer der alten Stadt, die schon so viel erlebt hatte.

»Ja, natürlich«, kam kläglich aus dem Stuhl vor seinem Schreibtisch.

»Ab jetzt sind wir uns ganz besonders verbunden, Maren. Ich hoffe, dass Sie das nie vergessen werden.«

»Bestimmt nicht.«

»Dann können Sie jetzt gehen.«

ACHTZEHN

Am nächsten Morgen saß Sina an ihrem Schreibtisch im Präsidium, vertieft in die Mordsache Janis Auseklis. Zum wiederholten Mal hatte sie sich die Berichte der Kriminaltechnik, der Gerichtsmedizin und ihre eigenen vorgenommen. Den beiden Krögers, Winfried und seinem Sohn Dominik, hatten sie nichts nachweisen können, auch wenn eindeutig Motive zu erkennen waren. Solange Milda Auseklis verschwunden blieb, fehlten neue Ansatzpunkte. Vielleicht hatte Janis das Geld, das er bei Sibylla Greiner und möglicherweise noch bei anderen Frauen abgestaubt hatte, gespart, um Kröger nicht mit leeren Händen gegenüberzustehen, ihm eine Ablöse für sein Hotel bieten zu können. Und Milda versteckte sich in Lettland und lebte davon. Aber wie lange würde das Geld reichen, bis sie wieder arbeiten musste und Gefahr lief, entdeckt zu werden? Schließlich war sie jetzt Verdächtige in einem Mordfall.

»Musste das sein?«

Plötzlich stand der verärgerte Keilberth vor ihr. Eine Sekunde überlegte Sina, ihn einfach zu ignorieren, als ob die Spezies Kriminalrat nicht existieren würde. Doch dann machte sie es anders.

»Was meinst du, Heinz?«

»Einfach ins Rathaus zu platzen wie bei einer Razzia. Sandrock hat mich eben angerufen, ob wir keine Manieren hätten. – Da hat er verdammt noch mal recht! Er wollte die Ermittlungen unterstützen, und es gibt keinen Grund, das Gegenteil anzunehmen. Ich verstehe nicht, warum du mir so in den Rücken fällst, Sina!«

Er schien wirklich enttäuscht zu sein. Enttäuscht darüber, dass seine Leute arbeiteten, um einen Fall aufzuklären, und dabei eine seiner heiligen Kleinstadtkühe bedrängt hatten.

»Gute Idee! Eine Razzia ist im Rathaus wahrscheinlich längst überfällig«, provozierte Sina weiter. »Ich bin eine im Auftrag des Staates ermittelnde Polizeibeamtin, Heinz, und vor dem Gesetz sind alle gleich. Ist doch für uns beide nichts Neues, oder?«

Dass ihn der Ton auf die Palme bringen musste, war ihr klar. Aber was wollte er ständig von ihr? Sie arbeitete auf ihre Art, so schnell und konsequent wie möglich. Sie brauchte keine Belehrungen, wie sie sich zu benehmen hatte.

Keilberth zog einen Umschlag hervor, den er unauffällig hinter seinem Rücken versteckt gehalten hatte, und klatschte ihn vor Sina auf den Tisch.

»Hier ist das, was du unbedingt haben wolltest. Maren Brandstätter hat mir die Akte gerade persönlich vorbeigebracht. Mit schönen Grüßen vom OB, damit der Eindruck erst gar nicht aufkommt, dass hier gemauert werden könnte, hat sie gesagt.«

»Das wäre nicht nötig gewesen«, ließ sich Sina nicht aus der Spur bringen, obwohl er es geschafft hatte, ihr ein schlechtes Gewissen zu machen, »aber es spart Zeit, wenn wir sie jetzt schon haben. Die Unterlagen sind essenziell für die Ermittlungen.«

Sie wusste nicht, ob das stimmte, da sie keine Ahnung hatte, was dieser Pappmantel, der vor ihrer Nase lag, beinhaltete. Aber sie genoss das Zucken des kleinen Muskels unter Keilberths rechtem Augenlid bei dem Wort »essenziell«, das sie so beiläufig wie möglich hatte fallen lassen. Dieses Wort gehörte nämlich in *seinen* Wortschatz. Er sollte ruhig wissen, dass sich die vermeintlich dummen Kollegen von seinen zugespitzten Formulierungen schon lange nicht mehr beeindrucken ließen.

Doch Keilberth zankte nicht zurück, rannte nicht wütend hinaus und knallte nicht die Tür – das hätte zumindest die Atmosphäre wieder gereinigt –, stattdessen sagte er versöhnlich: »Sina, ich will deine Methoden nicht kritisieren, aber du wirst doch einsehen, dass diese Art nicht weiterführt. Der Mord an einem Ratsherrn ist nun mal auch ein Politikum, und so lange der Fall nicht geklärt ist, bleibt alles irgendwie am Rathaus hängen. Und die haben schon genug Probleme.«

Ich auch, dachte Sina, ihr fiel ihre Männerwirtschaft zu Hause wieder ein. Aber sie verstand beim besten Willen nicht, warum ausgerechnet mit zweierlei Maß gemessen werden sollte, wenn es um Politik ging.

»Ich kann bei meinen Ermittlungen keine falschen Rücksichten nehmen. Tut mir leid, Heinz«, antwortete sie mit fester Stimme.

Er ließ einen Stoßseufzer vernehmen. »Ich habe dich gewarnt.

Die werden dich auflaufen lassen, wenn du ihre Regeln ignorierst.«

Schon geschehen, dachte Sina und sah Keilberth offen, aber diesmal ohne Herausforderung ins Gesicht. Es gehörte zu ihrem Stolz, für das zu kämpfen, was sich Recht und Gesetz nannte. Das ließ sie sich von niemandem nehmen. Von dem Tag an, an dem sie von diesem Stolz etwas hätte hergeben müssen, wäre sie nicht mehr Sina Kramer gewesen. Wie Keilberth mit seinem Ethos umging, war nicht ihre Sache. Es war auch nicht der Punkt, ob sie Keilberths Einstellung schätzte oder nicht. Er hatte gute Gründe für seine Haltung, da war sie sicher, denn dass Keilberth scharfsinnig einschätzte und sondierte, war ihr seit dem ersten Tag ihrer Zusammenarbeit bewusst.

»Wünsche einen erfolgreichen Tag!«, sagte der Kriminalrat, drehte sich um und ließ sie allein.

Für einen Augenblick fragte sich Sina, wie die Ermittlungen in den Politikerkreisen erfolgreich weitergehen sollten, wenn schon wegen dieser einen blöden Akte, »Dossier Hokenpassage«, wie die Sekretärin sie hochgestochen genannt hatte, die Diskussionen anfingen. Sie klappte das Ding auf. Beim ersten Durchblättern stellte sie fest, dass es einige Ausschreibungen in puncto Architektur und Finanzierung gegeben hatte. Daneben fanden sich diverse Gutachten, Protokolle von Ausschuss- und Ratssitzungen. Die Vergrößerung der Gewerbeflächen durch eine weitere Passage in der Innenstadt sollte Goslars Reize als Einkaufszentrum im Vergleich zu Nachbarstädten wie Wernigerode und Braunschweig weiter erhöhen.

Man konnte den Unterlagen entnehmen, dass um das Projekt gerungen wurde. Aber über Konflikte, die den ermordeten Helmut Hauke hätten in Stress versetzen können, sagten sie nichts aus. Es fehlte die Geschichte dahinter, die nur Hauke selbst oder sein Arbeitsumfeld kannte, wenn denn das Motiv zu seinem Mord hier zu finden war. Sina griff zum Telefon.

Sie hielt Niebuhr die Akte schon entgegen, als er in ihrem Büro auftauchte. Er schnappte sie sich im Vorbeigehen: »Ich sehe mir die Sache mal an. Brauche nicht länger als eine halbe Stunde, okay?«

Sie nickte. Heute war er ihr eine echte Hilfe. Schon den ganzen Morgen konnte sie sich nur mühsam konzentrieren. Davon abgesehen verstand Jens wahrscheinlich mehr als sie von den Verwaltungs- und Verfahrensabläufen, die aus den Unterlagen nicht hervorgingen.

Am liebsten hätte Sina die Bürotür abgeschlossen und draußen ein Schild mit der Aufschrift »Bitte nicht stören!« angehängt. Sie fühlte sich ausgepowert.

Letzte Nacht hatte sie wieder nicht richtig geschlafen, sich neben dem schnarchenden Chao hin und her gewälzt und sich den Kopf zerbrochen. Obwohl ihr klar war, dass ihr nichts anderes übrig blieb, als zu akzeptieren, dass sie augenblicklich ihren Problemen gegenüber ohnmächtig war. Aber gerade *das* machte sie so fertig. Das Nichts-tun-Können.

Torsten hatte es nach der Auseinandersetzung mit ihr keine zehn Minuten mehr in seinem Zimmer gehalten. Ratlos am Küchentisch hockend, hatte Sina nur noch gehört, wie er die Treppe herunterstürmte und die Haustür hinter sich zuschlug, um in die Arme seiner Caro zu fliehen. Wieder beschlich sie das unbestimmte Gefühl, an Torstens Misere schuld zu sein; ein Gefühl, das sie nicht erklären konnte, das sie aber permanent quälte.

Doch das war nicht das Einzige gewesen, was an dem Abend nicht gestimmt hatte. Zwei Stunden später kratzte jemand mit einem harten Gegenstand von außen am Schloss der Haustür herum. Sie schreckte hoch, war im Wohnzimmer auf der Couch für ein paar Sekunden eingenickt. Als sie die Tür öffnete, setzte Chao gerade wieder zu einem Versuch an, mit dem Schlüssel ins Schlüsselloch zu treffen, und fiel ihr dabei regelrecht in die Arme.

Umnebelt vom Aroma einer ganzen Brauerei, lallte er unzusammenhängendes Zeug, hatte anscheinend – so viel kriegte Sina noch aus ihm heraus – mit dem Bus seiner Studienstadt Clausthal im Oberharz einen Besuch abgestattet und einen Bekannten getroffen. War auch im »Alten Steiger« gewesen, in dem Lokal, in dem er und sie sich das erste Mal außerhalb seines Ladens gesehen und sich Hals über Kopf verliebt hatten …

Wie einen kleinen Jungen hatte sie Chao im Schlafzimmer aufs Bett gesetzt, wo er, nachdem sie ihm Schuhe und Hose ausgezogen hatte, wie tot auf sein Kissen fiel und anfing, brachial zu schnarchen.

Ihr war wieder bewusst geworden, wie jung Chao noch war. Der eine Junge namens Torsten bekam viel zu früh Nachwuchs, und der andere namens Chao, den sie ernst genommen und auf den sie sich schon fast verlassen hatte wie auf den berühmten Felsen in der Brandung, betrank sich bis zur Bewusstlosigkeit und verunsicherte sie, ob er die Krise, die er ohne Zweifel durchlitt, bestehen würde.

Sie machte Chao keinen Vorwurf. Er war in einem wichtigen Punkt seines Lebens unglücklich. Ihm fehlte die Anerkennung für eine Arbeit, die ihn ganz forderte, die ein junger Mensch braucht, der etwas auf sich hält, auf dem Gebiet, das ihn interessiert. Er war zu stolz, um es zuzugeben. Vermutlich hatte er sich aus dieser totalen Frustration heraus die Kante gegeben. Aber wie sollte sie ihm helfen?

Niebuhr brauchte keine halbe Stunde.

»Und?«, fragte Sina. Sie war die ganze Zeit, die Ellenbogen auf der Tischplatte und den Kopf in die Hände gestützt, an ihrem Schreibtisch sitzen geblieben. Obwohl sie neugierig war, klang ihre Stimme müde.

Bevor er etwas sagte, faltete Niebuhr seinen langen schlanken Körper zusammen und zwängte ihn auf einen der herumstehenden Stühle. Dann kam er auf die Akte zu sprechen.

»Auf den ersten Blick nichts großartig Auffälliges.«

Wäre auch nur zu schön gewesen, dachte Sina.

»Die Unterlagen enthalten wie erwartet Berichte über den Fortlauf der Planungsschritte und den Versuch, sie politisch umzusetzen. Eine Kleinigkeit wäre vielleicht anzumerken: Bei der Ausschreibung waren anscheinend nur zwei Unternehmen im Spiel. Die Passage ist ein lukratives Investment. Ich hätte da mehr Interessenten erwartet. Aber das ist nur so ein Gedanke. Vielleicht haben sie die anderen Bewerber einfach aussortiert, um die Akte zu entlasten.«

»Schiebung also nicht ausgeschlossen?« Sina war plötzlich wieder hellwach. Diese angebliche Kleinigkeit konnte der erste Ansatz in ihrem anstehenden Interview mit Oberbürgermeister Sandrock sein.

Aber Niebuhr winkte ab. »Ich glaube eher, dass die im Rathaus uns die Akte so schnell überlassen haben, weil sie denken, dass sie sauber ist.«

Wahrscheinlich hatte er recht.

»Ist das alles?« Enttäuscht sank sie wieder hinter ihrem Schreibtisch zusammen. Doch Niebuhr fingerte ein Blatt aus den Unterlagen und schob es über den Schreibtisch.

»Fällt dir was auf?«

Sie überflog das Papier, verstand nicht, was er meinte.

»Die Namen der Gesellschafter …«

Ein Blick auf das Kleingedruckte half ihr auch nicht.

»Foresta …« Niebuhr schrabbte über die Stoppeln seines Dreitagebartes. »Foresta heißt auch der Pizzabäcker in der Breite Straße.«

Natürlich. »Antonio Foresta, bei dem Hauke öfter seinen Wein getrunken hat und der ihn auf dem Foto zuerst nicht erkennen wollte?«

»Genau.«

Aber was hatte ein kleiner Pizzabäcker mit einer Finanzierungsgesellschaft zu tun? Das war doch weiter als weit hergeholt.

»Kann reiner Zufall sein. Vielleicht ist Foresta in Italien ein so normaler Name wie Meier oder Schmidt bei uns«, gab sie zu bedenken.

»Schadet trotzdem nichts, wenn wir das überprüfen«, sagte Niebuhr und faltete sich wieder auseinander, um sich an sein Telefon zu begeben.

Den Diensteifer von jungen Kollegen soll man nicht bremsen, dachte Sina. Auf halber Strecke zur Tür drehte sich Niebuhr abrupt um und fragte: »Kannst du mir mal sagen, was mit dir los ist?«

***

Sandrocks Magen rumorte, obwohl er gut gefrühstückt hatte, und während er am Fenster seines Büros unruhig auf und ab ging, kreisten seine Gedanken nur um eines: den Termin, der ihm in Kürze bevorstand.

Er verstand selbst nicht, warum er Nerven zeigte, schließlich hatte er Routine im Umgang mit lästigen Fragen. Er war sozusagen Profi in der Verschleierung von Wahrheiten. Das bewies er täglich in unzähligen Gesprächen mit Bürgern, Verbänden und Unternehmern, im Rat, auf Ausschusssitzungen und natürlich in den Pressekonferenzen. Auf diesem Parkett würde er nicht ausrutschen.

Aber *das* war etwas anderes. Den Fragen der Kripo konnte er nicht einfach ausweichen oder sie kaltschnäuzig unterlaufen. Es hing von seinen Antworten ab, ob er Verdacht auf sich lenkte und neue Fragen provozierte, die am Ende immer bedrohlicher wurden.

Keilberth hatte ihm diskrete Ermittlungen versprochen. Aber nachdem diese Hauptkommissarin mit ihrem Kollegen einfach so bei Maren hereingeplatzt war, hatte er da seine Zweifel. Auch wenn die Akte, die sie mitnehmen wollten, weiter keinen Zündstoff darstellte. Was stand da schon drin, was undurchsichtig und nicht einfach erklärt wäre? Haukes Erpressungsversuch ließ sich jedenfalls nicht herauslesen. Und das Thema Maulwurf war für ihn gegessen. Maren würde nicht das leiseste Wörtchen verlauten lassen. Es ging schließlich um ihre nackte Existenz, und die würde sie nicht einmal unter Folter aufgeben.

Sandrock warf einen flüchtigen Blick auf seine Armbanduhr. Noch zwölf Minuten. Zeit genug, um sich zurück an den Schreibtisch zu begeben und ein paar dringende Unterschriften zu tätigen.

***

Sina gegenüber saß der Mann, der die Geschicke der Stadt an entscheidender Stelle beeinflusste. Er war nicht besonders groß, vielleicht eins fünfundsiebzig, seine gedrungene Gestalt steckte in einem Anzug aus feinem kamelbraunem Tuch, darunter ein opalblaues Hemd mit gestreifter Seidenkrawatte, perfekt geknotet.

Aus seinem von Falten tief eingeschnittenen Gesicht verschwand plötzlich das joviale Lächeln, mit dem er sie begrüßt und das er unverändert beibehalten hatte, bis sie Platz genommen hatten.

»Ich brauche Ihnen nicht zu sagen, Frau Kramer, wie schwer uns dieser Verlust trifft, und ich habe – wie Sie vielleicht wissen – Kriminalrat Keilberth versprochen, Sie und Ihre Kollegen mit allen Kräften bei der Suche nach dem Mörder unseres geschätzten Kollegen Hauke zu unterstützen.«

Eine Floskel, dachte Sina, aber geschickt angebracht. Soll heißen, dass es ihr schwerfallen würde, wem gegenüber auch immer das Gegenteil zu behaupten.

Sie spürte den Adrenalinstoß, war sich selbst dankbar, sich vor dem Gespräch ein paar Fragen zurechtgelegt zu haben. Auch wenn sie mit Improvisieren schon oft erstaunliche Erfolge erzielt hatte, in diesem Fall war es riskant. Sandrock würde jede Schwäche gnadenlos ausnutzen und Keilberth später berichten.

»Ich will Ihnen Ihre Zeit nicht stehlen, Herr Sandrock. Aber im Zuge der Ermittlungen ist es unerlässlich, im privaten wie auch im beruflichen Umfeld des Opfers Nachforschungen anzustellen«, schlug Sina im Gegenzug den gleichen offiziellen Tonfall an.

»Natürlich, natürlich«, beeilte er sich zu sagen, »fragen Sie nur«, und legte ein gönnerhaftes Lächeln auf.

»Zunächst möchte ich Sie fragen: Wie war Ihr Verhältnis zu Helmut Hauke, und wie hat er kurz vor seinem Tod auf Sie gewirkt?«

»Menschlich, meinen Sie?«

»Auch.«

»Nun ja, Hauke und ich hatten ein kollegiales Verhältnis und haben über die Jahre gut zusammengearbeitet. Natürlich ging nicht immer alles reibungslos. Aber das ist normal. Über seine persönlichen Befindlichkeiten, wenn ich so sagen darf, kann ich mich allerdings kaum äußern. Wir waren nicht näher befreundet.«

»Laut Zeugenaussagen stand Herr Hauke in letzter Zeit unter großer Spannung. Ist Ihnen das auch aufgefallen?«

Er zuckte mit den Schultern und legte einen entschuldigenden Blick auf. »Ich habe täglich mit einer Menge Menschen zu tun, da ist es mir unmöglich, auf jeden auch privat einzugehen, dafür haben Sie sicher Verständnis.«

»Könnte diese Spannung, unter der Herr Hauke stand, in Zusammenhang mit seinem letzten Projekt stehen, der Passage in der Fußgängerzone?«

»Das ist nicht *sein* Projekt, Frau Kramer. Das ist unser aller Projekt, das Projekt unserer Stadt, auf das wir sehr stolz sind und für das wir unser Bestes geben. Helmut Hauke war nur einer der vielen, die daran mitarbeiten«, ließ Sandrock einen Anflug von Gereiztheit erkennen. Offensichtlich war Sina seiner Eitelkeit zu nahegekommen. Die Stadt war schließlich *er*, nicht Hauke.

»Natürlich«, versuchte sie zu neutralisieren, hatte aber nicht vor, mit dem OB einen Eiertanz aufzuführen oder sich von ihren Fragen abbringen zu lassen. »Gab es in letzter Zeit Meinungsverschiedenheiten zwischen Hauke und Ihnen? Auseinandersetzungen in dieser Angelegenheit?«

Sandrock überlegte kurz.

»Nicht dass ich wüsste«, sagte er dann. »Natürlich stehen wir alle unter großem Erfolgsdruck, und es müssen Entscheidungen getroffen werden, die nicht jedem gefallen. Vielleicht hat sich Kollege Hauke da etwas besonders zu Herzen genommen. Aber Näheres ist mir nicht bekannt.«

Bis hierher zeigten seine Antworten kaum Profil, an dem Sina hätte ansetzen können. Sie griff nach der Akte in ihrem Schoß und legte sie auf die polierte Platte des Kirschholzschreibtisches, genau zwischen Sandrock und sich. Sie sah ihm in die Augen. Er hielt ihrem Blick stand, ohne die leiseste Spur von Unsicherheit.

Natürlich kennt er die Akte, dachte Sina, und er ist sich sicher, dass darin nichts Verfängliches steht.

»Wenn ein so großes Projekt ansteht, gibt es bestimmt öffentliche Ausschreibungen. Waren es wirklich nur zwei Firmen, die sich für die Finanzierung beworben haben?«

Sandrock schien ein wachsendes Vergnügen an ihren Fragen zu empfinden.

»Aber natürlich. Alles ist nachweislich den vorgesehenen Weg gegangen. Nur – das wird Sie vielleicht erstaunen – gab es kaum Interessenten. Eine solche Investition ist keine Einbahnstraße zum Erfolg. Die birgt auch erhebliche Risiken, verstehen Sie?«

Er lehnte sich entspannt in seinem Sessel zurück und referierte in selbstgefälligem Ton. »Zwei Interessenten sind im Laufe des Verfahrens abgesprungen. Am Ende sind zwei weitere verblieben, deren Namen Sie dem Dossier entnehmen können.«

»Und wer hat schließlich die Nase vorn gehabt?«

»Die Entscheidung steht noch aus. Das werden Sie in Kürze in der Zeitung lesen können«, antwortete er gut gelaunt. »Bitte entschuldigen Sie, aber ich weiß wirklich nicht, was das mit dem Mord an unserem Ratsherrn Hauke zu tun haben sollte.« Er warf einen Blick auf seine Armbanduhr. »Sie sind mir sicher nicht böse, aber ich habe Termine …«

Das Gespräch war beendet. Nur ungern ließ sich Sina wie einen lästigen Käfer abschütteln, aber sie wollte sich nicht mit Sandrock anlegen, jedenfalls jetzt noch nicht. Eine offene Konfrontation würde ihr alle Türen mit einem Mal vor der Nase zuschlagen.

Draußen regnete es fast unsichtbare Schnüre aus dem aschgrauen Himmel. Die lebensgroßen, in strahlenden Farben bemalten Steinfiguren an der Fassade des Hotels Kaiserworth, dem ehemaligen Gildehaus der Tuchmacher, wirkten auf einmal stumpf und charakterlos. Unter einem der verlassenen Tische, die vor dem Eingang standen, stritt sich eine Handvoll Spatzen um ein halbes Brötchen. Es war wenig los auf dem Marktplatz von Goslar, als Sina und Niebuhr über die vor Nässe glänzenden Pflastersteine dem kleinen Cityparkplatz in der Nähe der Stadtverwaltung zustrebten.

»Hast du ihn gefragt, warum sie ausgerechnet eine Firma aus Mailand in die engere Wahl genommen haben?«, wollte Niebuhr wissen, der, während Sina bei Sandrock gewesen war, die Sekretärin interviewt hatte.

»Er hatte auf jede Frage eine plausible Antwort. Aber kurz bevor ich darauf kommen wollte, hatte er plötzlich Termine. Warum habe ich nur dauernd das Gefühl, dass Sandrock und Klawitter irgendetwas zu verbergen haben?«

»Weil es so ist.« Niebuhr lachte. »Seit wann hat ein Politiker nichts zu verbergen?«

Sie fuhren zurück ins Präsidium. Ab und zu, während er die dürftigen Ergebnisse seiner Befragung von Maren Brandstätter zusammenfasste, warf Niebuhr Sina einen besorgten Blick zu. Wenigstens einer, dachte sie. Wenigstens Niebuhr schien sich Gedanken um *sie* zu machen, während ihre Männer zu Hause vor Selbstmitleid trieften und bewusst oder unbewusst die Lösung ihrer Probleme von ihr erwarteten.

Vermutlich war das, was ihr auf der Seele lag, bei Niebuhr gut aufgehoben, aber die Geschichte ihrer privaten Katastrophe war einfach zu lang, um sie mit ein paar Worten zusammenzufassen.

»Maren Brandstätter hat also an Hauke kurz vor seinem Tod auch keine Veränderung beobachtet«, stellte sie fest, worauf Niebuhr die Fahrt entlang der Kornstraße in Richtung Breites Tor etwas beschleunigte.

»Zumindest hat sie das gesagt, ja. Somit ist Heribert Mühe, Haukes Schatten im Amt, mehr oder weniger der Einzige, dem aufgefallen ist, dass sich Hauke in letzter Zeit anders benommen hat.«

»Da steckt doch mehr dahinter. Sandrock, Klawitter und der Sekretärin ist das sicher auch nicht entgangen, sie streiten es nur aus irgendeinem Grund ab«, sagte Sina. »Fragt sich bloß, aus welchem.«

»Hm«, war Niebuhrs Antwort. Nachdenklich parkte er den Wagen auf einem der markierten Plätze neben dem Eingang des Präsidiums.

Als Sina wieder in ihrem Büro war, fiel auch das letzte bisschen Spannkraft, das sie den bisherigen Morgen mühsam aufrechterhalten hatte, von ihr ab. Ein Blick in den Spiegel über dem Waschbecken verbesserte ihre Laune auch nicht gerade. Jetzt fehlte nur noch Keilberth mit freundlichen Grüßen aus dem Rathaus zu ihrem Glück. Sie drehte den Wasserhahn auf und spritzte sich kaltes Nass ins Gesicht. Das Handtuch hätte auch längst mal gewechselt werden müssen.

Zwei Sätze von Sandrock waren in ihrem Gedächtnis haften geblieben: »Natürlich stehen wir alle unter großem Erfolgsdruck, und es müssen Entscheidungen getroffen werden, die nicht jedem gefallen. Vielleicht hat sich Kollege Hauke da etwas besonders zu Herzen genommen.« Näheres sei ihm nicht bekannt, natürlich nicht. Anders gesagt: Hauke hatte unter Erfolgsdruck gestanden. Doch inwiefern, und um welche Entscheidung handelte es sich, die ihm so unter die Haut gegangen war? Und ausgerechnet bei dem Thema, wer das Rennen um die Finanzierung machen würde, hatte Sandrock die Befragung abgebrochen. Auch wenn sie einsah, dass der Terminkalender eines Oberbürgermeisters mehr als prall gefüllt war und so eine wichtige Entscheidung bis zum letzten Augenblick unter der Decke gehalten werden musste, um politisch Kapital daraus zu schlagen, war ihr das aufgefallen.

Die Tür flog auf.

»Wichtige Neuigkeiten!«, sagte Niebuhr atemlos.

***

»Oh, die Commissari«, begrüßte sie Antonio Foresta mit seiner südländischen Herzlichkeit und schob seinen Kugelbauch durch eine Reihe von Stühlen auf Sina und Niebuhr zu. Es war schon Kaffeezeit, aber wenig los. Nur in einer Ecke des Restaurants saß ein turtelndes junges Pärchen und löffelte aus einem bunten Eisbecher mit glitzerndem Schirmchen. Der warme Geruch von gebackenem Pizzateig lag in der Luft.

»Was kann ich für Sie tun?« Foresta deutete auf einen der freien Tische. »Prego, setzen Sie sich.«

»Wir haben noch ein paar Fragen«, sagte Sina trocken, »und brauchen von Ihnen die passenden Antworten.«

»Was möchten Sie trinken?«

Der Italiener ließ sich von seiner Gastfreundlichkeit nicht abbringen, auch wenn sein Lächeln jetzt eher angestrengt wirkte. Er ging zur Theke und kam mit zwei Espresso zurück. Dann setzte er sich ebenfalls.

»Wie kommt es, dass Sie Helmut Hauke nicht kannten, obwohl Sie zu der Familie gehören, die sich um die Finanzierung der neuen Passage in der Fußgängerzone bewirbt?«, startete Sina einen Frontalangriff, nachdem Niebuhr ihr die Neuigkeit überbracht hatte.

Schlagartig verschwand das Lächeln aus Forestas Gesicht. Aber er verlor nicht die Fassung wie erhofft. Er überlegte zuerst, bevor er antwortete.

»Warum soll unsere Familie nicht in Deutschland investieren?

Heute ist doch alles global, oder?«, versuchte er der Frage die Schärfe zu nehmen.

»Bleiben Sie bei der Sache, Herr Foresta«, übernahm Niebuhr. »Sie haben behauptet, mit Hauke keinen Kontakt gehabt zu haben, außer dass er bei Ihnen ab und zu sein Weinchen schlürfte. Und auch das fiel Ihnen erst auf Nachfrage ein.«

Foresta zuckte mit den Schultern, spielte den Missverstandenen. »Ein bisschen haben wir geredet, natürlich. Das verlangt die Höflichkeit …«

»Und da haben Sie auch über das Bauvorhaben in der Fußgängerzone gesprochen, natürlich ganz zufällig, unbeabsichtigt sozusagen«, stichelte Niebuhr.

»Worüber wir genau gesprochen haben, weiß ich nicht mehr. Ich habe viele Gäste …« Foresta wies auf sein rechtes Ohr, dann auf das linke. »Geht da rein und da wieder raus.«

Der Mann log ihnen dreist ins Gesicht.

»Ich frage Sie noch einmal, Foresta«, versuchte Sina es eine Spur härter. »War Helmut Hauke am Abend seines Todes bei Ihnen im Lokal?«

»Ich will Ihnen sagen, wie es gewesen ist«, fuhr Niebuhr dazwischen und rammte dem rundlichen Pizzabäcker fast die Zeigefingerspitze in den Bauch. »Hauke kam zu Ihnen, um sich Geld zu holen. Als Vorauskasse für seine Unterstützung bei den Geschäften mit der Stadt sozusagen. Er forderte aber mehr, als Sie ihm geben wollten, und es kam zum Streit zwischen Ihnen. Sie sind ausgerastet, und dann ist es passiert.«

Er hatte Foresta an die Wand genagelt. Der hilflose Blick des Pizzabäckers schien ein Geständnis einzuleiten. Doch innerhalb von Sekunden fing er sich wieder.

»Nein, so ist es nicht gewesen!« Vor Empörung sprang er vom Stuhl. »Hauke war am Abend seines Todes nicht in meinem Lokal, an dem Tag habe ich ihn überhaupt nicht gesehen, basta!«

Aufgeschreckt unterbrach das junge Pärchen in der Ecke sein Geturtel und gaffte zu ihnen herüber. Sina überlegte. Wenn der Foresta-Clan Hauke dazu benutzt hatte, seine Interessen durchzusetzen, dann war er sehr daran interessiert gewesen, dass der Ratsherr bis zur Entscheidung am Leben blieb.

»Aber Sie haben ihm Geld zugesteckt, richtig?« Sie funkelte Foresta mit ihren braunen Augen an, was diesen aber kaltließ.
»Nein! Haben Sie Zeugen? Nein? Also, was wollen Sie?«
»Wir sehen uns auf dem Präsidium«, sagte Sina.

***

Mittags hatte Sina keinen Appetit gehabt, aber jetzt nach Dienstschluss meldete sich der Hunger, und Chao war nicht zu Hause. Gestern nicht und heute nicht. Wieder nervte die Frage, ob es von ihr richtig gewesen war, so schnell mit Chao zusammenzuziehen. Aber egal, wie die Antwort ausfiel, in keinem Fall würde sie es dulden, dass Chao aus Frust über seine Arbeitslosigkeit jeden Abend betrunken nach Hause kam und sie mit dem Haushalt hängen ließ. Sie riss den Kühlschrank auf und sah hinein. Ein bisschen Aufschnitt, ein angebrochener Tetrapak Orangensaft, sonst nichts. Sie war sauer.

Torsten war auch nicht da, wahrscheinlich bei Caro, der zukünftigen Mutter seines Kindes. Aufgeladen verschwand sie im Schlafzimmer, um sich für die Dusche auszuziehen. Ob Torsten endlich mit Caros Eltern über die Schwangerschaft gesprochen hatte?

Gerade als sie sich ihren Bademantel überwarf, hörte sie, wie jemand die Haustür aufschloss, wieder zuschmiss und nach oben polterte.

»Torsten?«

Zuerst gab Sina nichts weiter darum, folgte ihm dann aber doch auf nackten Füßen, halb aus Neugier, halb aus instinktiver mütterlicher Besorgnis, und horchte an seiner Tür.

Ungewohnte Geräusche, die fast wie Schluchzen klangen.

»Stimmt was nicht mit dir?«

Es war lange her, dass Torsten geweint hatte. Er war der Typ, der alles in sich hineinfraß, wie Bernie, sein Vater. Sie konnte sich gar nicht mehr erinnern, wann es das letzte Mal gewesen war. Da musste er noch klein gewesen sein.

»Lass mich in Ruhe!«, kam die Antwort mit verheulter Stimme.

Liebeskummer. Was konnte es anderes sein? Der erste richtige

Krach zwischen den Liebenden. Die beiden lernen sich besser kennen, das geht nie ganz ohne Schmerzen ab, dachte sie.

Nach dem Duschen zog sich Sina an und wollte noch schnell zum Supermarkt, um ein paar Lebensmittel zu besorgen. Wenn Chao nicht da war, musste sie eben selbst sehen, wo sie blieb. Es würde auch ohne ihn gehen.

Sie hatte sich gerade zwei Jutebeutel eingesteckt, als es an der Tür klingelte. Die Geliebte folgt auf den Fuß, dachte sie und musste schmunzeln. Doch draußen stand nicht Caro, sondern ein Mann, den sie noch nie gesehen hatte.

»Guten Tag, Geißler mein Name …«

Den Namen dagegen hatte sie schon einmal gehört. Der Mann war um die vierzig, groß und schlank, in Jeans und rot-blauem Baumwollhemd.

»Ich bin Carolins Vater, Sie sind wahrscheinlich Frau Kramer, Torstens Mutter.«

»Allerdings.«

Sina fiel auf, dass sie ausgesprochen unfreundlich klang. Caros Vater konnte schließlich genauso wenig für diese ganze Geschichte wie sie.

»Ich würde gerne mit Ihrem Sohn sprechen.«

»Kommen Sie bitte.« Sie schloss hinter ihm die Haustür und führte ihn zur Treppe. Geißler schien besorgt. Sie deutete auf die erste Tür rechts im ersten Stock.

»Torsten ist oben in seinem Zimmer. Ich kann Ihnen aber nicht versprechen, dass er Sie reinlässt.«

Geißler stieg hoch und klopfte. Sina folgte ihm, blieb aber kurz vor dem Treppenabsatz stehen.

»Torsten? Ich bin's, Caros Vater. Ich wollte nur …«

»Gehen Sie weg, ich will Sie nicht sehen!«

Geißler ließ sich nicht so einfach abweisen, drückte die Türklinke. Abgeschlossen. Er warf Sina einen hilflosen Blick zu.

»Kommen Sie«, sagte sie sanft. »Wir müssen uns ohnehin kennenlernen, als zukünftige Verwandte.«

Sie zog ihn sacht am Hemdsärmel nach unten in die Küche, wo er sich auf einen der Kiefernstühle an den Tisch setzte.

»Ich kann Ihnen ein Glas Orangensaft anbieten …«

Er schwieg. Sie holte ein Glas aus dem Hängeschrank, stellte es vor ihn auf den Tisch, nahm den angebrochenen Tetrapak Orangensaft aus dem Kühlschrank und goss ihm ein.

»Die werden sich schon wieder vertragen. Der Druck muss ja irgendwie heraus. Ich weiß Bescheid, wir können offen miteinander reden.«

Sie warf Geißler einen aufmunternden Blick zu und wunderte sich über sich selbst. Jetzt übertrieb sie fast, so verständnisvoll und zuversichtlich, wie sie klang.

»Wenn es so einfach wäre.« Geißler wirkte verzweifelt.

Sina setzte sich ihm gegenüber auf die Eckbank. »Wenn Sie Torsten eine Standpauke gehalten haben, dann muss er damit leben. Er ist ja nicht aus Porzellan. Ich hätte am liebsten auch losgelegt, als die beiden mir gestanden haben, dass …«

»Nein, Sie verstehen nicht, das ist es nicht.«

»Es hat nichts mit dem Kind zu tun?«

»Auch …«

Er nahm einen Schluck von dem Orangensaft.

»Dann wäre eine Erklärung allerdings hilfreich.«

Geißler schien mit dem Wirrwarr in seinem Kopf nicht fertig zu werden. »Caro ist sehr sensibel, wissen Sie. Sie reagiert sehr empfindlich auf Enttäuschungen. Das war schon so, als sie noch klein war. Wenn man ihr etwas versprochen hatte und es dann nicht einhielt, brach für sie eine Welt zusammen.«

»Ist da nicht jeder enttäuscht, ohne dass er so sehr sensibel ist?«, fragte Sina. Ihr Bild von Caro war ein ganz anderes gewesen: rund und gesund, verwöhnt und ichbezogen.

»Vielleicht sieht man es ihr nicht an, aber es ist nun mal so.«

Na schön, aber Sina verstand nicht, was Caros Sensibilität damit zu tun hatte, dass Geißler jetzt in ihrer Küche saß und Torsten oben in seinem Zimmer heulte. Am liebsten hätte sie gesagt: *Kommen Sie auf den Punkt!* Aber das brachte sie nicht fertig.

»Sie hat dann angefangen, Geschichten zu erfinden, um sich Enttäuschungen zu ersparen, und dann hat sie sich verliebt …«

»In Torsten.«

»Nein, das war vorher, vor einem guten Jahr. In der Schule kam sie nicht richtig zurecht, stand in den meisten Fächern auf der Kippe. Wir haben einen Studenten als Nachhilfelehrer engagiert. Der wirkte vertrauenswürdig, und der Unterricht fand mehr oder weniger unter unseren Augen statt.«

Sina stand auf und holte sich auch ein Glas aus dem Schrank, goss sich ein. Sie hatte einen trockenen Mund.

»Ohne dass wir es bemerkten, verliebte sie sich in Max, so hieß der Student.«

Geißler wurde seltsam verlegen. Er knautschte seine Hände ineinander, schien sich zu schämen.

»Als Caro ihm gestand, dass sie ihn mochte, also sehr mochte, hat er ihr wohl geantwortet, dass er sie auch mögen würde, aber nicht *mehr*, verstehen Sie?«

»Na klar, soll vorkommen.«

»Dann kam sie mit dieser Geschichte, die den ganzen Wirbel ausgelöst hat ...«

Er zögerte einen Augenblick.

»Sie hat behauptet, dass er sie verführt hätte und sie schwanger wäre ...«

Wieder war Sinas Mund ganz trocken, aber diesmal griff sie nicht nach dem Glas mit dem Orangensaft. Sie holte nur tief Luft.

»Was nicht der Fall war?«, fragte sie dann halblaut und starrte Geißler an.

Er antwortete nicht.

Sie interpretierte sein Schweigen als Ja.

In ihrem Kopf knirschte es.

»Sie wollen also damit sagen ... Sie wollen damit sagen, dass Caro auch jetzt nicht schwanger ist?«

Keine Antwort. Also Ja?

Ein hysterisches Lachen brach aus ihr heraus. Es war wie ein Schock. Ein schöner Schock, aber ein Schock. Caro war nicht schwanger, Torsten würde folglich nicht als Teenager Vater werden. Die ganze Geschichte war das Hirngespinst einer frustrierten kleinen Hexe.

Sina wäre vor Freude fast durchgeknallt, wäre dem Mann, der ihr die Heilsbotschaft gebracht hatte, am liebsten vor Dankbarkeit um den Hals gefallen. Doch als die Hochstimmung abebbte, saß ihr ein verzweifelter Vater gegenüber, der sich um seine Tochter sorgte.

Und Torsten hatte Caro ernst genommen, zutiefst ernst genommen, vielleicht sogar geliebt. Sie dagegen hatte ihm etwas vorgespielt, aus welchem Grund auch immer, und sein Selbstgefühl gefährlich verletzt. Es blieb ein großer Scherbenhaufen. Darüber konnte sich keiner freuen.

»Sie haben also von Torsten erfahren, dass Ihre Tochter angeblich schwanger ist?«, fragte Sina ernüchtert.

»Ja«, sagte Geißler. »Das hat mich natürlich irrsinnig aufgeregt. Ich dachte: Nicht schon wieder! Und das hab ich Torsten auch ins Gesicht gebrüllt: ›Bitte nicht schon wieder!‹ Dann habe ich ihn stehen lassen und bin in Caros Zimmer gestürmt. ›Warum musste das wieder sein?‹, habe ich sie angeschrien. Sie hat bloß mit den Schultern gezuckt, als hätte sie damit nichts zu tun. Vielleicht hatte sie aus irgendeinem Grund Angst, Torsten zu verlieren. Ich weiß es nicht. Sie hat bisher nicht den Mund aufgemacht. Dabei hatte sie mir hoch und heilig versprochen, dass sie dieses Spiel nie mehr spielen würde. Hatte angeblich eingesehen, dass sie Menschen, die sie mögen, vielleicht sogar lieben, damit quält ...«

Geißler wandte den Blick ab. »Ich konnte mich nicht beherrschen und hab ihr vor Wut eine geknallt.« – Seine Stimme klang enttäuscht, enttäuscht über sich selbst. »Alles falsch, ich weiß. Ich frage mich nur, was ich machen soll mit dem Kind ...«

Er drückte seinen Fingern das Blut ab, bis sie weiß wurden.

»Als Torsten verstanden hatte, dass sie ihm nur etwas vormacht, war er völlig konsterniert. Ich wollte ihm erklären, was mit Max vorgefallen war, dass er es nicht so tragisch nehmen solle und so weiter. Aber es ist ihm anscheinend durch und durch gegangen ...«

Sina durfte jetzt nicht das Falsche denken, das sagte ihr die Vernunft, das spürte sie, sie konnte es aber nicht verhindern. Dieses Gör hatte sich angemaßt, die Welt anderer Menschen empfindlich aus der Fassung zu bringen. Und es war das zweite Mal. Offenbar fehlte ihr das Schuldbewusstsein. Es fiel Sina schwer, ihre Wut zu unterdrücken, aber allmählich wurde sie von dem immer stärker werdenden Bedürfnis, ihren Sohn zu trösten, verdrängt.

»Ich möchte mich bei Ihnen für Caros Verhalten entschuldigen«, sagte Geißler, der wohl spürte, dass er jetzt besser gehen sollte. »Ich würde gerne auch noch einmal mit Torsten sprechen, wenn er es möchte. Bitte grüßen Sie ihn von mir. Es wäre wunderbar, wenn Torsten sich mit Caro …«

Sina stand auf. Das Gerede des Mannes war ihr jetzt unerträglich. Mit einem verkrampften Lächeln brachte sie ihn zur Tür, dann wollte sie nach ihrem Sohn sehen. Doch auf der Hälfte der Treppe blieb sie stehen und machte kehrt. Torsten wollte jetzt mit niemandem sprechen, das hatte sie zu respektieren.

***

»Die Kripo ist wieder aufgetaucht. Sie wissen, dass *wir* hinter der IIT stehen. Die werden nicht locker lassen, Alfredo.«

»Das allein bringt sie noch nicht weiter. Wissen Sie, dass Hauke unser ›Freund‹ war?«

»Ich soll deswegen auf dem Präsidium verhört werden.«

»Solange sie keine Beweise haben, hast du nichts zu befürchten. Du sagst jetzt nichts mehr, hörst du, Antonio, nicht das leiseste Wörtchen.«

»Das brauchst du mir nicht zu sagen.«

»Ich werde Rübenacker einschalten. Er wird einen seiner Anwälte aus der Kanzlei schicken, der haut dich in fünf Minuten wieder raus.«

»Wie geht es Mamma?«

»Unverändert. Der Arzt sagt, sie hat ein starkes Herz, unsere Mamma, sonst wäre sie schon im Himmel. Aber du musst jetzt bleiben, wo du bist. Wir müssen die Sache aussitzen, hörst du?«

»Ja, Alfredo, grüß Mamma von mir!«

»Ciao, Antonio.«

»Ciao, Alfredo.«

NEUNZEHN

Obwohl es zum Himmel stank, dass Hauke, immerhin der zuständige Ratsherr für das städtische Bauwesen, ausgerechnet in der Pizzeria von Antonio Foresta, dem Familienmitglied eines der beiden hochgehandelten Interessenten für *das* Goslarer Großbauprojekt, öfter gesehen worden war, hatte Keilberth am nächsten Morgen in seinem Büro nicht mehr zu sagen als: »Ich gebe zu, dass die Zusammenhänge Vermutungen von Einflussnahme zulassen, Sina, aber auch nicht mehr. Wir können doch hier nicht einfach wild spekulieren. Außerdem suchen wir einen Mörder, wir sind nicht das Dezernat für Wirtschaftskriminalität.« »Einflussnahme« klang längst nicht so hart wie das, worum es eigentlich ging.

»Von *Korruption* zu Mord ist es oft nicht weit! Hauke könnte zwischen die Mühlen von Interessen geraten sein …«

Es handelte sich um Keilberths heilige Kühe, das war Sina klar. Aus Skandalen, in die Politiker der oberen Etagen im Rathaus von Goslar verwickelt sein konnten, versuchte er sich herauszuhalten. Da wurde er offenbar selbst politisch.

Er vermied es, sie anzusehen, während sie redete. Seelenruhig nahm er seine Brille von der Nase, um sich den Rest Schlaf aus den Augen zu reiben.

»Okay, Foresta gehört zum ›Foresta-Clan‹, wie du so schön sagst – übrigens gibt es in Italien nicht nur die Mafia! –, aber haben wir Beweise für irgendein Fehlverhalten? Wir können noch nicht einmal beweisen, dass Hauke kurz vor seinem Tod in der Pizzeria gewesen ist. Vermutlich ist Antonio Foresta an dem Abend, nachdem er seine Gäste mit Pizza und Rotwein abgefüllt hat, ganz brav mit seiner Frau Anna ins Bett gegangen. Keine Anhaltspunkte, die dagegensprechen, oder irre ich mich?«

Er ließ sie gnadenlos abblitzen, ohne dass er auch nur versuchte, mit ihr den Faden weiterzuspinnen. Bei anderer Gelegenheit waren die »wilden Spekulationen« der kreative Teil der Ermittlungen gewesen. Und dabei war, bis auf wenige Ausnahmen, immer etwas Brauchbares herausgekommen.

»Du bist also wirklich der Meinung, dass wir dahingehend nicht weiterermitteln sollen?«

»Das habe ich nicht gesagt«, wehrte er überraschend ab. »Nichts ist ausgeschlossen, solange es keine Beweise für das Gegenteil gibt.«

Sina verkniff sich jede weitere Bemerkung. Sie würde Foresta einbestellen und weitersehen. Jedenfalls hatte Keilberth ihre Meinung nur noch verstärkt, dass Haukes Tod eng mit seinem letzten Projekt zusammenhing.

»... als ich dann fragte, ob wir dahingehend weiterermitteln sollen, ist er plötzlich zurückgerudert«, berichtete sie zwei Flure weiter Niebuhr. »Was soll man davon halten?«

»Hast du erwartet, dass er sagt: ›Wunderbar, dann lasst uns das Rathaus umgraben und mal sehen, welche Würmer herauskriechen.‹?«

Jens und seine Sprüche. Aber Sina war jetzt in der richtigen Stimmung, um gerade das zu tun, woran Keilberth sie vor wenigen Minuten zu hindern versucht hatte: zu puzzeln.

»Angenommen, Hauke wurde von Foresta bestochen, um der IIT den Auftrag zuzuschanzen, dann muss er im Rathaus Druckmittel in der Hand gehabt haben, um an entscheidender Stelle die Interessen der IIT durchzusetzen.«

»Du meinst Erpressung?«

»Zum Beispiel«, antwortete Sina. »Und wer hat am Ende den meisten Einfluss auf den Zuschlag?«

»Ganz klar der OB!«

»Wenn du das sagst ...«

Niebuhr holte tief Luft. »Und was ist mit dem zweiten Anwärter, der De Groot Pharma? Vielleicht steckt die dahinter«, gab er dann als Alternative zu bedenken und fühlte sich mit dieser Variante sichtlich wohler. War er etwa auch mit dem »Weil nicht sein kann, was nicht sein darf«-Virus infiziert? Oder stimmte vielmehr das Vorurteil, dass alle Männer Feiglinge sind?

***

Als Sina in ihrem Büro am Fenster stand und ihr Blick im Grün des alten Ahornbaums ausruhte, dachte sie an Torsten. Sie hatte ihn zwar gestern Abend nicht mehr gesehen, aber sie wusste ihn in seinem Zimmer, sicher vor der bösen Welt. Sollte er schluchzen, der Tag würde kommen, an dem er allen verfügbaren Göttern dankbar war, sich zu einem passenderen Zeitpunkt frei für ein Kind entscheiden zu können. Was mit Chao los war, hatte sie allerdings nicht ganz begriffen. Er war, eine Viertelstunde nachdem Caros Vater gegangen war, nach Hause gekommen. Nicht betrunken, wie sie befürchtet hatte, allerdings tat er so geheimnisvoll. Man brauchte kein Hellseher zu sein, um zu ahnen, dass er ihr etwas verschwieg. Obwohl ihr wegen Torsten der Brocken, mehr noch, der ganze Harz von der Seele gefallen war, hatte sie sich ihrem Liebsten gegenüber ziemlich pampig verhalten. Das tat ihr jetzt leid.

»Warum hast du heute nicht gekocht?«, hatte sie ihn gefragt. Dahinter versteckte sich unüberhörbar: »Wo bist du gewesen?«

Als Antwort hatte Chao den Backofen geöffnet und einen Topf Gemüsesuppe mit Reis herausgezogen.

»Du hättest sie nur warm zu machen brauchen«, antwortete er beleidigt und ging duschen. Die Stimmung war gründlich im Eimer gewesen. Anschließend verzog er sich nach oben in seine Bibliothek und schloss die Tür ab. Erst als sie schon im Bett gelegen hatte, war er ganz vorsichtig ins Schlafzimmer geschlichen und zu ihr unter die Decke gekrochen. Aber ohne sie anzufassen.

***

Gegen zehn Uhr stand Sina vor der Kanzlei Klawitter im Claustorwall und wartete auf das Summen des Türöffners. Sie hatte umdisponieren müssen. Sandrock, der ursprünglich auf ihrem Plan gestanden hatte, war für zwei Tage verreist, um mit einer Delegation Windsor, der britischen Partnerstadt Goslars, nach Jahren wieder einen offiziellen Besuch abzustatten.

Der Oberbürgermeister könne ja nicht die ganze Zeit strammstehen, nur weil der Polizei irgendwann einfiele, ihn sprechen zu müssen, hatte seine Sekretärin am Telefon gegiftet. Und ob er das könne, hätte Sina am liebsten gekontert. Schließlich waren sie gezwungen, auf kleinste Veränderungen der Sachlage umgehend zu reagieren. Aber sein Stellvertreter, Dr. Ernst-August Klawitter, würde fürs Erste genügen. Allerdings wollte sich Sina diesmal nicht wieder wie ein Grünschnabel abfertigen lassen.

Die Tür sprang auf, sie betrat den kühlen Flur mit der Marmortreppe und den rosa und blauen Fensterscheiben in der Höhe.

»Herr Dr. Klawitter lässt Sie grüßen«, sagte die Assistentin am Empfang mit professioneller Freundlichkeit, »er hat erst vor einigen Minuten angerufen und bedauert, dass es bei Gericht später wird. Er kann Ihnen erst in etwa fünfundvierzig Minuten zur Verfügung stehen. Wenn Sie sich ins Wartezimmer setzen möchten?«

Mit einem langen schlanken Arm wies sie auf den Raum, den Sina schon kannte. Diese Herrschaften schieben einen vor sich her, wie es ihnen passt, ging ihr durch den Kopf.

»Nein danke, ich komme dann später wieder«, antwortete sie und versuchte ein ebenso professionelles Lächeln. »Sagen Sie bitte Herrn Dr. Klawitter von mir, dass ich ihn auch gerne aufs Präsidium einlade.«

»Ich werde es ausrichten«, kam kleinlaut zurück.

Draußen auf dem Flur überlegte Sina, was sie bis zu Klawitters Eintreffen machen sollte. Es lohnte sich nicht, ins Büro zurückzufahren. Sie beschloss, eine Runde durch das Viertel zu drehen. Bekam ihr dickes Fell allmählich Löcher? Wenn ja, dann war frische Luft und Durchatmen das beste Rezept dagegen.

»Diesmal entkommen Sie mir nicht!«

Der Mann entzog sich noch ihren Blicken, aber die kräftige, sonore Stimme erkannte Sina sofort wieder. Klawitter senior vergaß man nicht so schnell, vor allem nicht seine Stimme. Ebenso wenig wie das schmale, kluge Gesicht mit der ausgeprägten Nase und den immer noch neugierigen Augen.

»Um diese Zeit trinkt jeder vernünftige Mensch einen Kaffee in anregender Gesellschaft«, sagte er. Jetzt wurden seine Füße, die in klobigen Filzpantoffeln steckten, dann die Beine, dann die übrige Gestalt im dunkelbraunen, etwas zu weit gewordenen Nadelstreifenanzug, auf der Treppe sichtbar. Er blieb stehen. »Jetzt sagen Sie bloß nicht, dass Sie auf anregende Gesellschaft verzichten können. Keiner kann das!«

Sina schmunzelte. Charmant ist er und auch raffiniert, dachte sie.

»Auf eine Tasse habe ich Zeit, aber nur bis Ihr Sohn aus dem Gericht zurück ist.«

»Das kann dauern, bitte kommen Sie.« Klawitter senior drehte sich um und trat schon den Rückweg an. »Mit dem Laufen geht es nicht mehr so, wissen Sie, Frau Kommissarin«, sagte er, als Sina ihn eingeholt hatte. »Aber das kann man teilweise überwinden, indem man sich disponiert. Nur die nötigsten Strecken. Disposition ist alles.« Seine Gesichtsfalten formierten sich zu einem ironischen Lächeln.

»Ich weiß nicht mehr, ob ich mich Ihnen schon vorgestellt habe: Dr. Everhardt Klawitter, emeritierter Professor der Jurisprudenz. Aber das ist schon fast zwanzig Jahre her.«

Auch wenn er versuchte, bescheiden zu wirken, konnte er seinen Stolz nicht ganz verbergen. Aber das störte Sina nicht. Er war bisher der menschlichste aus den sogenannten höheren Kreisen, die ihr bei den Ermittlungen in diesem Fall begegnet waren.

Im zweiten Stock überschritt Sina die Schwelle zur Welt der dunklen Wandvertäfelungen, der echten Perser, der polierten alten Sekretäre und Kommoden, der klassischen Radierungen, der antiken Ledersessel, der funkelnden Kronleuchter und der glänzenden Messinglampen.

»Lassen Sie sich von der Einrichtung nicht beeindrucken. Alles verblichener Glanz. Wenn Sie mal über achtzig sind, dann werden Sie wissen, was ich meine. Manchmal erdrückt mich der ganze Krempel, aber ich bin einfach außerstande, mich davon zu trennen.«

Fast unhörbar rutschte er wie auf Schlittschuhen mit seinen Filzpantoffeln über das Parkett, vermutlich, um sich das Laufen zu erleichtern. Alles Disposition, dachte Sina. In einem schönen Zimmer, das an zwei Seiten mit unterteilten Fenstern bestückt war, machte er halt und wies ihr einen bequemen Ohrensessel zu, der einem zweiten am marmorgefassten Kamin gegenüberstand. Dann ließ er sich nieder und fingerte, etwas umständlich, ein Handy aus seiner Hosentasche.

»Hier Klawitter, bringen Sie mir bitte zwei Kaffee und etwas Gebäck in den zweiten Stock. Die Tür ist offen. Danke.« Zu Sina gewandt: »Sie werden mir verzeihen, dass ich das nicht mehr selbst mache und mich, zugegeben etwas schamlos, der Junganwälte bediene, die mein Sohn unten anstellt. Aber das Alter fordert seinen Tribut, und man muss sich zu helfen wissen. Sie untersuchen also einen spektakulären Mordfall …«

Also daher weht der Wind, dachte Sina. Der alte Fuchs wollte sie aushorchen.

»Sie werden Verständnis haben …«

»… wenn Sie sich dazu nicht äußern dürfen. Natürlich, natürlich, so war das nicht gemeint. Auch wenn es mich brennend interessiert. Ich war Fachanwalt für Steuer- und Verwaltungsrecht. Leider nicht halb so spannend wie die Mörderjagd.«

Sina lächelte, während sie einen Blick auf das große Ölbild warf, das über dem Kamin hing. Sie verstand nichts von Kunst, aber vom Malstil schien es moderner zu sein. Das Porträt einer Frau mit viel Blau und Weiß gearbeitet, was ihr Gesicht blass machte und ihm einen leidenden Ausdruck verlieh. Auf dem Messingschild unten am Rahmen konnte sie lesen: »Für meine Sofia«.

»Das ist mein Söfchen«, sagte Klawitter. »Gefällt es Ihnen?«

Bevor Sina antworten konnte, erschien die junge Frau, mit der sie vorhin in der Kanzlei gesprochen hatte, und brachte auf einem Tablett den Kaffee, mit Zucker bestreute Kekse und Geschirr, und stellte alles auf einem Teewagen ab, den sie zwischen die beiden Ohrensessel schob.

»Danke, Sandra. Bitte rufen Sie kurz durch, wenn mein Sohn wieder zurück ist«, sagte Klawitter, dann wandte er sich Sina zu: »Bitte bedienen Sie sich. Milch und Zucker?«

Er nahm sich seine Tasse und kam wieder auf das Porträt zu sprechen.

»Dieses Bild ist ähnlicher als ein Foto, wissen Sie, es zeigt mein Söfchen, wie es innerlich war, blass und erschöpft …«

Wahrscheinlich redet niemand mit ihm in diesem großen Haus, dachte Sina. Ihr kam ihr Vater in den Sinn, der zum Glück nicht allein war. Was würde Paps machen, wenn er Mutti nicht hätte, wem könnte er sonst den ganzen Tag mit allem Möglichen in den Ohren liegen und auf die Nerven gehen?

»Ihre Frau?«

»Ja«, sagte Klawitter. Das Lächeln auf seinem Gesicht verflog, und der heitere Unterton entglitt ihm. »Die meisten Morde finden in der Familie statt, wie Sie sicherlich wissen. Man könnte meinen, diese Verbrechen würden nur in der organisierten Kriminalität oder im Milieu geschehen. Aber so ist es nicht. Die meisten Morde passieren in heimeligen Wohnküchen, in Ehebetten, bei der Gartenarbeit …«

»Wie lange waren Sie verheiratet?«, versuchte Sina den alten Mann vom Thema Mord abzubringen. Es hatte so nett angefangen, und sie wollte sich einfach nur ein bisschen unterhalten.

»Zweiunddreißig Jahre … Mord ist etwas Alltägliches. Sie und ich, wir alle könnten zum Mörder werden …« Klawitter schien immer mehr in trüben Gedanken zu versinken. »Manchmal merkt man gar nicht, dass man zum Mörder wird …«

Ein komischer alter Knabe, dachte Sina. Und sie hatte das deutliche Gefühl, dass etwas in dieser verschrumpelten Gestalt steckte, die ihr da gegenübersaß, das unbedingt herauswollte.

»Wie meinen Sie das?«

»Möglicherweise ist heute Ihr Glückstag, Frau Kramer, und Sie können ohne viel Aufhebens einen Mörder festnehmen.«

Sina horchte auf. Es war nicht auszuschließen, dass der alte Herr etwas über den Mord an Hauke wusste. Immerhin war er der Vater des stellvertretenden OB und vermutlich über die Intrigen im Rathaus im Bilde. Warum sollte nicht sogar hier im Haus etwas vorgefallen sein, was ihm verdächtig vorkam? Nicht ausgeschlossen, dass er sogar wusste, wer der Mörder war.

»Und wen bitte?«

»Mich.«

Sie lachte kurz auf. Ein Geschichtenerzähler erster Güte. Sie hätte es wissen müssen. Aber er war zu gut gewesen, und sie war auf ihn reingefallen.

»Aber Herr Professor Klawitter …«

»Nein, nein. Ich bin ein Mörder. Der Mörder meines Söfchens …«

Sina schmunzelte, und in ihren Augen las Klawitter offenbar die Frage: Wie das?

»Nicht so einfach, wie man denkt … nicht erstochen, nicht erschlagen, nicht erschossen, nicht erwürgt … nicht so plump und direkt, aber nicht weniger grausam … im Gegenteil …«

»Vergiftet?«, fragte Sina. Jetzt war es doch wieder amüsant geworden.

»Könnte man fast sagen … Es war ein Gift. Ein schleichendes Gift, das einen über Jahre langsam zu Tode quält …«

Seltsam nur, dass Klawitter senior ein völlig zerknirschtes Gesicht machte und es wässrig in seinen Augen schimmerte.

»Und welches Gift meinen Sie?«

»Die Langeweile, Frau Kramer. Ich habe mein Söfchen zu Tode gelangweilt.«

***

Schon wieder diese Frau, dachte Klawitter, und immer dann, wenn er nicht wusste, wohin mit den Terminen. Seit Miriam der Kanzlei von heute auf morgen den Rücken gekehrt und einfach die Adresse ihrer Freundin in Braunschweig mit den Worten hinterlegt hatte: »Falls es nicht anders geht, bin ich hier zu erreichen«, ging schief, was nur schiefgehen konnte. Dauernd war jemand krank, Akten verschwanden spurlos, in der Toilette stank es nach Zigarettenrauch, und seine Zugehfrau kam zu spät und kochte nur noch halb so gut. Kurzum: Seine Welt wankte. Er musste sich endlich damit abfinden, dass Miriam nicht zurückkehren würde, und wenigstens in der Kanzlei Ersatz für sie suchen. Das sagte er sich täglich, und jeden Tag schob er es weiter hinaus. Und jetzt die Kommissarin.

Was hatte sie bei seinem Vater zu suchen? Er kannte seinen alten Herrn allerdings zu gut, als dass er befürchten müsste, dass er der Kanzlei schaden könnte. Schließlich war sie auch *sein* Lebenswerk. Er würde seinem Sohn auch nicht in den Rücken fallen, vielleicht weniger aus Liebe als aus Kalkül. Aber das stand auf einem anderen Blatt. Außerdem, was sollte er der Kommissarin schon verraten? Klawitter hatte seinen Vater schon länger nicht mehr in seine politischen Geschäfte eingeweiht. Der alte Herr brauchte nicht alles zu wissen, konnte ihm ohnehin kaum mehr einen Rat geben, der neu gewesen wäre. Und wenn er ihm von den zweideutigen Angeboten der IIT berichtet hätte, wäre das Urteil klar ausgefallen: Finger davonlassen! Vielleicht war das auch das einzige Urteil, das man akzeptieren konnte …

»Sandra, bitte führen Sie mir doch die Kommissarin jetzt herein.«

Er drehte sich aus dem rückendynamischen Lederstuhl und kam hinter seinem Schreibtisch hervor. Als die Tür aufging, begrüßte er seinen Besuch mit Handschlag.

»Frau Kramer, so war doch der Name, nicht wahr? Tut mir leid, dass Sie warten mussten. Manchmal verzögert es sich bei Gericht, da kann man nichts machen. Aber wie ich gehört habe, hatten Sie ja Gesellschaft.«

Es fiel ihm schwer, sich zusammenzureißen und einigermaßen locker zu wirken. Der Staatsanwalt heute Morgen im Gericht, den er schon lange kannte und mit dem er auch per Du war, hatte schon gefragt, was denn los sei, er sehe so fertig aus.

»Ja, danke der Nachfrage, ich habe mich gut unterhalten«, antwortete die Kommissarin kurz.

Eine durchaus attraktive Frau. Nicht ausgesprochen schön, aber apart, dachte Klawitter. Vor allem schien sie zu wissen, was sie wollte, so wie Miriam. Aber das konnte, wie er gerade erfahren musste, auch verhängnisvoll sein.

Diesmal wirkte die Kommissarin betont nüchtern und konzentriert. Er bot ihr wieder Platz auf einem der Sessel am Fenster an. Ein Getränk lehnte sie dankend ab.

»Wir haben erfahren, dass Helmut Hauke stark in die Bewerbung der IIT involviert und wahrscheinlich deshalb in eine Zwangslage geraten war.«

Die Ermittlungen waren also weitergekommen. Damit war zu rechnen gewesen. Aber was sollte das heißen: involviert? Einzig und allein die Tatsache zählte, ob sie schon Beweise hatte, dass Hauke bestochen worden war. Und wenn ja, welche. Sie lächelte nicht, sah ihm fest in die Augen.

In seinem Kopf liefen die Ereignisse in Kurzfassung ab: Hauke hatte die IIT gewollt, Sandrock die längste Zeit auch. Dann, nach der Genesung von seinem Zusammenbruch, favorisierte er plötzlich die De Groot Pharma. Sandrock hatte ihm gegenüber die Gründe nie genannt, Klawitter hatte das Projekt nur – mehr oder weniger ohne eigene Meinung – begleitet. Er war erst konkret hineingedrängt worden, als Hauke mit der IIT bei Sandrock abgeblitzt war.

»Von einer Zwangslage weiß ich nichts«, sagte er.

Das war nicht gelogen, denn was Hauke genau mit der IIT zu schaffen gehabt hatte, war ihm nicht bekannt. Aber seit Hauke ihm von Sandrocks angeblich mit illegalen Geldern gesponserter Wahlwerbung erzählt und ihm die Informationen sozusagen zur weiteren Verwendung aufgedrängt hatte, lag offen, dass das Spiel nicht sauber gewesen war. Hauke war in den Zweikampf mit Sandrock eingetreten.

»Sind Sie sich sicher?«

Sie würde nicht nachgeben, die Kommissarin. Er fragte sich, ob der Zeitpunkt nicht schon gekommen war, die Karten vorsichtig aufzudecken.

Wenn er zu viel zurückhielte und die Kripo in ihren Ermittlungen bereits weiter wäre, würde er leicht Verdacht auf sich selbst lenken. Sie könnten herausfinden, dass er sich nach Haukes Tod auf die Versprechungen der IIT eingelassen hatte, ihn zum OB zu machen, wenn er sich erfolgreich für sie einsetzte. Dabei fiel ihm ein, dass sich eine E-Mail der IIT in seinem Computer befand und als Beweismaterial gewertet werden könnte. Nicht auszudenken: Stadtbekannter Anwalt in Korruptionsfall verwickelt …

»Seit unserem letzten Treffen habe ich nachgedacht, Frau Kramer, und mir ist noch das eine oder andere eingefallen. Ich bin in letzter Zeit so im Stress, müssen Sie wissen, meine Frau ist ausgezogen, und an mir ist alles hängen geblieben …«

Er spürte die Hitze auf seinen Wangen und lächelte etwas gequält. Ausgerechnet eine Frau und Polizistin musste es sein, der er seine Niederlage einräumte. Gleichzeitig empfand er Erleichterung, endlich jemandem offenbart zu haben, dass Miriam ihn verlassen hatte.

»Ich kann jetzt bestätigen, dass Hauke auffallend nervös war kurz vor seinem Tod. Aber ich muss zugeben, dass es mich nicht weiter gekümmert hat. Es war mir auch bekannt, dass er ein besonderes Interesse hatte, die IIT als Finanzier durchzusetzen, und ich habe mich gefragt, was ihn dazu trieb. Aber letztlich war es nicht meine Sache. Ich hatte nur die Qualifikation der Bewerber zu prüfen. Und es wurden immer weniger, weil das Engagement nicht ohne Risiko ist.«

»Welcher Bewerber hat denn nun die besten Aussichten?«, fragte die Kommissarin.

Das war die Gretchenfrage. Aber er konnte guten Gewissens sagen, dass er es genauso wenig wusste wie sie.

»Das steht noch nicht fest, Frau Kramer. Erst wenn Geert Sandrock aus Windsor zurück ist, finden die entscheidenden Sitzungen statt …«

Mit einem durchdringenden Xylophongalopp meldete sich das Handy der Kommissarin. Sie entschuldigte sich, klickte es an und hielt es ans Ohr. Schlagartig wurde sie weiß im Gesicht.

***

Hoffentlich war es nicht schon zu spät! Aus Panik hatte sie Magenschmerzen.

»Sina«, hatte sich Chao verängstigt am Telefon gemeldet, »ich weiß, dass ich nicht anrufen soll, wenn du im Dienst bist, aber Torsten ist immer noch in seinem Zimmer. Er hat abgeschlossen, und er antwortet nicht, wenn ich ihn rufe.«

Sie sprang aus dem Wagen, trat gegen das Jägerzauntürchen, dass es nach innen gegen den Forsythienstrauch schlug. Die Haustür ging auf, Chao hatte sie offenbar kommen hören. Sie stürmte an ihm vorbei.

»Warum hast du nicht schon früher angerufen?«, rief sie ihm vorwurfsvoll zu.

Chao konnte nichts dafür, natürlich nicht. Sie hatte sich nicht im Griff, war dem Heulen nahe. Wenn Torsten etwas passiert war, dann …

»Ist er die ganze Zeit in seinem Zimmer geblieben?«

»Ich weiß nicht …«

Egoistisch war sie gewesen, einzig froh, dass die Verantwortung an ihr vorübergegangen war. Und Torsten hatte sie alleingelassen.

Sie hastete die Treppe hoch.

»Torsten, sag was, geht es dir gut?«, rief sie außer Atem, ruckelte an der Klinke und schlug mit der Faust gegen die Tür, dass es dröhnte.

Keine Reaktion.

Ihr fielen die Schlaftabletten im Bad ein, hatte sie überhaupt noch welche? Sie riss den Hängeschrank über dem Waschbecken auf und fuhr einmal mit der Hand durch die Unordnung. Ein Fläschchen mit Tinktur fiel ihr entgegen und zerplatzte im Waschbecken. Als sie mit Bernie in Scheidung gelegen hatte, hatte sie Schlaftabletten gebraucht, jeden Abend. Die waren stark genug, um …

Weg! Oder hatte sie sie längst entsorgt?

»Torsten, hörst du mich?«, schrie sie und schlug wieder gegen die Tür.

Ohne Antwort.

»Wenn du nicht sofort die Tür aufmachst, trete ich sie ein!«

Sie legte ein Ohr an das Schlüsselloch, konnte aber vor Aufregung nur ihr eigenes Keuchen hören.

»Wie lange hast du versucht, ihn zum Reden zu bringen?«, fragte sie Chao, wieder in diesem vorwurfsvollen Ton, ohne es zu wollen.

Er antwortete nicht sofort, erst als sie ihm einen hilfesuchenden Blick zuwarf.

»Ab und zu in den letzten zwei Stunden. Ich dachte, er sollte etwas frühstücken. Aber ich habe auch gelesen und unten in der Küche gearbeitet.«

»Könnte Torsten zwischendurch abgehauen sein, und du hast es nicht bemerkt?«

Achselzucken.

Aber warum sollte er dann abgeschlossen haben. Das tat er nie. Sie stand kurz vor dem Durchdrehen. »Ich trete jetzt die Tür ein, Torsten, hörst du?«

Was war hinter dieser Tür? Plötzlich produzierten ihre Augen kein Bild mehr, und die Knie drohten nachzugeben. Doch dann riss sie sich zusammen, brachte sich in Stellung – in dem Augenblick drang das harte Schließgeräusch an ihre Ohren. Sekunden später das Quietschen des alten Jugendbettes. Sie fühlte sich wie gelähmt, außerstande, einen klaren Gedanken fassen. Erst als sich die Klinke feucht anfühlte, drückte sie sie langsam hinunter.

Torsten lag mit dem Gesicht auf dem Kissen. Sie näherte sich vorsichtig dem Bett, zögerte zuerst, setzte sich dann aber zu ihm auf die

Bettkante. Sie bekam kein Wort heraus, Tränen überschwemmten sie. Fetzen der Schreckensvision, dass sie an der Seite einer Leiche hätte sitzen können, geisterten quälend durch die Leere in ihrem Kopf.

Ihre Hand lag auf Torstens Rücken. Über eine Stunde lang blieb sie so sitzen, schweigend. Chao, der noch eine Weile im Türrahmen gestanden hatte, war verschwunden.

***

Um vierzehn Uhr sechsundzwanzig schritt Fred de Groot hinter den getönten Scheiben seines Büros im achten Stock des Firmengebäudes an der Okerstraße die vier Minuten Zeit ab, die ihm noch verblieben. Um genau vierzehn Uhr dreißig hatte er ein unangenehmes Telefonat nach Windsor zu führen. Es war ihm nicht leichtgefallen nachzugeben. Er hatte auch nicht ganz freiwillig nachgegeben. Am Ende hatte ihn sein Zwillingsbruder Henk dazu gezwungen.

Zuerst hatte Fred noch versucht, einen Kompromiss zu finden, hatte mit Engelszungen auf Henk eingeredet, dass in Zukunft kein Cent mehr am Finanzamt vorbeifließen würde, darauf könne er sich verlassen. Er ließe ihn auch, mehr noch als bisher, an seinen geschäftlichen Plänen teilhaben, würde sie vorher sogar mit ihm diskutieren, seine Meinung ohne Wenn und Aber respektieren und sie in die Entscheidungen einbeziehen. Doch Henk war kompromisslos geblieben. Er hatte gedroht, seine Anteile abzuziehen und den Verkauf der Firma zu erzwingen, wenn er, Fred, nicht eine Selbstanzeige wegen Steuerhinterziehung machen und sich aus dem schmutzigen Politikgeschäft zurückziehen würde.

Fred war es zuwider, Sandrock gegenüber unzuverlässig zu werden. Er hörte ihn schon am Telefon schlucken, fassungslos.

»Das kann doch nicht dein Ernst sein, zwei Tage vor dem Entscheid«, würde er stöhnen.

Aber es war sein Ernst. Mit ihm würde es keine zweite Passage in der Goslarer Fußgängerzone geben. Die Gefahr, dass derjenige, der von den illegalen Wahlhilfegeldern wusste, zum Schaden seiner Firma auspackte, war Henk und jetzt auch ihm zu groß. Er musste seinem Bruder recht geben: Wenn De Groot Pharma durch einen Steuerskandal angezählt wäre, drohte auch der Knock-out, wo die Konkurrenz auf eine solche Gelegenheit nur wartete.

»Wir haben entschieden, uns aus dem Immobiliengeschäft ganz zurückzuziehen«, würde er Geert Sandrock verkünden. »Unser soziales Engagement für die Stadt wollen wir dessen ungeachtet aufrechterhalten. Und selbstverständlich kannst du dich weiterhin auf meine Diskretion verlassen.«

Fred de Groot fuhr sich durch das schlohweiße Haar, aus dem ein paar Hautschuppen auf den erst kürzlich ausgewechselten platingrauen Veloursteppich rieselten, und begab sich entschlossen hinter den Schreibtisch.

***

Nachdem sich die Kommissarin so überstürzt verabschiedet hatte, orderte Klawitter bei seiner Sekretärin einen Kaffee: »... aber bitte nicht so dünn wie heute Morgen!«

Er fühlte sich gerädert, bedrückt von einer tiefen Unsicherheit, ob er einen oder gleich mehrere Fehler gemacht hatte, indem er der Kommissarin so weit entgegengekommen war. Vor allem, dass er die Verstrickung der IIT in Korruptionsgeschäfte indirekt eingeräumt hatte. Es schien ihm jetzt nur eine Frage der Zeit, bis die Kripo herausbekäme, dass sie es auch bei ihm versucht hatten. Wie sollte er Sandrock gegenüber, der bestimmt von seiner Aussage erfuhr, noch stark auftreten, geschweige denn ihn zum Rücktritt zwingen?

Klawitter versuchte sich in Abgeklärtheit, dachte über die Zukunft nach. In einem Punkt gab es für ihn jetzt keinen Zweifel mehr: Bei allem Ehrgeiz war er nicht bereit, sich auf Bestechung einzulassen. Das hatte er nicht nötig. Er war Anwalt aus einer Dynastie, die sich Vertrauen erworben hatte, die stadtbekannt und respektiert war, und das sollte sie auch bleiben, auch wenn er der letzte Klawitter in dieser Kanzlei sein sollte.

So verlockend das Amt des Oberbürgermeisters war, sosehr er auch wünschte, der Erste im Rathaus hinter diesen majestätischen gotischen Fenstern zu sein, sosehr erkannte er, dass er nicht bereit war, diese Träume mit allen Mitteln zu verwirklichen. Er trug nicht jedes Risiko.

War es nicht eigentlich so, dass er sich nach Frieden sehnte?

Die Auseinandersetzungen mit Miriam – und das war vermutlich erst der Anfang, wenn er an den bevorstehenden Streit um die Kanzlei dachte – und der begonnene Krieg mit Sandrock hatten ihm bereits zugesetzt. Sollte er nicht einfach eine Kehrtwende machen und sich ganz aus der Politik zurückziehen? Er würde dann allein sein – mit seinem alten Vater, mit dem er kaum noch redete, weil sie sich nichts mehr zu sagen hatten; ab und zu würde sich eines der Kinder blicken lassen, wenn es nichts Besseres vorhatte –, aber vielleicht brauchte er eine Zeit des Nachdenkens.

Bis jetzt hatte er sich die Hände noch nicht schmutzig gemacht, weder versucht, Sandrock zu erpressen, noch sich der Kripo gegenüber zu einer nachweislichen Falschaussage verstiegen.

Natürlich fragte er sich, was genau zwischen Sandrock und Hauke vorgefallen war.

Hauke war von dieser IIT in irgendeiner Weise abhängig gewesen, das war kaum zu leugnen. Klawitter hatte auch von Haukes unsolidem Lebenswandel gehört. Angenommen, Hauke hatte von der IIT Geld genommen, dann drohten die Zahlungen auszubleiben, nachdem Sandrock die Firma hatte fallen lassen. Hauke hatte nicht aufgegeben und ihn, Klawitter, in seiner Verzweiflung dazwischengeschaltet. Er hatte versucht, Sandrock zu erpressen, weil er das Geld von der IIT brauchte, und an der Stelle wurde es mysteriös …

Das war die Zwangssituation, die die Kommissarin meinte. Aber das war nicht seine Sache. Das musste er nicht wissen, und er beschloss, das würde er auch nicht wissen.

***

Immer noch saß Sina auf Torstens Bettkante, ihre Hand auf seinem Rücken. Es war ganz ruhig im Haus, nur durch das gekippte Fenster drang in Wellen das dumpfe Rauschen des Straßenverkehrs von der B 241.

Innerlich legte sich Sina Worte zurecht, die sie Torsten sagen wollte, wenn der richtige Moment gekommen war. Sie stehe immer an seiner Seite, auch wenn es den Anschein mache, dass sie ihn mit seiner Entscheidung, mit Caro ein Kind zu kriegen, allein gelassen habe. Und nicht nur das. Sie wollte ihm sagen, dass sie mit ihm fühle und … Doch je mehr sie darüber nachdachte, desto mehr zweifelte sie, ob er das hören wollte.

»Ist ja schon gut«, würde er sagen, eher peinlich berührt, und das obligatorische »Lass mich in Ruhe!« nachschieben. Wenn es ihm erst wieder besser ginge.

Ihre Finger rieben sanft über seinen Rücken, bekräftigten ihre neue Verbundenheit, die durch das Erscheinen von Caro in Torstens Leben schon wieder zu bröckeln begonnen hatte. Sein Gesicht wollte er ihr immer noch nicht zeigen …

Draußen pfiff ein Vogel, vielleicht eine Amsel, so penetrant, dass es sie aus ihren Gedanken riss. Sie hatte die Zeit vergessen, ihren Dienst und den ungelösten Mordfall, die beiden Mordfälle, wie sie schmerzlich zugeben musste. Und wenn sie an den jungen Letten dachte, kam es ihr wie unverdientes Glück vor, dass Torsten noch lebte.

»Ich muss noch etwas erledigen, mein Schatz. Mach bitte keinen Blödsinn«, flüsterte sie zärtlich und erhob sich vorsichtig, so wie sie sich früher von seinem Kinderbett erhoben hatte, wenn er nach dem Vorlesen eingeschlafen war.

Sie schloss unhörbar die Tür und ging hinunter in die Küche, weil sie Chao dort vermutete. Aber er war nicht da.

»Chao?«

Warum hatte er ihr nicht gesagt, wohin er ging? Er zog sich immer mehr zurück. Es sah verdammt danach aus, als hätte er endgültig genug von seinem Dasein als Hausmann und vielleicht auch von ihr.

***

Niebuhr saß am Schreibtisch über seinen Berichten.

»Klawitter ist weich geworden«, sagte Sina.

»Soll heißen …?« Mit Abscheu klappte Niebuhr die Akte zu. Für heute hatte er anscheinend genug vom Papierkram.

»Er hat zugegeben, dass auch ihm aufgefallen ist, wie sich Hauke kurz vor seinem Tod verändert hat. Dass er nervöser war als sonst.«

Es war ein Erfolg, wenn auch nur ein kleiner. Doch auf Niebuhrs Stirn reihten sich Falten.

»Bringt uns das wirklich weiter?«

Sina warf ihm einen herausfordernden Blick zu. »Fang du nicht auch noch an. Das ist ein nicht unwichtiges Indiz: Hauke war auffallend nervös, bevor er starb.«

»Weiß Klawitter etwas über Erpressung oder Bestechung?«

»Nein, Herr Kriminalrat«, antwortete Sina enttäuscht, »aber er vermutet auch, dass Hauke in eine finanzielle Abhängigkeit von der IIT geraten sein könnte.«

»Hat er das so gesagt?«

»Nein, er hat von einem ›besonderen Interesse‹ Haukes an der IIT gesprochen.«

»Also nichts Handfestes.«

»Jens«, sagte Sina nachdrücklich, »uns bleibt nichts anderes übrig, als mit diesen Andeutungen, wie Klawitter sie gemacht hat, zu arbeiten. Vielleicht hat irgendjemand Hauke aus dem Geschäft gedrängt, und unser Ratsherr wurde bei dem Versuch, wieder ins Geschäft zu kommen, diesem Jemand arg lästig.«

Niebuhr antwortete nicht, starrte mit leerem Blick durch das Fenster in den diesigen Himmel über Goslar. Hatte denn niemand mehr Vertrauen in ihren Instinkt?, dachte Sina.

***

Als Sina nach Hause kam, wollte sie zuerst nach Torsten sehen. Sie stieg die Treppe hoch und hörte, dass durch die geschlossene Tür seines Zimmers leise Musik drang. Eine Ballade, schmerztriefend, weltverloren …

Sie blieb stehen. Er muss sich ausweinen, dachte sie, und dabei war sie überflüssig.

Zehn Minuten später rief sie so unbekümmert wie möglich von der Küche aus zu ihm hoch: »Torsten, hast du Hunger?«

Keine Antwort.

»Ich mache dir Schnittchen mit Ei. Kannst du dir ja später abholen.«

Als Kind war das seine Leibspeise gewesen, neben Spaghetti Bolognese und Gesichtswurst.

»Chao? Willst du auch Ei-Brot?«

Sie war davon ausgegangen, dass er wieder in seiner Bibliothek saß und las, aber er schien immer noch ausgeflogen zu sein.

Diesmal war die Küche unberührt. Sina sah auch im Backofen nach. Nichts. Es schien die erste richtige Krise zwischen ihnen zu werden, und sie hatte das bittere Gefühl, daran nicht ganz unschuldig zu sein.

Als er zurückkam, sagte er wieder nicht, wo er gewesen war. Er gab Sina einen halbgaren Kuss und ging zu seinen Büchern.

»Ich muss noch etwas nachsehen, bis gleich«, sagte er nur und blieb ganze zwei Stunden oben.

Später im Bett wandte er ihr den Rücken zu. Sie hielt es nicht mehr aus, rutschte näher an ihn heran und malte ihm mit der Spitze ihres rechten Zeigefingers sehr zärtlich Schriftzeichen auf die Haut. Alle bedeuteten: »Ich liebe dich«.

Er rührte sich nicht.

»Ich weiß, dass ich nicht nett zu dir war …«, hauchte sie. Ängstlich, keine Antwort zu kriegen.

Er ließ sie warten.

»Nichts weißt du«, kam es schließlich grimmig zurück.

Wenigstens sagte er etwas und verstellte sich nicht.

»Ich weiß, dass ich mich in letzter Zeit nicht genug um meinen chinesischen Drachen gekümmert habe …«

»Schon möglich.«

Er klang immer noch nicht freundlicher.

»… und was weiß ich sonst nicht?«

»Eine ganze Menge.«

Ihre Hände zitterten ein wenig.

»Es hat sich etwas Wichtiges geändert …«

ZWANZIG

Der nächste Tag begann mit dem Verhör von Antonio Foresta, Inhaber des Ristorante »Antonio's«, im Präsidium. Wie nicht anders zu erwarten, war Foresta mit Anwalt erschienen. Zur Krönung des Ganzen wohnte Keilberth persönlich dem Verhör bei, unheilvoll schweigend im Hintergrund.

»Mein Mandant hat das, was er Ihnen mitteilen kann, bereits mitgeteilt, wie Sie wissen. Er sieht sich außerstande, Ihren haltlosen Verdächtigungen weiter zu folgen«, sagte der Anwalt, ein eingebildeter junger Schnösel, mit wichtigtuerischer Miene.

Dass Antonio Foresta der Bruder von Alfredo Foresta, Mitglied des Direktoriums der IIT Finanzierungsgesellschaft sei, dass der ermordete Helmut Hauke ab und zu in seinem Lokal ein Glas Rotwein getrunken habe, meistens spät am Abend, und sie lediglich freundliche Worte gewechselt, aber nie über das Bauprojekt der Stadt gesprochen hätten, das sei allseits bekannt. Mehr gebe es dazu nicht zu sagen. Sein Mandant sei schließlich Gastronom und kein Immobilienfachmann. Um die Geschäfte der IIT kümmere sich ausschließlich sein Bruder.

Am Tag und am Abend des mutmaßlichen Mordes sei Hauke nicht im »Antonio's« erschienen. Gegen dreiundzwanzig Uhr dreißig habe Antonio Foresta die Tagesabrechnung gemacht, während seine Frau noch die Küche aufräumte. Dann sei er mit ihr in der gemeinsamen Wohnung im ersten Stock des Hauses schlafen gegangen.

»Wie haben denn Ihr Bruder und die IIT in Mailand von dem Bauprojekt der neuen Passage hier in Goslar erfahren, wenn Sie sich nicht für Immobilien interessieren?«, wandte sich Sina jetzt direkt an Foresta, obwohl sie sich sicher war, dass er auch hierfür eine unumstößliche, aber gelogene Erklärung bereithielt.

»Er besucht mich natürlich, was denken Sie. Wir sind schließlich eine Familie. Und es stand viel darüber in der Zeitung. Öffentliche Ausschreibung heißt das doch, oder?«

Nachdem sich Foresta und anschließend sein Anwalt das Protokoll, das nach Sinas Meinung nicht würdig war, diesen Namen zu tragen, mit selbstgefälligem Grinsen durchgelesen hatten, unterschrieb der Italiener. Und bevor er den Raum verließ, sagte er noch: »Ich stehe Ihnen gerne zur Verfügung, wenn Sie Fragen stellen, die ich auch beantworten kann.«

Keilberth erhob sich von seinem Stuhl, sagte jedoch nichts. Auch nicht: »Hab ich dir ja gleich gesagt, Sina!«

Offenbar hatte er vor, sich neben sie an den Verhörtisch zu setzen, denn das nun Folgende hatte er ja höchstselbst in die Wege geleitet. Sina war selten nervös, das hatte sie sich im Laufe der Jahre abgewöhnt, aber diesmal hatte sie zugegebenermaßen Bammel. Sie war davon ausgegangen, für diesen Auftritt kämpfen zu müssen, ihn nur unter Keilberths Protest und Vorbehalten durchsetzen zu können. Stattdessen war er ihr zuvorgekommen. Vermutlich um sie gegen die Wand laufen zu lassen, sie ein für alle Mal von ihrem Verdacht zu heilen. Etwas anderes konnte sie sich nicht vorstellen. Doch Sina traute ihren Augen nicht, denn Keilberth schien sich für das nächste Verhör gar nicht zu interessieren. Er erhob sich, kehrte Niebuhr und ihr den Rücken zu und verließ den Raum. Herein kam Oberbürgermeister Geert Sandrock in Begleitung eines schwarzen Schattens, zweifellos sein Anwalt.

»Danke, dass Sie so schnell kommen konnten«, begann Sina. »Wir haben eigentlich erst in einigen Tagen mit Ihnen gerechnet, wegen Ihrer Reise nach Windsor …«

»Es gab zwingende Gründe, die Reise zu unterbrechen, und weil ich nun mal da bin, stehe ich auf Bitten von Herrn Keilberth auch gerne für diese Befragung zur Verfügung.«

Sandrock warf den beiden Kommissaren einen auffordernden Blick zu. Der Anwalt schwieg. Niebuhr drückte das Knöpfchen für den Mitschnitt.

»Unsere Recherchen haben ergeben, dass der ermordete Ratsherr Hauke kurz vor seinem Ableben auffällig gestresst war. Sie haben dazu ausgesagt, dass Ihnen nichts Derartiges aufgefallen sei …«

»Hören Sie, Frau Kramer«, unterbrach sie Sandrock, der offenbar keine Zeit zu verlieren hatte, »ich möchte ganz ehrlich mit Ihnen sein. Ich kann mir einen Grund für Haukes aufgebrachtes Verhalten vorstellen.«

»Der wäre?«, fragte Niebuhr.

»Hauke und ich hatten eine Auseinandersetzung einige Tage vor seinem Tod«, begann Sandrock.

Woher bloß diese plötzliche Offenheit?, fragte sich Sina. Doch vermutlich war alles mit Keilberth abgesprochen. Sollte Sandrock sagen, was er zu sagen hatte. Sie würde dann abklopfen, was weiter dahintersteckte.

»Zuerst sollten die beiden verbliebenen Interessenten für unser Bauprojekt, die De Groot Pharma und die IIT, zusammenarbeiten. Dieses Unterfangen misslang unter Haukes Aufsicht gründlich. Ich hatte das Gefühl, dass er die IIT bevorzugte und es deshalb unaufhörlich zu Streitereien und Verzögerungen kam. Ich habe daher entschieden, die Zusammenarbeit nur mit einer Firma fortzusetzen.«

»Und das war nicht die IIT«, folgerte Sina.

»Das kann man so nicht sagen. Ich wollte dem Rat vorschlagen, meiner Sicht der Dinge zuzustimmen und um zukünftige Differenzen zu vermeiden, *einer* Firma den Zuschlag zu geben.« Sandrock räusperte sich. »Ich habe Hauke gesagt, dass ich aufgrund der vergangenen Querelen die IIT nicht weiter unterstützen könne, was er bestimmt verstehe. Es sei jetzt Sache des Rates, eine Entscheidung zu treffen.«

Und du hast natürlich alles dafür getan, um die IIT noch vorher aus dem Rennen zu werfen, dachte Sina. Möglicherweise stand Haukes Leben schon ab diesem Zeitpunkt auf dem Spiel.

»Wir vermuten eine Verstrickung von Haukes Interessen mit denen der IIT«, sagte sie.

»Ich gewinne auch immer mehr diesen Eindruck …«, erwiderte Sandrock.

»Und wie hat Hauke die Nachricht aufgenommen, dass er draußen war?«

»Er war verärgert, das gebe ich gerne zu.«

»Nur verärgert?«

Sandrock schien zu überlegen, wie weit er gehen durfte.

»Er war *sehr* verärgert …«

Sina platzte der Kragen. »War es nicht so, dass er Ihnen drohte und versuchte, Sie zu erpressen?«

Sandrock erstarrte. Sein Anwalt rutschte auf dem Stuhl nach vorne, wartete aber vergeblich auf ein Zeichen, einzugreifen.

»Nun ja«, räumte Sandrock ein, »er war aufgebracht … da sagt man schon mal unüberlegte Worte …«

»Und zwar?«, hakte Niebuhr nach.

»Er könne auch anders, hat er angedeutet. Hat sich wirklich sehr aufgeregt. Ich habe mich gewundert, wie sehr ihn das mitgenommen hat.«

»Wie war das gemeint, ›er könne auch anders‹?«

»Was weiß ich!«, fuhr Sandrock hoch. Doch der Anwalt wartete wieder vergeblich auf seinen Einsatz.

»Hatte er etwas gegen Sie in der Hand?«, verfolgte Sina die aufgenommene Fährte.

»Wenn man so viele Jahre in der Politik ist wie ich, macht man sich Feinde, Frau Kramer.«

»Bitte beantworten Sie meine Frage.«

»Nein, ich wusste nicht, was er meinte. Und das ist alles, was ich dazu sagen kann.«

Das war gelogen. Sina spürte es mit allen Fasern ihres Körpers, aber sie war machtlos. Außer Hauke gab es keinen Zeugen für das Gespräch zwischen ihm und Sandrock wenige Tage vor seinem Tod.

Eine Frage musste noch gestellt werden: »Haben Sie selbst den Tod von Helmut Hauke verschuldet, oder waren Sie an seinem Tod in irgendeiner Form beteiligt?«

Die Antwort lautete fest und deutlich: »Am Abend von Haukes Tod hatte ich ausnahmsweise keine Termine. Ich war zu Hause. Meine Frau kann das bezeugen. Und: Nein, ich habe mit seinem Tod nichts zu tun.«

Nach dem Verhör kam Keilberth zurück. »Die Meute wartet schon, Geert«, wandte er sich an Sandrock. »Und euch will ich auch dabeihaben«, rief er in die Richtung der beiden Kommissare.

Sina und Niebuhr warfen sich einen erstaunten Blick zu. Seit wann wurden sie der Presse vorgeführt? Das war doch bisher ausschließlich Keilberths Arena gewesen.

Der Konferenzsaal lag gegenüber von Keilberths Büro im ersten Stock. Ein langer, funktionaler Raum. Ganz vorne hatte jemand vier kleinere Tische zusammengerückt. Die Sonne gleißte durch die Fenster.

»Mach mal einer die Rollos runter«, rief einer aus dem Knäuel der versammelten Journalisten. Die Beamten schlängelten sich bis zu ihren Plätzen an den Tischen durch. Als die Rollos halb heruntergezogen und die Lichtverhältnisse erträglicher waren, brachte Keilberth Ruhe in den Saal.

»Wir wollen Sie heute kurz über den augenblicklichen Stand der Ermittlungen unterrichten«, begann er. »Ich freue mich besonders, dass auch Oberbürgermeister Geert Sandrock Zeit gefunden hat, sich zu äußern.«

Sandrock ließ sich nicht zweimal bitten. Er betonte, dass die Stadtverwaltung, der Rat und nicht zuletzt er in seiner Funktion als Oberbürgermeister von Goslar Kriminalrat Keilberth und seinem Team im Namen der Bürger für die engagierte Polizeiarbeit in dem schwierigen Fall dankten, auch wenn die Ergebnisse bisher noch nicht befriedigend seien.

»Sie können sich, sehr geehrter Herr Kriminalrat Keilberth, meine Damen und Herren, weiterhin darauf verlassen, dass auch wir als ehemalige Kollegen des so tragisch ums Leben gekommenen Helmut Hauke alles erdenklich Mögliche tun werden, um die Aufklärung des Falles rückhaltlos voranzutreiben.«

Dann gab er das Wort wieder an Keilberth, der versicherte, dass in alle Richtungen ermittelt, das private und berufliche Umfeld des Toten gleichermaßen unter die Lupe genommen würde. Aber die Damen und Herren hätten sicher Verständnis, wenn er, Keilberth, sich nur zurückhaltend äußern könne, um die weitere Arbeit nicht zu behindern. Abschließend stellte er Sina und Niebuhr vor, die als zuständige Kommissare einen hervorragenden Job machen würden, und sagte, dass es nicht mehr lange dauern könne, bis sie den Täter überführt hätten. Das war's.

OB Sandrock schüttelte allen vor klickenden Kameras noch die Hand, bevor er mit Keilberth abzog. Niebuhr machte sich auch aus dem Staub. Er klopfte Sina auf die Schulter und verzog sich ins Archiv, um angeblich nach einer alten Akte zu stöbern.

Sina war die ganze Inszenierung peinlich gewesen. Während sie den Gang zu ihrem Büro entlangzockelte, fragte sie sich, ob sie sich am Ende nicht doch verrannte, indem sie die Gespenster allein im Rathaus suchte. Aber das Gefühl, dass Sandrock etwas zu verbergen hatte, auch wenn er vielleicht nicht in den Mord verwickelt war, ließ sie trotzdem nicht los.

Drei Gestalten saßen auf der Sünderbank neben der Tür zu ihrem Büro. Als Sina auf sie zuging, sprangen sie alle gleichzeitig auf, mit beinahe militärischem Elan, als hätte jemand »Aaaachtung!« geschrien. Ein älterer Mann mit rundem, fleischigem Gesicht, wenig Haaren auf dem Kopf, gerade mal eins siebzig groß, eine Frau im gleichen Alter, in der Mitte eine weit jüngere Frau mit dickem, hinten zu einem Zopf zusammengebundenem braunem Haar …

Sina war wie vom Donner gerührt. Das war doch …

»Milda! Milda Auseklis!«

»Ja, ich bin's, Milda«, antwortete die junge Frau.

***

Sie waren zu fünft in Sinas Büro. Mildas Eltern, die schweigend auf den Stühlen nahe der Tür Platz genommen hatten, sprachen und verstanden laut ihrer Tochter kein Wort Deutsch. Sina saß am Schreibtisch, ihr gegenüber die aufgeregte Milda mit hektischen roten Flecken am Hals. Niebuhr lief am Fenster auf und ab. Keilberth war nicht aufzutreiben, hatte, so der Pförtner, nach der lächerlich kurzen Pressekonferenz das Haus verlassen und sein Handy abgeschaltet.

»Ich nicht umgebracht Janis«, stammelte Milda, »ich meinen Mann lieben. Ich nach Deutschland kommen und Polizei sagen, ich unschuldig!«

Sina hatte die Akte vorliegen, blätterte darin herum, holte die Details wieder zurück. Milda war aus dem Krankenhaus verschwunden, gerade als Sina und Niebuhr herausgefunden hatten, dass sie von den Weibergeschichten ihres Mannes erfahren hatte und es vermutlich aus Eifersucht zu Handgreiflichkeiten gekommen und Blut geflossen war. Verdächtig waren nach wie vor auch der Gastwirt Winfried Kröger, wo Milda und ihr Mann unangemeldet gearbeitet hatten, und sein Sohn, der scharf auf Milda gewesen war, Janis sogar nachgeschnüffelt und ihn bei ihr angeschwärzt hatte. Doch gegen die beiden hatten sie nichts in der Hand.

»Milda, wir müssen Sie jetzt festnehmen, ist Ihnen das klar?«

»Wegen Flucht- und Verdunklungsgefahr«, ergänzte Niebuhr, ohne die junge Frau anzusehen.

»Sie haben sich durch Ihre Flucht erst richtig verdächtig gemacht. Wo haben Sie sich denn die ganze Zeit aufgehalten?«, fragte Sina.

Milda Auseklis berichtete, wie sie aus dem Krankenhaus geflohen war. Auf Sinas Frage, wie sie es geschafft habe, an Niebuhr vorbeizukommen, warf die junge Lettin einen kurzen hilflosen Blick in Richtung Fenster.

»Ich niemand sehen«, antwortete sie fahrig und erzählte weiter. Von dem Geld, das ihr Mann und sie gespart hatten und das sie mit ihren wenigen Sachen ins Krankenhaus mitgenommen hatte, hatte sie sich am Goslarer Bahnhof ein Ticket gekauft und war gefahren und gefahren, bis sie irgendwann in Riga angekommen war. Dort fand sie bei einer Freundin Unterschlupf und hatte viel Zeit gehabt nachzudenken. Ihr Vater riet ihr am Ende, sich bei der deutschen Polizei zu melden und alles zu sagen, was sie wusste.

»Und was ist Ihnen beim Nachdenken so eingefallen?«, fragte Sina.

»Janis immer gehen zu Pizzeria in Nähe von Gaststätte Kröger. Ich fragen, was er dort suchen. Ich wissen auch, dass junge Tochter in Haus …« Mildas Gesicht lief krebsrot an.

Pizzeria? Natürlich, das »Antonio's« lag nur ein paar Schritte von den »Niedersachsenstuben« entfernt, auf derselben Straßenseite, dachte Sina.

»Okay«, sagte Niebuhr, »aber was hat das mit Janis' Tod zu tun?«

»Einmal er sagen: Großes Geschäft. Wir bald nicht mehr arm. Er sagen, wir bald schöne Wohnung und Auto.«

»In Forestas Ristorante?«

Achselzucken bei Milda.

War Janis Auseklis womöglich an den Geschäften des Foresta-Clans beteiligt gewesen? Oder hatte er mitmischen wollen? Zumindest schien er davon gewusst zu haben.

Stellte sich noch die Frage: Wo war Forestas Tochter? Foresta hatte sie nie erwähnt, hatte immer nur von seiner Frau gesprochen. Das musste noch geklärt werden.

»Was für ein großes Geschäft?«

Wieder Achselzucken.

»Wissen Sie wirklich nicht mehr darüber?« Sina blieb hartnäckig. »Sie müssen uns jetzt die ganze Wahrheit sagen, Milda!«

»Ich nicht mehr wissen. Ich nur sagen zu Janis, dass ich mich sorge …«

»Sie haben uns vermutlich geholfen, Milda, aber noch können wir Sie nicht auf freien Fuß setzen. Ich verspreche Ihnen, dass wir versuchen, Ihren Aufenthalt in der Untersuchungshaft so kurz wie möglich zu halten. Wo übernachten Ihre Eltern?«

»Nicht wissen, wenig Geld …«

»Ich kenne jemanden, der sie gerne für wenig Geld bei sich übernachten lässt«, sagte Niebuhr. Wahrscheinlich dachte er an Kröger, der einiges gutzumachen hatte.

Milda Auseklis wurde von einer Beamtin abgeführt, gefolgt von ihren Eltern. Niebuhr schlich hinterher.

»Sekunde noch, Jens«, hielt Sina ihn zurück.

Er blieb stehen, drehte sich um, ohne ihr in die Augen zu sehen.

»Wird es nicht allmählich Zeit, dass du mir sagst, wie Milda so einfach aus dem Krankenhaus verschwinden konnte?«

Ihre Miene war eiskalt. Das war keine Kleinigkeit. Wenn Keilberth davon Wind bekäme, wäre Jens dran.

Er schwieg, kreidebleich im Gesicht.

»Fehlt noch, dass du ihr bei der Flucht geholfen hast … Mach's kurz!«

»Ich hab sie am Bahnhof abgesetzt«, kam die fast unhörbare Antwort.

Nicht zu fassen, der Mann, dachte Sina. Doch es blieb keine Zeit, ihn weiter zur Rede zu stellen, es gab Wichtigeres zu tun. Außerdem war sie sich nicht sicher, ob sie das alles überhaupt wissen wollte.

***

Sina schickte Keilberth eine SMS: »Milda Auseklis plötzlich aufgetaucht, brauchen umgehend Durchsuchungsbeschluss.«

Wider Erwarten ging alles ganz schnell.

Um vierzehn Uhr vierunddreißig wartete die Truppe der KT auf ihren Einsatz. Sina betrat mit Niebuhr das Lokal durch den vorderen Eingang. Sie war nicht bereit, auf irgendeine Befindlichkeit Rücksicht zu nehmen. Schon gar nicht auf Antonio Forestas Befindlichkeiten.

»Hier ist der Durchsuchungsbeschluss, Herr Foresta«, sagte Sina unüberhörbar, worauf einige Gäste die Hälse reckten. »Wenn Sie klug sind, beantworten Sie uns auch gleich ein paar Fragen.«

Währenddessen sollte die KT vor allem den hinteren Bereich des Lokals, die Küche, Toiletten und alle Ausgänge untersuchen, um Spuren von Janis Auseklis zu sichern, soweit das noch möglich war. Immerhin waren jetzt fast zwei Monate seit seinem Tod vergangen. Jede Menge Zeit, um gründlich zu putzen.

Sie setzten sich an einen Tisch in die hinterste Ecke des Lokals.

»Wo ist Ihre Tochter, Herr Foresta?«, fragte Sina.

Er schien überrumpelt, bekam kein Wort heraus.

»Sie haben eine Tochter mit Namen Aurelia. Wo ist sie?« Immer noch Schweigen.

»Wir lassen eine Fahndung laufen, Foresta, wenn Sie nicht mit der Sprache herausrücken.«

»Aurelia ist zu Hause, auf Sizilien. Sie wird dort heiraten und eine Familie gründen. Ihr ist Deutschland zu kalt. Nicht nur das Wetter, auch die Menschen …«, sagte Foresta larmoyant.

Sina ging nicht darauf ein. »Seit wann lebt Ihre Tochter wieder auf Sizilien?«

»Seit etwa zwei Monaten.«

Das passte. »Wir haben glaubhafte Zeugen, dass Ihre Tochter mit einem gewissen Janis Auseklis befreundet war. Ist das richtig?«

»Den Namen habe ich noch nie gehört …«

Immer wieder das gleiche Spiel. Innerlich schnaubte Sina vor Wut.

»Wenn wir in Ihrem Laden auch nur die kleinste Spur von Janis Auseklis finden, sind Sie dran, Foresta, das können Sie mir glauben. Janis Auseklis wurde ermordet.«

Das war dem Italiener offenbar zu viel. Er wischte sich über die Stirn und nestelte an seiner Schürze herum.

»Sie war verliebt, die dumme Gans. Dieser lettische Cowboy hat sie verrückt gemacht. Sie ist doch erst siebzehn. Ich habe sie in ihrem Zimmer eingesperrt, aber es hat nichts genützt. Dann habe ich sie nach Sizilien geschickt, damit sie ihn vergisst …«

»Wie haben sich die beiden kennengelernt?«

»Auseklis kam ab und zu, um sich etwas zu borgen, ein oder zwei Flaschen Rotwein, Zwiebeln oder so. Für Kröger. Wir sind Nachbarn, und Nachbarn hilft man. Aber dann kam er irgendwann verdächtig oft und ging gleich an die Küchentür hinten im Hof, bis ich dahinterkam, dass er es auf Aurelia abgesehen hatte …«

»… die auf einmal Ihrer Frau immer öfter in der Küche half«, vermutete Niebuhr.

Foresta nickte.

»Haben Sie Janis Auseklis nicht zur Rede gestellt und ihm gesagt, dass er Ihre Tochter in Ruhe lassen soll?«

»Doch, das habe ich.«

»Und dabei ist es zum Streit gekommen. Sie packten eines der Messer, die überall in der Küche herumliegen, und haben zugestochen«, konnte sich Sina nicht zurückhalten.

Foresta fuhr mit italienischer Empörung in die Höhe. »Nein, habe ich nicht! Ich habe ihn nicht getötet!«

Sina sah Foresta schon das nächste Protokoll im Präsidium unterschreiben. Auch wenn sie noch Spuren von Janis Auseklis finden würden, hatten Foresta und sein Anwalt bestimmt wieder genügend Erklärungen, wie sie dorthin gekommen waren. Aber die Mannschaft von der Kriminaltechnik war spitze … und Sina vertraute auf sie.

***

Sina stand vor dem geöffneten Fenster ihres Büros. Es war angenehm. Der Wind frischte auf. In Abständen brachte er die Blätter des Ahorns zum Fliegen, dass sie ihre silbrige Unterseite zeigten und aufblitzten wie ein Fischschwarm im Atlantik.

Niebuhr war schon weg. Er hatte sie zum Bier einladen wollen, aber Sina hatte vorgegeben, noch arbeiten zu müssen. Außerdem ließ sich eine solche Sache nicht einfach beim Bier bereinigen. Und dass er wie selbstverständlich davon ausging, dass sie vor Keilberth dichthielt, war eine Frechheit. Schon bei ihrem ersten Auftritt im Präsidium war kaum zu übersehen gewesen, dass Niebuhr sich in die hübsche Lettin verknallt hatte. Aber dass er wirklich so weit gegangen war, einer Tatverdächtigen – und zu dem Zeitpunkt war Milda das – oder zumindest wichtigen Zeugin die Flucht zu ermöglichen, enttäuschte sie maßlos. Abgesehen davon kränkte es sie, dass Niebuhr offenbar davon ausgegangen war, Milda könnte ungerecht behandelt werden. Milda hatte sich verdächtig gemacht durch ihre blinde Liebe zu ihrem Mann. Blinde Liebe endet oft in beispiellosem Hass, wenn die Einsicht kommt. Das war doch nichts Neues. Aber deshalb hätte Sina sie bestimmt nicht ohne Beweise eingebuchtet. Ihr Vertrauen zu Niebuhr war auf dem Nullpunkt. Sie seufzte.

Aber wem sollte sie sonst vertrauen? Keilberth? Wohl noch weniger. Denn der liebe Heinz spielte ein höchst undurchsichtiges Spiel.

Die Kollegen von der KT hatten ihr keine Hoffnung gemacht. »Heute wird das nichts mehr, Frau Kramer, beim besten Willen nicht«, hatte einer der Männer auf ihren flehenden Blick hin gesagt. Trotzdem setzte sie sich hinter den Schreibtisch und hypnotisierte das Telefon. Sie verspürte auch nicht die geringste Lust, nach Hause zu gehen. Torsten wollte niemanden sehen, und Chao … Sie wusste immer noch nicht, was diese Andeutungen sollten, die er gestern im Bett gemacht hatte. Um Streit zu vermeiden, hatte sie ihn in Ruhe gelassen und nicht weiter darauf bestanden, endlich mit dem herauszurücken, was er zu sagen hatte. Wenn er gehen will, dann soll er es eben tun, dachte sie. Aber der Gedanke tat höllisch weh.

Das Telefon schrillte.

»Kramer.«

»Hier Urban von der KT. Wir haben Blutspuren in der Küche der Pizzeria gefunden. In die Fugen zwischen den Bodenfliesen scheint eine größere Menge eingesickert zu sein, es gibt großflächige Schleifspuren und auch Spritzer an den Wänden, wie der Luminoltest ergeben hat.«

»Und?«

»Es ist menschliches Blut, aber ob es von Janis Auseklis ist, muss erst der DNA-Test ergeben. Der geht aber heute Abend wirklich nicht mehr, Frau Kramer.«

»Macht nichts, trotzdem danke«, sagte Sina und legte auf. Plötzlich meldete sich ihr Magen, sie hatte den ganzen Tag nichts gegessen. Wenn sie recht überlegte, war es längst wieder einmal Zeit für Sauerfleisch mit Bratkartoffeln.

Doch vorher griff sie noch einmal zum Hörer. Der letzte Anruf, den sie an diesem Tag tätigte, endete mit den Worten: »... vorläufig festnehmen!«

EINUNDZWANZIG

Am nächsten Morgen schmollten Chao und Torsten. Offenbar weil Sina am Abend vorher so spät nach Hause gekommen war. Ja, sie war essen gegangen, hatte sich nach Dienstschluss in den Biergarten an der Lohmühle gesetzt, dem verträumten Plätschern der Gose zugehört und zwei Halbe Paulaner getrunken, bis es dämmerte. Dann war sie ins Gewerbegebiet gefahren und im Großkino in die Spätvorstellung gegangen. Irgendein Thriller mit irgendeinem amerikanischen Superstar. Ihr war einfach danach gewesen. Vor allem hatte sie keine Nerven für Chaos unergründliches Getue und Torstens Weltschmerz gehabt.

»Wir haben gestern Abend auf dich gewartet«, sagte Torsten am Frühstückstisch vorsichtig, »Chao …«

»Ich war eben nicht da«, unterbrach ihn Sina. »Chao ist in letzter Zeit auch oft weg gewesen, ohne vorher Bescheid zu geben. Ich werde mir ja wohl die Freiheit …«

In dem Augenblick, als Chao in die Küche kam, hielt sie den Atem an und kam von ihrer Palme wieder herunter. Übrig blieb nur ein mehr oder weniger sachliches: »Ich habe einen Job und zwei Fälle zu bearbeiten, die mich ziemlich aufreiben. Ich hoffe, dass hier jemand Verständnis dafür hat!«

Sie sprachen kein Wort mehr, bis sie ins Präsidium fuhr.

Keilberth hatte geschnaubt, als Sina ihn gestern kurz vor Dienstschluss noch wegen der Erlaubnis zur Festnahme von Antonio Foresta bedrängt hatte.

»Wir wissen nur, dass es menschliches Blut ist, Sina. Es muss nicht von Janis Auseklis sein. Vielleicht hat sich jemand geschnitten oder so etwas. In der Küche kommt es oft zu schwereren Unfällen, das ist doch bekannt. Wir können uns keine vorschnelle Aktion leisten.«

»Willst du mich neu erfinden, Heinz?«, hatte Sina ihn angeblafft. Sie hatte sich wirklich gefragt, was das sollte. »Zuerst bin ich voreingenommen bezüglich Sandrock und seiner Rathausclique und jetzt auch noch vorschnell. Ich versuche lediglich, nicht zu spät zu kommen. Das ist alles.«

Er hatte widerwillig nachgegeben, aber nicht ohne sie an etwas zu erinnern: »Nach der Geschichte mit meiner Frau habe ich dir gesagt, dass du bei mir etwas gut hast. Das ist es gewesen, Sina, okay?«

Ihr war ein Kloß im Hals stecken geblieben. Aber bedeutete Ermitteln in einer Mordsache nicht immer Austesten von Grenzen?

Antonio Foresta wurde in Begleitung seines Anwaltes in den Verhörraum des Präsidiums geführt. Den kleinen Augen und seinem unrasierten, zerknitterten Gesicht nach zu schließen, schien er eine schlechte Nacht gehabt zu haben. Die beiden nahmen die Plätze gegenüber Sina und Keilberth ein. Niebuhr saß links von ihnen.

»Ich hoffe, Sie haben genügend Beweise für Ihren Mordverdacht«, begann der Anwalt ohne weitere Einleitung in gereiztem Ton.

Das war der springende Punkt. Sina musste Zeit schinden, bis das Ergebnis des DNA-Tests feststand.

»Die werden wir Ihnen gleich präsentieren«, erwiderte sie ungerührt und ging den bis zu diesem Augenblick unbeteiligt wirkenden Verdächtigen scharf an: »Was ist in Ihrer Küche passiert, Foresta?«

»Ich muss doch sehr bitten!«, funkte der Anwalt sofort dazwischen. »Mein Mandant und ich sind nicht gewillt, diesen Ton hinzunehmen!«

Auch noch zimperlich, dachte Sina.

»Und *wir* bitten Sie, keine übertriebenen Empfindlichkeiten zu entwickeln«, mischte sich Keilberths Bariton ein. »Wenn Ihr Mandant etwas mit dem Mord an Janis Auseklis zu tun hat, wird es alles andere als gemütlich, das kann ich Ihnen versprechen!«

Sina blieb vor Staunen der Mund offen stehen. Keilberth gab ihr Rückendeckung. Ein ungewohnt gutes Gefühl.

Der Anwalt schwieg, warf seinem Klienten einen konspirativen Blick zu.

»Sie müssen hier nichts sagen, was Sie belasten könnte …«, belehrte Sina den Verdächtigen gemäß ihrer Pflicht, so ungern sie das auch tat.

»... aber es ist zweifellos besser für Sie, wenn Sie mit uns zusammenarbeiten. Sollte es zur Anklage kommen, kann es Ihnen nur nützen«, fügte Keilberth an.

»Also«, begann Sina von vorne, »was ist in Ihrer Küche passiert, *Herr* Foresta?«

Foresta machte keine Anstalten, auch nur ein Wort zu sagen.

»Mein Mandant weiß nicht, wovon Sie reden«, antwortete an seiner Stelle der Anwalt.

»Ich rede von erheblichen Mengen Blut auf und zwischen den Fliesen und von Spritzern an der Wand, die unsere Kriminaltechnik dort gefunden hat.«

Achselzucken von Foresta.

»Menschliches Blut, Herr Foresta. Unzweifelhaft.«

Foresta beugte sich zu seinem Anwalt und flüsterte ihm etwas zu.

»Sooft Sie's hören wollen: Was war los in Ihrer Küche?«

»Mein Mandant kann Ihnen nicht erklären, wie das Blut dahin gekommen ist. Er weiß nur, dass sich seine Frau vor ein paar Wochen beim Tranchieren gefährlich mit dem Messer verletzt hat.«

So etwas Ähnliches hatte Sina erwartet. Wahrscheinlich stimmte es sogar.

»Dann waren bestimmt Sanitäter bei Ihnen. Das lässt sich leicht nachprüfen.«

»Nein, wir haben sie selbst verbunden«, wehrte Foresta prompt ab.

»Wissen Sie, Herr Foresta, was wir vermuten?« Sina wurde allmählich fuchsig. »Wir vermuten, dass das Blut nicht von Ihrer Frau, sondern von Janis Auseklis stammt.«

Wo blieb die KT mit dem Ergebnis? Sina wurde unruhig. Obwohl sie davon überzeugt war, dass das Blut von Janis Auseklis stammte, blieb bis zum endgültigen Ergebnis immer ein Unsicherheitsfaktor.

Niebuhr stand auf und verließ den Raum.

»Dann werden Sie uns bestimmt mitteilen, wenn aus Ihren Vermutungen Gewissheit geworden ist«, ätzte der Anwalt. »Anscheinend liegen Ihnen keine weiteren Gründe vor, meinen Mandanten hier festzuhalten. Er wird jetzt mit mir zusammen das Präsidium verlassen. Sie hören von uns.«

Sina fuhr sich durch die Haare. Eine krachende Niederlage.

»Bei einer solchen Menge Blut«, dozierte Keilberth unverdrossen, »wie sie von unserer Technik gefunden wurde, liegt der Verdacht nahe, dass ein außergewöhnlicher Unfall oder gar ein Kapitalverbrechen geschehen ist.«

Der Anwalt ließ wieder Luft ab, gab aber nicht klein bei. »Das ändert nichts an der Tatsache, dass de facto gegen meinen Mandanten nichts vorliegt.«

Foresta erhob sich.

Gleich würde Sinas Hauptverdächtiger seelenruhig durch die Tür gehen und das Präsidium verlassen. Was es bedeutete, ihn jetzt auf freien Fuß setzen zu müssen, lag auf der Hand. Er war gewarnt, und selbst wenn sie ihm Auflagen verpassten und ihn beschatteten, er würde einen Weg finden, sich abzusetzen. Und ob er auf Sizilien oder sonst wo im Süden jemals gefunden würde, stand in den Sternen.

Sie hatte alles vermasselt. Wegen ihr standen sie mit leeren Händen da, weil sie es nicht hatte erwarten können. Abgesehen davon war sie bei Keilberth endgültig unten durch.

»Moment, wir sind noch nicht fertig!« Niebuhr kam mit zwei überlangen Schritten in den Raum und steckte Sina ein einzelnes Blatt Papier zu. Während sie einen hastigen Blick darauf warf, überkam sie ein unbeschreibliches Gefühl. Keilberth nahm ihr das Blatt aus der Hand und überflog den Kurzbericht. Auch auf seinem Gesicht spiegelte sich jetzt Erleichterung wider.

»Herr Foresta«, setzte Sina das Verhör fort, nachdem der Verdächtige und sein Anwalt wieder Platz genommen hatten, »wie wir richtig vermuteten – und wir konnten mit größter Wahrscheinlichkeit davon ausgehen –, stammt das Blut von Janis Auseklis. Wie kommt es in Ihre Küche?«

Achselzucken von Foresta.

»Sie wissen nicht, wie literweise Menschenblut in Ihre Küche kommt?«, übertrieb Sina.

Forestas Blick balancierte entlang der Tischkante.

»Was ist mit Janis Auseklis in Ihrer Küche passiert, Foresta?«, mischte sich Keilberth, diesmal knallhart, ein, ohne dass der Anwalt wagte, wegen seelischer Grausamkeit Einspruch zu erheben.

»Ich weiß nicht, was passiert ist. Ich war nicht dabei.«

»Wo waren Sie nicht dabei?«, hakte Sina nach.

»Mein Mandant meint«, interpretierte der Anwalt in seinem arrogant nasalen Tonfall, »dass er nicht weiß, was vorgefallen ist, weil er nicht zugegen war, als Herr Auseklis in seiner Küche so viel Blut verlor.«

»Wenn Sie uns hier verar...«

»Frau Kramer meint«, schob Keilberth eilig dazwischen, »dass es unvorstellbar ist, was Sie hier behaupten. Das glaubt Ihnen kein Gericht der Welt.«

»Das wird sich zeigen«, erwiderte der Anwalt selbstsicher.

»Ich habe nichts gesehen und weiß nicht, was in der Küche abgelaufen sein soll«, bestätigte Foresta noch einmal.

»Wenn das so ist«, sagte Niebuhr, »dann wissen Sie aber, *wer* mit Auseklis in Ihrer Küche war. Denn Sie als Besitzer des Restaurants wissen immer, wer in Ihrer Küche ist, oder irre ich mich da?«

»Vielleicht hat Ihre Tochter etwas damit zu tun«, übernahm Sina wieder, »hat ihn aus Eifersucht oder aus verletztem Ehrgefühl umgebracht. Wir wissen, dass Janis Auseklis mehrere Beziehungen zu Frauen unterhielt. Ihre Tochter war nur eine ...«

Mit geballten Fäusten sprang Foresta auf, in den Augen purer Hass. Sein erschrockener Anwalt konnte ihn gerade noch zurück auf den Stuhl ziehen.

»Meine Tochter hat nichts damit zu tun!«, stieß Foresta zwischen zusammengebissenen Zähnen hervor.

»Woher wissen Sie das, wenn Sie angeblich keine Ahnung haben, was in der Küche vorgefallen ist?«

»Ich sage Ihnen, meine Tochter war es nicht!«

Wahrscheinlich war sie da schon auf Sizilien, dachte Sina.

»Vielleicht weiß Ihre Frau mehr?«

»Die weiß auch nichts!«, entgegnete Foresta.

»Wovon?«

»Na, dass etwas passiert sein soll ...«

»Und warum nicht?«

»Das hätte sie mir erzählt.«

Hier biss sich die Katze in den Schwanz. Sina war plötzlich klar, dass sie trotz dieses eindeutigen Beweises noch lange nicht gewonnen hatten. Fürs Erste hatte es keinen Sinn mehr, das Verhör fortzusetzen.

»Sie werden in Untersuchungshaft bleiben, Herr Foresta, wegen Verdacht auf Mord beziehungsweise Verdacht auf Beihilfe zum Mord«, sagte Keilberth abschließend in amtlichem Ton und nickte Niebuhr zu, der dem draußen wartenden Beamten die Tür öffnete.

***

Sina und Keilberth waren im Verhörraum sitzen geblieben und schwiegen sich an. Sie hatten einen schlagenden Beweis, aber es fehlte die Geschichte dahinter, stattdessen nur vage Vermutungen und keine Zeugen.

»Ich bin auf deiner Seite, Sina«, sagte Keilberth nach einer Weile. »In dieser Pizzeria ist es vermutlich um halbseidene Geschäfte von erheblichem Ausmaß gegangen. Und wahrscheinlich waren Auseklis und Hauke darin verwickelt. Dass Auseklis in der Küche ermordet wurde, wird ein vernünftiger Mensch kaum ableugnen, besonders verräterisch sind die Schleifspuren, die nahelegen, dass die stark blutende Leiche über die Fliesen gezogen wurde. Aber Foresta muss nicht zwangsläufig der Mörder sein, noch nicht einmal Zeuge des Mordes …« Keilberth verfiel wieder in Schweigen.

Sina verfolgte in Gedanken den Ansatz weiter: Foresta war nur ein Glied in der Kette der Organisation, die sich hinter dem Namen IIT verbarg, vermutlich mit der Aufgabe, Kontakte zu knüpfen und lukrative Geschäfte anzubahnen.

Janis Auseklis schwänzelte in Forestas Küche herum, weil er hinter dessen Tochter her war. Vielleicht war er Zeuge einer Unterredung geworden und hinter illegale Geschäfte gekommen. Er wollte mitmischen oder hatte es mit Erpressung versucht. Der reinste Wahnsinn. Aber Auseklis war jung, brauchte Geld und hatte wahrscheinlich keine Ahnung, in welche Gefahr er sich begab. Er wurde der Organisation lästig und musste beseitigt werden. Nicht von Antonio Foresta, sondern von den Leuten, die diese Art Aufträge für die IIT erledigten, wenn es nicht mehr anders ging. Die Killer tauchten in Goslar auf, führten den Mord aus und verschwanden danach wieder in den Süden – unnachweisbar, unauffindbar. Und was war mit Hauke? Hatte er nicht auf der ganzen Linie enttäuscht? Musste er nicht ebenfalls weg, weil er nicht geliefert hatte? Aber auch dafür gab es keinerlei Beweise.

Sina warf Keilberth einen frustrierten Blick zu. Der lächelte unerwartet hoffnungsvoll: »Wir werden sie irgendwann kriegen, Sina. Nichts geht über gute Polizeiarbeit.«

Er pflückte seine Brille von der Nase, klappte sie zusammen und steckte sie seelenruhig in die Brusttasche seines Hemdes. Dann erhob er sich, berührte im Vorübergehen fast zärtlich Sinas Schulter und verließ den Raum.

Sina blieb noch sitzen.

War sie nicht immer stolz auf ihre gute Polizeiarbeit gewesen? Und hatte sie dazu nicht auch jetzt allen Grund? Die Aufklärung dieses Falles würde Zeit kosten: ein halbes Jahr, ein Jahr, vielleicht zwei oder mehr. Aber irgendwann würden sie ihn kriegen, den Mörder. Man musste nur hartnäckig sein und sorgfältig arbeiten.

Aber im Fall Hauke fragte sie sich jetzt, ob sie allen gefundenen Spuren den gleichen Rang eingeräumt hatte und ihnen konsequent nachgegangen war. Vielleicht war es ein Fehler gewesen, sich auf das Rathaus zu konzentrieren. Sie schnappte sich ihre Lederjacke. Es gab noch einiges zu tun.

***

Die Enge des Raumes machte ihm weniger zu schaffen als das Bewusstsein, hier nicht rauszukommen, wann er wollte. Es war das erste Mal, dass Antonio Foresta eingesperrt war. In Abständen überkamen ihn Wutanfälle. Er sprang von dem schmalen Bett auf, das den Mittelpunkt der Zelle bildete und auf dem er die meiste Zeit saß und vor sich hinbrütete, schlug mit beiden Fäusten gegen die Tür, bis er sich vollkommen verausgabt hatte und schwer atmend aufgab. Gerade hatte er wieder so einen Anfall hinter sich.

Natürlich würde er schweigen, natürlich würden sie niemals herauskriegen, wie es wirklich gewesen war. Und er würde nicht einmal lügen müssen. Er hatte weder etwas gesehen noch seine Finger mit Blut beschmiert.

Antonio sah den jungen Letten mit den frechen Augen wieder vor sich. Mehrmals hatte er ihm gedroht, dass er großen Ärger kriegen würde, wenn er Aurelia nicht in Ruhe ließe. Aber Auseklis hatte sich nicht abschrecken lassen, hatte es immer wieder geschafft, mit ihr zusammenzukommen. Dann, am Morgen nach einem der letzten Treffen mit Hauke, hatte sich Auseklis breitbeinig vor ihm aufgebaut, dreist und dumm, wie junge Männer nun mal sind, und den Oberschlauen gespielt.

»Ich war in Küche, gestern Abend, habe gehört, was du zu dem von der Stadt gesagt hast. Ihr Geschäfte, gute Geschäfte. Ihr brauchen Partner. Ich guter Mann für euch!«

Es war also nicht Anna gewesen, die er zu hören geglaubt hatte, nachdem der besoffene Hauke endlich das Lokal verlassen hatte. Denn seine Frau schlief schon fest – worüber er sich gewundert hatte –, als er kurze Zeit später ins Schlafzimmer kam. Dieser gottverdammte Lette war es gewesen, der nach Aurelia gesucht hatte.

»Blas dich nicht auf«, hatte er zu ihm gesagt, »und fang nicht an zu spinnen! Es gibt keine Geschäfte, und wenn du nicht augenblicklich verschwindest …«

Er hatte es nur gut gemeint mit dem Jungen. Aber der hatte es einfach nicht begreifen wollen. Am nächsten Tag war er wieder erschienen.

»Ich machen nicht Spaß!«, hatte er gesagt und dabei wie John Wayne selbstbewusst die Hände an die Hüften gelegt. »Ich Job brauchen, Geld verdienen, und ich Mund halten. Kein Geld, nicht Mund halten!«

Er hatte seinem Bruder Alfredo zuerst nichts davon erzählt und gehofft, dass Auseklis von selbst zur Vernunft kommen würde. Wusste er doch, dass Alfredo keine Gnade kannte, wenn sich Leute in Angelegenheiten einmischten, die sie nichts angingen. Besonders in seine Angelegenheiten.

»Ich habe keinen Job für dich, Junge. Mach deine Arbeit bei Kröger und warte ab. Eines Tages gibt er dir den Laden.«

Als Auseklis zum dritten Mal erschien, wurde ihm die Sache zu heiß, und ihm blieb nichts anderes übrig, als seinen Bruder einzuschalten. Alfredo ordnete dann an, was zu tun war. Als Erstes sollte er Aurelia ins Flugzeug nach Sizilien setzen. Wenigstens für ein paar Wochen, wenn nicht für immer, sollte sie dort bleiben. Er und seine Frau Anna sollten das Ristorante für einige Tage schließen und Urlaub machen, aber nicht vergessen, den Schlüssel unter der Fußmatte hinten vor der Küchentür zu deponieren. Wie Alfredo es sagte, so wurde es gemacht.

Was genau abgelaufen war, darüber hatte er, nachdem er aus Travemünde wieder zurück war, mit Alfredo nie geredet. Es gab nichts zu reden. Jeder erfüllte seinen Part, so war das Gesetz. Und niemand kümmerte sich um Angelegenheiten, die ihn nichts angingen. Von Auseklis' Tod hatte er erst viel später aus der Zeitung erfahren.

Forestas Atem hatte sich wieder stabilisiert. Das Bett, auf das er sich entkräftet geworfen hatte, war ihm zu hart. Er fragte sich, wie lange er noch in Untersuchungshaft bleiben musste. Überhaupt, wie es weitergehen sollte.

Erst jetzt wurde ihm bewusst, wie sehr er es liebte, das Leben in diesem kleinen verträumten Goslar mit seinen alten Gassen und dem Glockenspiel auf dem Marktplatz. Die Abende, wenn er allein im Lokal gesessen und die Lieferungen Wein aus der Heimat verkostet hatte … Alles war kaputt, auch wenn sie ihm persönlich nichts nachweisen konnten. Blitzschnell würde sich herumsprechen, dass er wegen Mordverdacht hinter Gittern saß, und die Gäste würden einen Bogen um sein kleines Ristorante machen …

ZWEIUNDZWANZIG

Der Himmel war hoch und blau, als Sina vor dem Bungalow im Siemensviertel hielt. Sie war allein. Niebuhr hatte sie nicht gefragt, ob er mitkommen wolle. Allein seine Anwesenheit hätte sie aus der Fassung gebracht, ihre Enttäuschung über sein Verhalten im Fall Auseklis war einfach zu groß. Sie wollte in Ruhe ihre Arbeit machen. Und dazu brauchte sie einen klaren Kopf und ein ausreichendes Maß an Abgeklärtheit.

Wie beim ersten Mal öffnete ihr Verena Hauke die Tür nur einen Spalt.

»Was wollen Sie denn wieder? Ich habe Ihnen doch schon alles gesagt.«

»Das glaube ich nicht«, erwiderte Sina.

Verena Hauke versuchte erst gar nicht, sich der Befragung zu entziehen. Sie führte Sina in das Wohnzimmer und bot ihr Platz an.

»Also bitte«, sagte sie, während sie nach der halb vollen Packung Zigaretten vor sich auf dem Wohnzimmertisch griff.

»Sie haben Ihren Mann geliebt, Frau Hauke«, schlug Sina einen Bogen über das Bisherige, »und ihm alle Fehltritte verziehen. Sie haben auch lange Zeit hingenommen, dass er das Geld seiner und letztlich auch Ihrer Firma aus dem Fenster warf.«

Verena Hauke beflammte ihre Zigarette mit dem Feuerzeug.

»Ihr Dispokredit kam regelmäßig an seine Grenzen, und die Bank hatte Sie bereits auf der Abschussliste.«

Verena Haukes Gesicht verschwand kurzfristig hinter einem Vorhang aus Qualm.

»Das alles hat Sie nicht aus der Fassung gebracht. Aber dann kam der Abend, den ihr Mann nicht überlebte. Was genau ist an diesem Abend vorgefallen?«

»Das habe ich Ihnen alles schon erzählt.«

»Ihr Mann wollte also wieder einmal Geld ausgeben und sich mit Frauen vergnügen, so war es doch, nicht wahr?«

»Ja.«

»Und an diesem Abend ist Ihnen so der Kragen geplatzt, dass Sie Ihr Wohnzimmer kurz und klein geschlagen haben. War es das erste Mal, dass Sie sich so aufgeregt haben?«

»Ja, das war es!«

»Hatten Sie jemals eine körperliche Auseinandersetzung mit Ihrem Mann?«

»Nein«, wehrte Verena Hauke ungeduldig ab, »auch das wissen Sie bereits. Das war nicht unser Niveau.«

»Aber an dem Abend, als er Sie im Wohnzimmer hatte stehen lassen, da hätten Sie am liebsten zugeschlagen, stimmt's? Und anstelle Ihres Mannes musste das Mobiliar dran glauben.«

Verena Hauke hörte aufmerksam zu, während ihr der Rauch aus den Nasenlöchern kroch.

»Es ist an dem Abend mehr vorgefallen, als Sie mir erzählt haben, Frau Hauke. Eine schwache, hörige Frau, die sich lieber selbst zerstört hat, als den Grund für ihren Niedergang zu beseitigen oder sich von ihm zu befreien, explodiert nicht so einfach und schlägt ihr Wohnzimmer in Stücke. Eine Frau, die ihrem Mann bis ans Ende der Welt gefolgt wäre, auch in die Pleite ...«

Auf einmal zitterten Verena Haukes Hände. Ihr Gesicht, das etwas runder geworden war, seit Sina sie das letzte Mal gesehen hatte, nahm unversehens wieder den gequälten, leidenden Zug an, den es bei ihrer ersten Begegnung getragen hatte.

»Er hatte sich verändert. Zuerst dachte ich, ich bilde mir das nur ein ...«, begann sie zögerlich und mit kratziger Stimme. »Er wirkte aufgedreht, fast euphorisch, so wie am Anfang unserer Ehe. Nur hatte *ich* nichts damit zu tun ...«

Sie wurde von einem Husten unterbrochen, der an die bröckelnden Wände eines Abrisshauses erinnerte.

»Und am Abend seines Todes hat er Ihnen gesagt, warum ...«

»Wenn er wieder eine Neue hatte, spürte ich es, auch wenn wir nie mehr miteinander geschlafen haben. Ich wusste auch nicht, wer sie war, wollte ihren Namen gar nicht wissen. Helmut war dann liebenswürdiger zu mir. Es gab ihm Auftrieb. Nach einer Weile verebbte diese Stimmung dann wieder, und Helmut ging wieder öfter ins Spielcasino ... Aber diesmal hielt die Euphorie an. Und anders als sonst ließ er mich plötzlich spüren, wie lästig ich ihm war.

Es gab Auseinandersetzungen. Er sagte immer wieder, wie satt er alles habe, die Firma, das Haus …«

»Und Sie!«

Verena Hauke warf Sina einen verstörten Blick zu.

»Was passierte an dem Abend, Frau Hauke?«

Sie rutschte in ihrem Sessel vor und drückte die halb gerauchte Zigarette aus. »Er sagte, er würde gehen. Jeder Mensch bekomme höchstens zwei Chancen in seinem Leben. Und seine zweite Chance sei jetzt gekommen. ›Mit einer anderen Frau?‹, fragte ich, obwohl es mir klar war. Doch ich wollte wissen, ob er es mir offen ins Gesicht sagen würde. Er tat es, und es hat mich umgehauen. Ich fragte mich: Warum regst du dich auf? Du hast es doch kommen sehen. Aber der Schmerz war unerträglich …«

»Und Sie sind wütend geworden, so wütend wie noch nie, und dann gingen Sie auf ihn los …«

»Nein, verflucht noch mal!«, rief Verena Hauke entrüstet.

»Also gut«, sagte Sina. »Was ist dann passiert?«

»Helmut hat sich umgedreht und das Haus verlassen …«

Mit Tränen in den Augen sann Verena Hauke diesem Satz hinterher, bevor sie sich wieder fing. »Ich habe noch gedacht: Sie kann nicht weit weg wohnen, wenn er den Wagen in der Garage lässt …«

»Das war das letzte Mal, dass Sie Ihren Mann gesehen haben?«

»Ja. Als er weg war, habe ich wie eine Irre herumgeschrien und auf die Möbel eingedroschen, bis ich nicht mehr konnte. Mir tat plötzlich alles weh, ich habe meine Pillen geschluckt und ein paar Gläser Wein darauf getrunken. Dann bin ich endgültig auf der Couch zusammengeklappt.«

Sina hätte Verena Hauke Vorwürfe machen können, warum sie das nicht gleich beim ersten Mal ausgesagt und wissentlich die Ermittlungen behindert habe. Aber es gab eine neue Fährte, und nur das zählte.

***

Der Welt entrückt wie ein buddhistischer Mönch oder einfach nur unglaublich ignorant, saß Heribert Mühe mit durchgedrücktem

Kreuz an seinem Schreibtisch und kaute vor sich hin. Ihm gegenüber der Stuhl, auf dem einmal Helmut Hauke gesessen hatte, war immer noch leer, sein Schreibtisch säuberlich aufgeräumt. Die mit Gerüchen nach Kaffee und Knoblauchwurst angereicherte Luft verursachte Sina leichte Übelkeit.

Mühes kalte Schulter sagte ihr, dass es ihn nicht im Mindesten rührte, wie dringend ihr Fall war, schon gar nicht bevor er sein zweites Frühstück beendet hatte.

Sie nahm sich unaufgefordert einen Stuhl und setzte sich so nahe an Mühes Schreibtisch heran, dass sie sich vor seiner unreinen, von einem glänzenden Film überzogenen Gesichtshaut ekeln konnte.

Mühes Kaumuskeln stellten abrupt den Dienst ein, und er beäugte Sina wie einen ansteckenden Virus durch die dicken Glasbausteine auf seiner Nase.

»Ich bin wieder *hier* gelandet, Herr Mühe«, sagte Sina in unbekümmertem Ton.

Mühe spülte seinen Mundinhalt mit einem Schluck Kaffee hinunter, bevor er sich räusperte. »Das sehe ich«, gab er zurück. »Und was kann ich für Sie tun?«

Sina beugte sich mit einem freundlichen Lächeln noch weiter zu ihm vor, worauf er auszuweichen versuchte, indem er seinen Oberkörper zur Fensterseite hin bog.

»Sie hatten mit Helmut Hauke ein kollegiales Verhältnis, und Ihnen ist aufgefallen, dass er in letzter Zeit nervöser war als sonst.«

Mühe war offensichtlich der Appetit vergangen. Er verpackte seine angebissene Stulle wieder in das sorgfältig ausgelegte und geglättete Butterbrotpapier.

»Ja«, sagte er und versuchte, gelangweilt zu wirken.

»Wir verfolgen einen neuen Ansatz, Herr Mühe. Wir wissen jetzt, dass Ihr Kollege Hauke eine Frau kennenlernte, für die er bereit war, sein bisheriges Leben aufzugeben. Ich frage Sie deshalb: Hat er Ihnen gegenüber diesbezügliche Andeutungen gemacht?«

»Ich hasse es, in anderer Leute Privatleben hineingezogen zu werden!«, brach es beinahe eruptiv aus Mühe heraus.

»Das werden Sie nicht, Sie sollen mir nur Ihre Beobachtungen mitteilen.«

Mühe beruhigte sich wieder und bequemte sich nachzudenken, während er das Frühstücksbrot in eine Plastikdose packte und den leeren Kaffeebecher im Papierkorb zu seiner Rechten entsorgte.

»Haukes Affären hatten sich über die Jahre herumgesprochen«, begann er, immer noch widerwillig, »seine Frau war angeblich krank. Aber er redete nicht darüber. Er stöhnte höchstens, dass er am liebsten alles hinschmeißen würde. Dann, ungefähr eine Woche vor seinem Tod, sagte er – ohne dass ich ihn gefragt hätte –, dass er endlich die zweite Chance in seinem Leben bekommen habe und ich ihn bald los sei.«

»Und wer war diese zweite Chance?«

»Das weiß ich doch nicht. Vermutlich die Frau, von der sie gerade gesprochen haben …« Hinter den Glasbausteinen funkelte es spöttisch. »Hauke äußerte sich ungewohnt poetisch. Er hätte sich die Jahre des Suchens sparen können, nur warten müssen, bis die Blume, die vor seiner Nase wuchs, erblühte. Ich habe nur mit einem halben Ohr zugehört. Jedenfalls hat er so einen ähnlich kitschigen Vergleich gebracht.«

»Aber den Namen der Blume hat er für sich behalten?«, versuchte es Sina noch einmal.

»Sie sagen es.«

Draußen atmete Sina auf. Nach ein paar Schritten in der heiter besonnten Fußgängerzone, die am Hotel »Achtermann« beginnt und sich bis zum sattgrünen Rasenplateau, auf dem das Gemäuer der alten Kaiserpfalz thront, erstreckt, setzte sie sich an einen der Außentische eines Eiscafés. Sie gab dem hübschen Kellner ein Zeichen und dachte an Chao. Eine Welle der Sehnsucht nach seinen Umarmungen und dem Geruch seines Körpers überfiel sie, überschattet von einem Angstgefühl, dass alles schon zu Ende sein könnte, gescheitert am alltäglichen Leben, wie so viele Beziehungen, die das erste Jahr nicht überstehen.

Vor Haukes Augen war die Blume gewachsen. Also in seinem unmittelbaren Umfeld. Er war täglich an ihr vorbeigegangen, hatte sie aber die längste Zeit nicht bemerkt, bis ganz plötzlich und unerwartet irgendein Mauerblümchen zur Rose mutierte. Sina griff zum Handy. Auch wenn sie auf ihn immer noch nicht gut zu sprechen war, sie brauchte Niebuhr jetzt.

»Besorg mir bitte ein paar Daten aus der Stadtverwaltung«, sagte sie in unterkühltem Ton. »Alle Namen von weiblichen Mitarbeitern um die dreißig und jünger. Dazu hast du genau eine Cappuccinolänge Zeit.«

»Gerne doch für meine Lieblingskollegin«, buhlte Niebuhr unverdrossen, aber so einfach wollte sie es ihm nicht machen.

***

Als Sina auf dem Asphalt vor der Hauke GmbH hielt, hatte sich Niebuhr noch nicht zurückgemeldet. Sie ging ins Haus. Die Tür zum Büro des Geschäftsführers stand halb offen, Rupert Stör war im Gespräch.

»Ich schicke Ihnen so schnell wie möglich Ersatz«, versuchte er einen offenbar aufgebrachten Kunden am Telefon zu beruhigen. »Ich kann doch auch nichts dafür, dass unser Mitarbeiter so plötzlich …« Anscheinend hatte der Kunde am anderen Ende aufgelegt. Stör schüttelte den Kopf, war kein bisschen überrascht, als Sina vor ihm stand, hatte sie vermutlich durch die halb offenen Jalousien kommen sehen.

»Einer unserer Mitarbeiter ist Vater geworden«, sagte er, »hat alles stehen und liegen gelassen und ist ab zu seiner Frau ins Krankenhaus. Die jungen Leute heutzutage …« Doch über sein Gesicht huschte ein verständnisvolles Lächeln.

Sina zuckte mit den Schultern. Kinderkriegen war für sie seit Torsten und Caro nur noch ein Reizthema. Viel mehr interessierte sie der Freundeskreis von Helmut Hauke.

Als Politiker hätte sein ehemaliger Chef natürlich jede Menge sogenannte Freunde und Bekanntschaften gehabt, das hätte er ja schon ganz am Anfang gesagt, aber mit wem er vor seinem Tod noch Kontakt hatte, wusste Stör nicht. Der Wald, in dem Sina den einen Baum suchte, war wieder verflucht groß geworden.

»Zeigen Sie mir noch mal den Spind mit den alten Fotos?«

***

Niebuhr hatte drei Mitarbeiterinnen der Stadt unter dreißig und eine Ratsfrau der Liberalen ausfindig gemacht. Eine der Frauen im Amt für Stadtplanung und Vermessung war schwanger und glücklich mit ihrem Mann verheiratet, eine andere eins fünfundsechzig groß und mindestens zwei Zentner schwer, also mehr ein Nilpferd als eine Blume. Die dritte war leberkrank, hatte den Teint einer Mumie und kannte Hauke nur aus der Zeitung. Blieb die Ratsfrau der Liberalen, die Sina auf der Treppe zum Sitzungssaal im Rathaus erwischte und die – mit ihren achtundzwanzig Jahren eine schlanke, hochgewachsene Schönheit – schon eher in die Riege von Haukes Verflossenen passte. Doch nach ein paar Fragen stellte sich heraus, dass sie kürzlich mit einem Jungunternehmer der IT-Branche in Braunschweig zusammengezogen war und ältere Männer nicht ihrem Beuteschema entsprachen.

Wieder nichts. Sina blieb nur noch ein Hoffnungsschimmer. Ohne anzuklopfen, betrat sie das Büro, auf dessen Tür »Ordnungsamt« zu lesen war.

»Kramer, Kripo Goslar. Ich hätte gerne Herrn Fischer gesprochen.«

***

Um zwölf Uhr achtunddreißig hatten Sina und Niebuhr im Verhörraum des Polizeipräsidiums ihre Plätze eingenommen. Keilberth hatte im Kontrollraum hinter dem Spiegel Stellung bezogen.

Vor ihnen saß Diethelm Fischer, siebenundvierzig Jahre alt, Beamter im Ordnungsamt der Stadt Goslar, geschieden von Karla Fischer geborene Drews, eine gemeinsame Tochter Christina, dreiundzwanzig, Anwaltsgehilfin in Goslar, die noch bei ihrem Vater lebte.

Fischer war eins dreiundachtzig, so stand es in seinem Personalausweis, ein hellhäutiger Typ, sein Gesicht mit Sommersprossen übersät – sogar die Arme waren voll davon –, das Kopfhaar dünn mit rötlichem Einschlag.

»Wir haben Sie hier aufs Präsidium gebracht«, sagte Sina freundlich, »weil wir Sie zu dem immer noch ungeklärten Tod von Helmut Hauke befragen wollen.«

Fischer nickte.
»Sie kennen Helmut Hauke schon seit der Schulzeit?«
»Ja, das ist richtig.«
»Und später sind Sie mit ihm jahrelang auf die Jagd gegangen?«
Das hatte Sina von Stör erfahren. Und sie war wütend auf sich selbst geworden, dass sie die Fotos in dem Kleiderspind in Haukes Firma, auf denen immer wieder sein alter Freund Diethelm Fischer abgebildet war, einfach völlig vergessen hatte.
»Das stimmt auch«, bestätigte Fischer, »aber Helmut war kein großer Jäger, er ging nur mit, weil er sich Vorteile erhoffte. Überall wird Politik gemacht, auch beim Jagen, und da wollte er nicht fehlen.«
»Hauke stand kurz davor, sein Leben von Grund auf zu ändern«, übernahm Niebuhr. »Wussten Sie etwas davon?«
»Nein. Im letzten Jahr haben wir uns nicht mehr so oft getroffen. Unsere Freundschaft ist sozusagen eingeschlafen. Und von der Jagd hat er sich auch zurückgezogen, was mich gewundert hat.«
Es passte zu Mühes Aussage, dass Hauke alles hinter sich lassen wollte. Aber sie waren noch keinen Schritt weitergekommen.
»Hat Ihnen Hauke von seinen Frauenbekanntschaften erzählt?«
»Er versuchte, es unter dem Teppich zu halten. Aber es gab eine Menge Klatsch in den Ämtern, dass er die Frauen wie die Handtücher wechseln würde. Er brachte sich damit ziemlich an seine Grenzen. Ich habe ihn einmal gewarnt, dass ihn seine Weibergeschichten und seine Spielerei, die sich auch schon herumgesprochen hatte, über kurz oder lang in Schwierigkeiten bringen würden.«
»Wann haben Sie Helmut Hauke das letzte Mal gesehen?«, fragte Niebuhr.
»Das kann ich Ihnen nicht mehr genau sagen … vielleicht vor einem halben Jahr.«
»Bei der Jagd?«
»Nein, wir sind uns auf der Straße begegnet. Ich glaube, in der Petersilienstraße.«
»Sie lügen, Fischer!«
Plötzlich stand Keilberth in der Tür.
Alle starrten ihn erstaunt an.

»Im Raum nebenan sitzt jemand, der etwas anderes behauptet«, warf er Fischer mit einem Unterton entgegen, der nur Platz für die Wahrheit ließ. »Es hat keinen Zweck zu lügen. Sie werden sich verraten wie alle, die nicht gewöhnt sind zu lügen, und dann wird alles noch viel schlimmer, als es ohnehin schon ist. Wir wollen wissen, wie es wirklich war.«

Fischers Blick irrte vor Erregung hin und her. Dann kochte er über, schlug mit der Faust krachend auf den Tisch.

»Nie hätte ich gedacht, dass Helmut zu so etwas imstande wäre … mein Freund Helmut!«

»Wozu imstande wäre?«, fragte Sina ruhig, um den Mann wieder in die Spur zu bringen.

»Tina ist immer mein Ein und Alles gewesen«, setzte Fischer neu an. »Sogar meine Frau war eifersüchtig auf sie. Nach der Scheidung hatte ich dann nur noch Tina. Wenn ich so überlege, habe ich sie vielleicht zu sehr mit Beschlag belegt, aber ich meinte es immer nur gut. Mir war auch klar, dass ich sie eines Tages verlieren würde, dass sie sich einen Mann suchen würde. Einen mit reellem Job, der genug verdient, um eine Familie zu gründen, Kinder zu haben, vielleicht ein nettes Häuschen … was man eben seiner Tochter so wünscht.«

»Aber es kam anders.«

In Fischers Gesicht spannten sich wieder die Muskeln an. »Ja«, sagte er, »es ist anders gekommen. Helmut hat alles kaputtgemacht!«

»Warum?«

Fischer starrte Sina verständnislos an, als könnte sie sich die Antwort selbst denken.

»Hinter meinem Rücken hat er Christina verführt, der Hurenbock, meine Tina, die keine Erfahrung hatte, und ihr weiß Gott was versprochen, um sie so weit zu kriegen, wie er sie haben wollte …« Tränen der Wut standen in Fischers Augen.

»Hat Ihnen Ihre Tochter von ihrem Verhältnis mit Hauke erzählt?«

»Nein, sie hat sich nicht getraut, wahrscheinlich hat das Schwein ihr gedroht. Ich habe es selbst rausgekriegt.«

»Und dann haben Sie zugeschlagen?«, drang Keilberth auf ihn ein.

Sie waren verdammt nahe dran.

Ein einfaches »Ja« würde genügen, und die Geschichte vollständig zusammenzubasteln wäre ein Kinderspiel. Der Mann hatte ein starkes Motiv.

Fischer stierte Keilberth feindselig an, wollte offenbar etwas entgegnen, hielt sich aber zurück, kämpfte, wenn auch nur kurz, einen sichtbar verzweifelten inneren Kampf, der damit endete, dass er … schwieg.

Sina fragte sich, ob Keilberth mehr wusste. Aber auch er schien in der Luft zu hängen. Vielleicht hatte er geblufft, und alles war nur inszeniert, um Fischer aus der Reserve zu locken. Zuzutrauen war es ihm.

»Ohne Anwalt sage ich nichts weiter«, ließ Fischer sich jetzt vernehmen, während er sich mit der linken Hand Wuttränen aus den Augen wischte.

»Das ist Ihr gutes Recht«, erwiderte Keilberth ernüchtert. »Ich muss Sie auch darauf aufmerksam machen, dass Sie ab jetzt nicht mehr Zeuge, sondern Tatverdächtiger sind. Aber eines ist sicher: Es wird bedeutend leichter für Sie, wenn Sie gestehen.«

Fischer wurde abgeführt.

»Soll er doch seinen Anwalt holen«, brummte Keilberth. »Aus der Sache kommt er nicht mehr so leicht heraus.«

»Und jetzt?«, fragte Sina irritiert.

»Christina Fischer sitzt nebenan. Bis jetzt hat sie den Mund nicht aufgemacht«, antwortete Keilberth, schälte sich aus seinem Plastikstuhl und verließ den Raum.

Also doch ein Bluff, dachte Sina.

Keine zwei Minuten später kam der Kriminalrat zurück, gefolgt von einer jungen Frau in Jeans und bauchfreiem Top, Anfang zwanzig, etwa eins fünfundsiebzig groß, schlank, schulterlanges schwarzes Haar, das weißhäutige Gesicht mit zartbraunen Sommersprossen bedeckt. Ihre Lippen waren mit einem leuchtenden Granatapfelrot geschminkt, das wohl von den auffallend dunklen Schatten unter ihren Augen ablenken sollte. Sie grüßte nicht, setzte sich verlegen auf den Stuhl, den Sina ihr zuwies, und vermied es, irgendjemand anzusehen.

»Sie sind Frau Christina Fischer?«, schlug Sina einen Ton an, der an eine Kindergärtnerin erinnerte, die einem eingeschüchterten Kind gut zureden will.

Die junge Frau nickte.

»Zuerst einmal brauche ich Ihre Personalien ...«

»Habe ich alles schon angegeben«, sagte Christina Fischer mit einer mädchenhaften Stimme, die zu ihrer Erscheinung passte.

Keilberth reichte Sina den Bogen, auf den sie einen kurzen Blick warf.

»Wir haben eben mit Ihrem Vater gesprochen. Wir brauchen noch *Ihre* Sicht der Dinge ...«

Sie durfte keinen zu großen Druck aufbauen. Wenn sie erfolgreich sein wollte, musste die Befragung selbstverständlich wirken, als wäre es das Normalste der Welt. Was immer auch an dem Abend mit tödlichem Ausgang geschehen war, es musste einfach nur der Ordnung halber aufgeschrieben werden. Ein unaufgeregter Verwaltungsakt sozusagen.

Christina Fischer wirkte vor allem verängstigt, aber ihr verschämtes Verhalten deutete auch auf ein schlechtes Gewissen hin. Wenn sie nicht blockierte, würde dieses schlechte Gewissen sie zum Reden bringen.

»Frau Fischer, in welcher Beziehung standen Sie zu Herrn Helmut Hauke?«

Sina traf ein hilfloser Blick; in den Augen der jungen Frau schimmerten Tränen.

»Ich habe Helmut sehr gerne gehabt, wissen Sie ...«

Sie will reden, dachte Sina, aber vor allem will sie verstanden werden.

»Das glaube ich Ihnen«, signalisierte sie ihr Mitgefühl. »Kannten Sie ihn schon lange?«

Christina Fischer schien noch zu überlegen, ob es einen anderen Weg aus ihrer Zwangslage gab, aber dann redete sie: »Papa und Helmut waren alte Freunde. Ich glaube, sie kannten sich schon seit der Schulzeit. Helmut ging mit Papa zur Jagd und holte ihn immer mit seinem Mercedes ab. Da sah ich ihn ein paarmal. Aber da war ich noch ein Kind. Später bin ich ihm nicht mehr begegnet, ich weiß selbst nicht, warum ...«

»Und wann haben Sie ihn wiedergetroffen?«

»Das war vor etwa einem Jahr, auf dem Marktplatz hier in Goslar. Kollegen und ich haben einen kleinen Flohmarkt veranstaltet, für die Kinderkrebshilfe. Da stand er mir plötzlich gegenüber und lächelte mich an. Ich war ziemlich verlegen, weil er mich regelrecht anbaggerte und gar nicht mehr gehen wollte. Die anderen schauten schon ganz verwundert zu uns herüber. Um ihn loszuwerden, hab ich mich mit ihm am nächsten Tag zum Mittagessen verabredet …«

»Sie arbeiten als Rechtsanwaltsgehilfin hier in Goslar, ist das richtig?«

»Ja, Kanzlei Schlüter in der Charley-Jacob-Straße.«

»Erkannten Sie Helmut Hauke und erkannte er Sie, als er Sie auf dem Flohmarkt ansprach?«, wollte Keilberth in seinem voluminösen Bariton wissen, den er aber jetzt von bedrohlich auf beinahe väterlich eingestellt hatte.

»Ich habe ihn sofort erkannt, aber er mich nicht. Ich hatte mich natürlich in den Jahren viel mehr verändert als er.«

»Und dann fingen Sie ein Verhältnis mit ihm an. Haben Sie ihm gesagt, dass Sie die Tochter seines Freundes Fischer sind?«

»Ja. Helmut bekam zuerst einen Schreck und wollte nicht, dass mein Vater von unserem Verhältnis erfuhr, jedenfalls noch nicht, sagte er. Ich hab es ihm versprochen, damals wusste ich zwar, dass er verheiratet war, aber nicht, dass …«

»… dass er als Frauenheld bekannt war?«, fragte Niebuhr.

Christina Fischer sah mit unverkennbaren Spuren der Kränkung in ihrem weichen Gesicht zu ihm auf.

»Wann haben Sie das erfahren?«

Keine Antwort.

»An dem Abend?«, fasste Sina vorsichtig nach.

»Am Anfang war es schön mit Helmut und mir, und er war sehr zärtlich. Er sagte, ich wäre seine Traumfrau und die Liebe seines Lebens, und ich habe ihm das geglaubt, ich war gerne jemandes Traumfrau. Aber dann redete er dauernd von Familie und auswandern, er wollte mit mir ein neues Leben anfangen und lauter so Zeug. Ich war noch nicht so weit, ich wusste nicht, ob ich das überhaupt wollte, und außerdem war da noch Papa …«

»… der von nichts wusste«, ergänzte Keilberth. »Hat Ihr Vater denn etwas geahnt?«

»Ja, er hat mich angesprochen, ob ich verliebt wäre. Man könnte das sehen, ich hätte so glänzende Augen. Ich habe es dann zugegeben, aber nicht, in wen. Es war schließlich ganz allein meine Sache. Papa mischt sich immer in alles ein, will immer wissen, was ich mache … Wie ich das hasse!«

»Und wie kam es dazu, dass Ihr Vater doch erfuhr, wer Ihr Liebhaber war?«, fragte wieder Sina.

»Mein Vater hat nicht aufgehört, mich zu löchern. Ich könne ihm ruhig sagen, wer es ist, er sei schließlich tolerant, aber er wolle sich den Mann schon ansehen, der seine Tochter heirate. Dabei war von Heiraten gar nicht die Rede gewesen.«

»Und auf der anderen Seite bedrängte Sie Helmut Hauke, alles stehen und liegen zu lassen und mit ihm ins Ausland zu gehen. War es so?«

Christina Fischer nickte kaum sichtbar. »Helmut wollte mit dem Versteckspiel aufhören und Papa alles sagen. Dass er sich scheiden lassen, sein Geschäft verkaufen und mit mir ein neues Leben anfangen wolle. Ich hatte von Anfang an ein schlechtes Gefühl dabei, aber Helmut ließ nicht locker.«

»Und dann kam es zur Aussprache …«

»Papa konnte es nicht fassen. Helmut war noch nicht ganz im Haus, da kam es schon zum Streit. Papa beschimpfte ihn. Hurenbock hat er ihn genannt. Wir standen immer noch im Flur an der Haustür. Helmut war im schwarzen Anzug und nicht mehr ganz nüchtern. Er versuchte immer, Papa etwas zu erklären, aber der hörte ihm nicht zu. – ›Wo kommst du jetzt her?‹, schrie Papa ihn an. ›Aus dem Puff oder aus der Spielbank?‹ Ich dachte, er spinnt. Papa ist immer schnell an der Decke, aber diesmal war es so heftig …«

»… dass er zugeschlagen hat?«, fragte der Kriminalrat.

»Ja, er hat Helmut eine oder zwei verpasst …«

Sie unterbrach sich. Kam offenbar in die verbotene Zone. Auch wenn ihr Papa nervig war, hatte sie nicht die Absicht, ihn zu verraten.

»Und Hauke hat sich gewehrt?«, versuchte Sina den Faden nicht abreißen zu lassen, obwohl die Berichte der Kriminaltechnik sagten, dass Hauke eher nicht zurückgeschlagen hatte.

Auf die Frage sprang Christina Fischer wieder an, fand sich in der aufgewühlten Situation im Hausflur wieder.

»›Aufhören!‹, hab ich geschrien, immer nur: ›Aufhören!‹, und mich mit ausgebreiteten Armen zwischen die beiden gestellt. Papa brüllte, dass Helmut sich wieder zu seinen Nutten verziehen und mich in Ruhe lassen sollte. Er sei für alle Zeiten für ihn gestorben und solle sich nicht unterstehen, jemals noch einmal in seinem Haus aufzukreuzen. Dann stürmte er ins Wohnzimmer und knallte die Tür zu.«

»… und Sie standen mit Helmut allein im Flur …«

»Zuerst war ich wie gelähmt. Auch wenn Papa ausgerastet ist, er würde nie einen alten Freund falsch beschuldigen. Helmut ging in den Puff? Ich konnte das gar nicht so schnell verarbeiten. Er hatte mir doch geschworen, dass ich seine große Liebe sei, die große Chance in seinem Leben …«

»Aber Sie waren sich plötzlich nicht mehr sicher …«

»Ich war verwirrt und enttäuscht, maßlos enttäuscht von Helmut. Dann bin ich hysterisch geworden. Er sollte gehen, habe ich ihn angeschrien, es sei aus. Er fing an zu weinen und packte mich an den Schultern. Da habe ich ihm einen Stoß gegeben, dass er mich in Ruhe lassen sollte … einfach nur einen kleinen Stoß.«

Ihre Stimme versagte, sie verharrte in Fassungslosigkeit.

Als sie fortfuhr, klang ihre Stimme heiser.

»Helmut kippte nach hinten über und schlug mit dem Nacken auf den Treppenabsatz.«

Schweigen.

»Ich dachte, er steht wieder auf, aber er blieb liegen. Ich holte Papa. Er sagte, Helmut hätte sich das Genick gebrochen, und wir wussten nicht, was wir mit ihm machen sollten. Ich war verrückt vor Angst. Papa sagte, er würde sich was einfallen lassen, gab mir zwei Schlaftabletten und schickte mich ins Bett. Irgendwann am Morgen muss ich eingeschlafen sein.«

Und ihrem Vater war offensichtlich nichts Besseres eingefallen, als den toten Hauke ins Auto zu packen, ihn in den Wallanlagen auf eine Bank zu legen und auf diese Weise einen Mordfall zu inszenieren, der ganz Goslar aus dem Häuschen gebracht hatte, dachte Sina.

»Vielleicht tröstet es Sie«, sagte sie zu Christina Fischer, bevor sie abgeführt wurde, »wenn ich Ihnen verrate, dass Helmut Hauke, nachdem er Sie kennengelernt hatte, alle anderen Frauenbekanntschaften fallen gelassen hat.«

DREIUNDZWANZIG

Am Ende des Tages konnten sie ein Ergebnis vorweisen, wenn auch die Aussagen der beiden Fischers noch mit harten Fakten unterlegt werden mussten. Doch dazu gab es die KTU und in der Folge bis ins kleinste Detail gehende Vernehmungen.

»Tja, das war's wohl für heute«, sagte Keilberth mit unüberhörbarer Selbstzufriedenheit, »dann könnt ihr beide jetzt Schluss machen. Ich habe noch was anderes vor.«

Er ging ab, als hätte ihm jemand pures Adrenalin injiziert. Der Grund war unschwer zu erraten: Er konnte die Pressekonferenz kaum erwarten, in dem ihm die Rolle zufiel, die frohe Botschaft zu verkünden. Er und sein Team hatten den mysteriösen Fall um den Tod des Ratsherrn Hauke gelöst. Die Kripo Goslar stand wieder glänzend da.

»Du gehst wahrscheinlich direkt nach Hause …«, sagte Niebuhr zu Sina, als Keilberth mit einem hingeworfenen »Danke euch!« den Raum verlassen hatte.

»Ja«, antwortete sie. Sie würde wieder mit ihm ein Bier trinken, aber nicht an diesem Abend. Sie fühlte sich niedergeschlagen.

»Na dann …«

»Bis morgen, Jens«, rief sie ihm hinterher, was ihm andeuten sollte, dass die Angelegenheit mit Milda Auseklis zwischen ihnen wieder in Ordnung kommen würde.

Gelinde gesagt, hob es nicht gerade Sinas Laune, dass einige davongekommen waren, die sie gerne in Schwierigkeiten gesehen hätte: diese Sandrocks und Klawitters und wie sie alle hießen. Und im Fall von Janis Auseklis stand in den Sternen, ob der Mord jemals vollständig aufgeklärt werden würde, obwohl die Täter zum Greifen nahe waren. Sie seufzte. Das war einer der Momente in ihrem Beruf, in denen sie das Gefühl hatte, trotz aller Mühen machtlos zu sein.

***

Um zwanzig nach fünf stand Sina vor ihrem Reihenhaus im Siemensviertel. In der Luft lag immer noch sommerliche Wärme, durchzogen von einer leichten, frischen Brise aus den Harzbergen. Beim genauen Hinsehen gefiel ihr der Vorgarten nicht mehr. Sie wunderte sich, warum sie es überhaupt so weit hatte kommen lassen. Das Gras musste längst gemäht werden, die Beete strotzten vor Unkraut. Sie stöhnte, dass immer alles an ihr hängen blieb. Aber Gartenarbeit würde ihr vielleicht den Kopf wieder frei machen. Bis sieben konnte sie sogar noch einmal mit dem Elektromäher über die paar Quadratmeter Rasen rollen.

Sie schloss die Haustür auf, kam aber nicht weit. Die Kette blockierte von innen. Was sollte das?

»Moment. Bitte warten!«, rief Chao aus der Küche. Im gleichen Augenblick wehten ihr verführerische Düfte entgegen. Pekingente. Die gab es doch nur zu besonderen Gelegenheiten.

Es folgte Getrappel auf der Holztreppe, die Kette wurde zurückgeschoben, und die Tür öffnete sich. Zwei Gesichter, das eine zur Hälfte von einem bunten Sommerblumenstrauß, das andere von dunkelroten Rosen verdeckt, reckten sich ihr entgegen.

»Was ist denn hier los?«

»Überraschung!«, sagte Torsten und gab ihr einen Kuss auf die Wange.

Gelungen, dachte Sina und sah Chao fragend an.

Er war verlegen, so wie sie. Ohne etwas zu sagen, hielt er ihr einfach nur die halb geöffneten Rosen entgegen. Er brauchte auch nichts weiter zu sagen. Es war alles wieder gut. Sie küssten sich.

Und Torsten hatte seine Trübsinnigkeit überwunden, die ihn seit der Geschichte mit Carolin fest im Griff gehabt hatte. Endlich!

Es gab Wein zur Pekingente und als Nachtisch selbst gemachtes Tiramisu. Chao hatte sich selbst übertroffen. Sie plapperten durcheinander, und nach dem Essen verzog sich Torsten vieldeutig lächelnd nach oben.

Eine gefühlte Ewigkeit hatten sie nicht mehr miteinander geschlafen. Chao hatte ihr alles gegeben, alles, was sie brauchte, und sie hatte versucht, es ihm so schön wie möglich zurückzugeben. Jetzt lag ihr Ohr auf seiner Brust, wenige Zentimeter über seinem rasenden Herzen. Das war Glück – *nur das* war Glück!

Allmählich wurde sein Atem flacher, seine rechte Hand strich sanft über ihren Rücken, wuschelte in ihren Haaren.

»Ich wollte dir noch etwas sagen«, sagte er.

Das brauchst du nicht, dachte Sina, aber sie fragte, weil er es offenbar erwartete.

»Was denn?«

»Ich bin der neue Touristenführer im Rammelsberg.«

Sina saß senkrecht.

»Wie bitte?« Fassungslos starrte sie ihn an.

»Ich habe mich als Touristenführer im Bergbaumuseum im Rammelsberg beworben und bin eingestellt worden.«

»Nein«, brachte sie nur heraus. Also deshalb war er so oft weg gewesen und hatte sich in seinem Lesezimmer verschanzt: Er wollte sich auf seinen neuen Job vorbereiten.

»Die Kollegen haben mir alles gezeigt, und wenn ich die Probezeit bestehe, bin ich fest angestellt.«

»Warum hast du mir das denn nicht schon früher gesagt?«

»Du hattest ja nie Zeit, und ich wollte, dass wir es feiern!«

Er rückte näher an sie heran, berührte ihre Brustwarzen, die wieder fest wurden und nach seinen Lippen verlangten.

»Und da ist noch etwas, worüber ich mit dir reden wollte«, sagte er.

Er zögerte einen Moment, in dem ihn Sina erwartungsvoll ansah.

»Was ist mit Papa Chao?«, fragte er zärtlich.

Ihr fiel das Lächeln aus dem Gesicht, ihre Hände stemmten sich störrisch gegen seine Brust. – Aber nur einen Augenblick lang, dann gaben sie nach. Der Glanz kam in ihre Augen zurück, und sie öffnete weit ihre Arme.

Danksagung

Danke Anna Mechler für das Mehr an Management und das Mehr an Unterstützung.

Dank auch hier Stefanie Rahnfeld für ein einfühlsames Lektorat, das zweifellos Spuren an meiner Arbeit hinterlassen hat.

Ein Dankeschön nicht zuletzt dem Emons-Team für die kreative Realisierung des Romans.

Mick Schulz
SAUERFLEISCH
Broschur, 224 Seiten
ISBN 978-3-89705-863-7

»Der Autor liefert dem Leser einen Kriminalroman mit Spannung und Humor. Außerdem ist dieser Krimi voll mit überraschenden Wendungen.« Harzer Kurier

»Spannender Harz-Krimi!« NDR 1